国际流浪汉

著名电影表演艺术家达奇域外散记

[达 奇] 著
DAQIZHU

内蒙古出版集团
内蒙古文化出版社

图书在版编目(CIP)数据

国际流浪汉:著名电影表演艺术家达奇域外散记/达奇著.— 呼伦贝尔:内蒙古文化出版社,2011.12
ISBN 978-7-80675-982-0

Ⅰ.①国… Ⅱ.①达… Ⅲ.①散文集—中国—当代 Ⅳ.①I267

中国版本图书馆 CIP 数据核字(2011)第 271867 号

国际流浪汉:著名电影表演艺术家达奇域外散记
达奇 著

内蒙古出版集团有限责任公司
出版发行 内蒙古文化出版社
(呼伦贝尔市海拉尔区河东新春街4付3号)
直销热线 0470-8241422　邮编　021008
网　　址 http://www.nmwhs.com
印刷装订 北京市通州富达印刷厂
责任编辑 王　春
开　　本 710×1000 毫米　1/16
印　　张 17.5　字　数　250 千
版　　次 2012 年 3 月第 1 版
印　　次 2012 年 3 月第 1 次印刷
印　　数 1-6000 册

ISBN 978-7-80675-982-0

定价:30.00 元

版权所有　翻印必究

目录

关于达奇与达奇散文集（自序） 达 奇 ……………… 1
达人、奇人（代序）——著名电影表演艺术家达奇 凌鼎年 ……… 4

扮演吉鸿昌札记 ……………	1	激情、爱情、亲情 …………	61
国际流浪汉 …………………	9	杂 思 ………………………	64
海边遐想 ……………………	14	文字"漫画" ………………	67
答心理学家问 ………………	18	想来的，听来的，抄来的 …	71
从饮品中看人 ………………	22	征服与塑造 …………………	73
中秋之夜 ……………………	24	银幕后面的故事 ……………	76
他山之石 ……………………	28	感叹人到中年 ………………	81
浅谈撒谎 ……………………	32	笑 ……………………………	85
昔日上海外滩的热恋 ………	35	流派和竞争 …………………	89
街头较量 ……………………	37	特殊的考试 …………………	93
浅谈影视演员 ………………	40	化折磨为历练 ………………	98
飘渺的网恋 …………………	43	写给那些有婚姻创伤的男男女女	
磨练你自己的翅膀吧 ………	48	……………………………	101
毛遂自荐的妓女 ……………	52	黄河源头散记 ………………	106
体验回忆 ……………………	58	《鼻钻的故事》 ……………	111

关于婚姻 …………… 147	与90后的对话 …………… 201
会议俑 …………… 149	情绪的钥匙在自己手中 …… 204
一个避孕套的故事 …… 152	在生活的海洋中拾贝 …… 210
给自己制定规矩 …… 156	老语录 …………… 213
伪幸福 …………… 159	逝去的轨迹 …………… 215
关于主人和主流社会的思考 …… 163	呼唤男子汉 …………… 217
别为爱情结婚 …… 170	从性饥渴到性饥饿 …… 221
代 沟 …………… 172	老友重逢话当年 …… 225
一张照片引起的思考 …… 177	好心情是最好的补药 …… 229
艺术与金钱（一）…… 180	渴望爱 …………… 231
钱追钱的游戏——金融（二）…… 182	享受暧昧 …………… 234
股票与赌博（三）…… 185	夜 …………… 237
什么人适合投资股票（四）…… 188	如果 …………… 239
抢劫不如去炒股（五）…… 191	曾经沧海难为水 …… 241
散户如何在大牛市中挣钱（六）…… 194	没有你陪伴的日子 …… 243
股票投资是艺术也是哲学（七）…… 197	我爱你 …………… 245
	相濡以沫 …………… 250
	爱情的迷失 …………… 253
	激情与夜思 …………… 256

跋：

路上：流浪者的家园——为达奇散文集而作　冯团彬 …………… 261

关于达奇与达奇散文集（自序）

◎达 奇

我的散文集《国际流浪汉》就要出版了，这本集子里的文章，大部分是我在墨尔本《大洋时报》上发表的，我专栏的标题为："达奇航讯"，所以叫航讯，是因为我的职业决定我四处漂泊，浪迹天涯，从别离走向别离。很多文章就是在旅途中写的。

提起四处漂泊，浪迹天涯，引出一段关于我叫"达奇"这个名字的轶事。自从出道影视界，成了一个传媒人物之后，有好些热心观众问我为什么叫"达奇"。我原来姓齐，因为在同龄人中长的又高又大，很少有人叫我全名，都简称大齐。我在长影拍完影片《边寨烽火》后，问我字幕上用什么名字，这是我的处女作，应该起个好名字。于是，经过了好多日日夜夜的胡思乱想，不知在纸上划了多少个名字，更不知在字典上查看了多少个字，都觉得不满意。想得疲倦了，在一个寒冷的冬天，夜不能眠，想起了自己的身世。儿童、少年、当时又正值踏入青年时期，经历虽然不长，命运也算坎坷，可谓从小就四处漂流，浪迹天涯，而第一部影片的摄影完成,也可说是一个新的起点,用好听的词,就是里程碑。想到这里,对前程的无限憧憬,使自己兴奋不已。

我灵感的闸门打开了。对!大奇,大奇,"大"字加上一个走之底,乃"达"也。大奇,只有不断地、不停顿地去走,才能大有可为。大可,"大"在上,"可"在下,乃"奇"也,正好谐音"齐"。也就是说,大齐,只有不断地去走,不邂地努力和追求,才能大有可为,才能创造出奇迹。

就这样,"达奇"两个字诞生了,无比兴奋。自己不知在纸上写了多少遍,只可惜这些纸没能保留下来。试想,一个刚踏上人生事业征途的年轻人,此时此刻的心情,该是多么的天真和激荡。时过境迁,俱往矣!

因为我特别喜欢大海,畅游之后,在沙滩上漫步,被那些五光十色的贝壳所吸引。在不同的海岸,我拾过很多很多,经过筛选,至今保留下来的,可以说都是精品。每当看着这些造型各异的贝壳,仿佛又听到海浪拍岸,往事如烟。而生活中的海洋,又何尝不如此?那些人、情、景、事,不就是和五光十色的贝壳一样吗?如果说海边拾来的贝壳令人心潮起伏、遐想万千,那么生活中拾来的"贝壳",便会令人无限感慨、醒悟深思。

我写作的形式,追求多元化,随笔,散文,小小说,特写,专访,评论,用影视手法写的短剧,等等,可以说是随心所欲。但我也追求用多种体裁表达我的所思所想,包括用我个人的观点、独特的视角,去构思我的文章,力求有很大的可读性,争取更多的读者群。我不追时尚、不媚俗,而希望有内涵,有回味,有共鸣。

在不断去走的路上,有酸甜苦辣、喜怒哀乐,也有悲欢离合,有掌声也有鲜花,创作的路还没有走完,经常要让自己记住的是:宁可在创新中经受痛苦和折磨,也不要在守旧中安生!

我的一个朋友,是登山运动员,他梦寐以求地想登上世界最高峰朱穆朗玛峰,经过严格的训练和坚忍不拔的精神,他征服了这个高度。他深沉地对我说:当站在世界之巅,往自己脚下一看,也是一块不毛之地!是啊，一个人不管你站的多高，你的眼睛不再往上看，总以为你是最高的！

达奇——只有不断地去走，

才能大有可为，

才能创造奇迹！

没有开始，

没有结束，

有的是——永无止境的激情！

达人、奇人（代序）
——著名电影表演艺术家达奇

◎凌鼎年

我儿时是很喜欢看电影的，在学生时代，就听说过达奇这名字。到八十年代初，看了电影《吉鸿昌》，达奇这名字就深深地印入了脑海中——因为吉鸿昌的扮演者就是达奇，用今天媒体喜欢用的术语达奇乃一号主演。

八十年代初，十年浩劫刚过去不久，投拍的电影也不多，而那时的人们，往往都有个英雄情结，所以《吉鸿昌》这部电影极受欢迎。达奇在片中塑造的吉鸿昌是一个勇于追求真理、无私无畏，凛然正气、慷慨就义的真汉子、真英雄，曾经打动了无数的观众。

回想起来，达奇在扮演这个角色时，是全身心地投入，把吉鸿昌这个人物的内心世界与外部形象都演绎得有血有肉、活龙活现。而且，我一直觉得导演在选主演时独具慧眼，选对了人。因为达奇的外形、气质、演技，在当时来说简直就是演吉鸿昌的不二人选。

主演《吉鸿昌》的成功，给达奇带来了极高的知名度，褒语、赞美、鲜花、荣誉，接踵而来，几乎到了"天下谁人不识君"的地步，用时下的名词就是"粉丝"众多，"追星族"无数。

但令人不解的是，一进入九十年代，达奇突然从公众的视野里隐去了，销声匿迹了，在中国的电影片子里再也见不到达奇的身影，在媒体上也不见达奇的名字，让喜欢他、关心他的影迷颇为奇怪与失落。

2010年8月，我应邀去澳大利亚的墨尔本参加"墨尔本华人作家节"，作微型小说创作的演讲。在到达的当天晚上，澳大利亚大洋洲文联宴请我与《人民文学》的冰峰先生，我意外地见到了一个颇为熟悉的面孔，可惜一下子想不起来他叫什么名字，但我自己对自己说：我见过他，肯定见过他！我在什么地方见过他的呢？我极力回想着，记忆快速闪回着，过电影般一个接一个的镜头切换着——想起来了，想起来了，他，是电影演员，是达奇？对，应该是他！我至少有二十年没有在银幕上看到达奇了，二十年的风风雨雨，哪怕是云淡风轻，也毕竟有着岁月的留痕，我不敢贸然相问，怕万一认错，出洋相，这世界上长得相似，如孪生兄弟、孪生姐妹的毕竟还是有的。这时，来接机陪我过来的墨尔本作家吕顺介绍过大洋洲文联主席陈静后，又指着边上那位身材魁梧、气质不俗的男子说："这就是大名鼎鼎的电影演员达奇，现在的身份是大洋洲文联副主席。"

果然是达奇！没有想到会在墨尔本遇到达奇，这确乎是一件令人高兴的事。

在中国，文联是个综合性的群团组织，包括作家协会、美术家协会、书法家协会、摄影家协会、舞蹈家协会、音乐家协会、戏曲家协会、民间文艺家协会等，也包括影视家协会，我想达奇任大洋洲文联的副主席也算是名至实归，按他的知名度、他的演员生涯，达奇完全有资格出任这个副主席，完全能胜任这个副主席。

因为在场面上，都是礼节性的，也不可能有过多过细的接触，仅仅是交换一下名片，说几句客套话，拍一张合影而已。

让我释然的是终于解开了心中的一个疑问，原来达奇移居到澳洲了。我敢打赌，像我一样有这个疑问的不是一个两个，而是有很多很多人。我写这篇文章，发表这篇文章，某种程度上还可以给不少读者释疑呢。

我回到国内后，家人与好友来翻看我在澳洲拍的照片，每每看到我与达奇的合影，总会对我说：嗳，这个人怎么这样面熟？也有人一眼就认出了，如果我提醒一句"电影演员"，那些五十岁以上的，常常会脱口而出："达奇!"——可见达奇在我国的知名度依然不低。

在我头脑里，达奇是演员，我是作家，我们隔山如隔行，所以回国后，我与澳洲的多位作家朋友有过电子邮件联系，就是没有与达奇联系过。

2011年2月的一天，我突然接到达奇的电话，他说他到了苏州的木渎，希望能见见面。正好再过两天苏州独墅湖图书馆邀请我去讲课，独墅湖离木渎不远，我想何不趁这机会去会会呢。达奇一听我要到苏州讲课，马上说，你讲好课直接来木渎，我给你安排住宿。26号我结束讲课大概16：30，独墅湖图书馆的一位工作人员开车把我送到了木渎，很高兴地与达奇重逢于软山温水的江南古镇。

我原以为达奇来苏州游山玩水，小住度假的。没有想到达奇带我去了一家名为苏州百世传诚文化传媒有限公司的所在地，这是一家挺正规的民营文化公司，公司的四壁挂满了名人字画，很有文化气息。达奇告诉我他是这家公司的董事。我没有吃惊，只是想当然地认为：兴许是达奇在海外赚了些钱，来国内办个文化公司过过老板瘾，说不定是玩票性质的。

达奇可能看穿了我的心思，他给我泡了铁观音茶，我们边喝茶，边聊了起来，这一聊，我才发现我对达奇的了解实在是太少太少，达奇就像一个多棱面人物，我只看到了一面，其实，电影演员仅仅是他人生的一个角色。

通过交谈，我很吃惊地知道他有俄罗斯人的血统，就像我有满族人的血统一样。达奇的祖父是俄罗斯籍的,他乳名:尼古拉。当我知道了达奇的身世后,再看达奇,恍然大悟,怪不得以前总觉得达奇有点外国人的味道。

达奇随手给了我一份小册子,说这权当名片,权当广告。我一翻一看,乖乖,头衔一大串呢,有影视方面的,有公司方面的,有写作方面的,或董事长、或主持人、或制片人、或总策划、或总编导、或艺术总监、或客座教授、或专栏作家、或栏目创意,简直多才多艺,得三头六臂才能应付过来,这会不会有水分?会不会仅仅是印在宣传册上的虚衔?我暗暗打了个问号。

随着谈话的深入,我对达奇的了解也由浅入深,至此,我才知道,我原来心目中的"著名电影演员"这个概念其实完全无法涵盖达奇的事业。达奇最初是文工团的专业话剧演员,曾系统地学习过斯坦尼斯拉夫斯基的表演理论,搞艺术算是科班出身。1961年达奇从北京中国铁路文工团调到长春电影制片厂,从此,他成为专业电影演员。当他主演《吉鸿昌》大红大紫后,被慧眼识才的伯乐相中,调到福建电影制片厂任副厂长,时间是在1982年。到福建后,达奇策划监制了当年红极一时的《木棉袈裟》等电影,他的事业渐入佳境。1992年达奇应邀到澳大利亚讲课,因人有魅力,讲课有吸引力,深受澳洲大学生欢迎,最后被澳大利亚作为人才引进,达奇也就移民去了墨尔本。

到了澳洲后,达奇更是如鱼得水,发挥出了他潜在的能量,经商、编导、主持、写作,多方位出击,多领域开花,艺术的道路越走越宽,人生的路也越走越顺。

达奇的人生很难定位,很难用一句话概括。以演员论,他拍过不少电影,出演了一个又一个让观众津津乐道、过目难忘的角色。其影视代表作就有《边寨烽火》、《独立大队》、《景颇姑娘》、《车轮滚滚》、《熊迹》、《渔岛怒火》、《海囚》、《封神榜》、《追逐墨尔本》、《绝情》等,还有不少话剧代表作,如《孔雀胆》、《屈原》等。作为编导,他编导过《桥隆飙》、《倔强的女人》、《少女、逃犯、狗》、《中国留学生在澳洲》等十多部影片。作为电视栏目主持、编导,他主持过上海教育电视台的"走进心世界";编导、主持过澳洲SBS民族广播电台的"男女对话"栏目;编导、主持过澳洲SBS中文广播电台的"心灵的鸡汤"栏目。更值得一提的是,达奇作为总编导、栏目创意,正在积极筹划,准备推出一档集历史性、现实性、文学性、哲学性、娱乐性于一炉,极有品位的全新节目《名片·大师的对话》,将精选古今中外的文化名人,如李白、杜甫、康熙、乾隆、李清照、西施、貂蝉、曹雪芹,鲁迅、巴金、曹禺,老舍、张爱玲、矛盾、齐白石、王蒙、余秋雨、李敖、于丹、宋美龄、易中天,莎士比亚、巴尔扎克、普希金、川端康成等等,让观众饱饱地享受连续的文化大餐。作为报纸的专栏撰稿人,达奇为澳洲的《大洋时报》开过"达奇航讯";为墨尔本的《华夏周报》开过"胡思乱想""胡说八道"专栏;为美国《侨报》开过"边走边写"专栏。作为写作人,达奇著有《谈镜头前的表演》、《墨尔本华人的故事》、《身后的影子》、《勿忘悉尼》、《国际流浪汉》等多部集子,比国内某些头上顶着作家头衔、著名作家光环的还要写得多,发得多。这本即将出版的《达奇散文集》更会使热爱和关心达奇的人们,从字里行间看到达奇对现代的人、情、景、事的独特感悟和抒发。

这次达奇约我去,是因为他创办了一份《幸福》杂志,这是一本有正式刊号的人文类刊物,达奇已亲自出马主编了若干期,是面对白领、中年人、80和90后的,我翻看了,办得挺有特色与个性。

他不久就要回澳洲,他希望我出任主编。办杂志我不外行,我已兼了海内外多家报刊的顾问、名誉主编、特邀主编、副主编等,但那多数是挂名,只是帮助出出点子,组组稿子,或者看看终审稿,而这本《幸福》杂志要全盘交给我,我还没有退休,顾不过来,我就向达奇推荐了我朋友。达奇真是个爽快人,与我朋友一席谈,第二天就拍板定局了。

这些还毕竟都是与文化,与他本行密不可分的,或者说有千丝万缕关系的,最让人惊叹的是达奇还参与了数十款产品的广告创意策划,有国内的，也有国外的。如一度家喻户晓、老少皆知的"三九胃泰"、"太太口服液"、"昂立一号"、"胃舒平"、"澳门仁德行"等的广告宣传，竟都出自达奇的创意与策划，海外的有"东森传媒"、"法国阿兰德龙香水"、"澳洲狗牌巧克力"、"澳洲美佳牌女鞋"、"澳洲鳄鱼牌红酒"、"新加坡虎牌电池"、"印尼华裔藤具"等等广告，均系达奇设计、推出。

写到这儿，读者对达奇多少有些立体的了解了，其实，这些还是属于表象的，如果想深入到达奇的内心世界，那么还是读他的文章。

有人这样评价达奇的散文："在他散文的字里行间中，跳跃着如今已不多见的火花，那就是理想主义之火……达奇先生属于那种仍然在锲而不舍地建构着人类古老的美好理想，追循着人类曙光前进的执著者。"

用达奇的自我解读：我是一个国际流浪汉。因为他一直都在走，在人生的征途上走，在事业的山路上登攀，走出了国门，走向了世界，走了亚洲、走了澳洲、走了大洋洲、走了欧洲、走了美洲，他坚定地认为：只有走下去，才能活得有意义有价值！如今他的足迹遍布世界，走了一个又一个国家，行万里路，使他看得多、听得多，有比较，有感悟，也就视野开阔，心胸开阔，他的文章自然而然题材多样，立意深邃。与那些小资情调，杯水感情的散文不在同一审美层面上，不可同日而语。

因为我的本职工作在侨务办公室，是个涉外的部门，二十多年来，我与无数的华侨、华人打过交道，也认识不少海外华人作家、华裔作家，读过他们不少作品，其中有相当一部分人在国内并不写作，到了海外却爬起了格子，敲起了键盘，常在报刊露脸，成了小有名气的作家。究其原因，一是异国孤寂，打发时间；二是写作乃个人行为，不存在三缺一的尴尬；三是中西文化比较、碰撞后，有感而发，不吐不快；四是环境宽松，言论自由，没了心理负担与障碍，也就秉笔直抒，畅所欲言。应该讲，达奇在海外华人作家中算是层次比较高的，他人生复杂，阅历丰富，善于观察，勤于思考，其文章有内容，有观点，有分析，有总结，对大陆的读者不失为一种有益的参考。当然，我们不能用大陆的某些标准来要求他，毕竟达奇在海外生活了 20 年，已是一位澳籍华人。简言之，达奇的散文值得一读，文章即心声，我们且来了解他的心路历程，听听他的肺腑之言，或许会大有启迪。

最后借用达奇的一句话"我就像一本很厚的书，读起来并不费力，因为每一页都有插图。"是的，达奇的人生就是一本厚重而耐读的书，因为多姿多彩，给人感觉页页有插图，幅幅都精美。而事实上，达奇这本散文集的特点之一就是图文并茂，配发了达奇各个时期有代表性的照片三十多幅，由照片而文字，由文字而照片，读之赏之，忆之思之，这必是一次愉快而有收获的文字之旅，读吧，你不会失望的。

2011 年 3 月 15 日于江苏太仓先飞斋

凌鼎年，中国作家协会会员、世界华文微型小说研究会秘书长、美国纽约商务出版社特聘副总编、新加坡《环球华人作家》（数字版）主编、香港《华人》月刊特聘副总编、《澳门文艺》特聘副总编；美国"汪曾祺世界华文小小说奖"终评委、香港"世界中学生华文微型小说大赛"总顾问、终审评委、蒲松龄文学奖（微型小说）评委会副主任、全国高校文学作品征文小说评委、美国"国际《金瓶梅》研究会"副会长。

扮演吉鸿昌札记

突出个人和突出个性，是两个不同的概念。在电影表演中搞突出个人，必然会产生令人生厌的结果。我在塑造吉鸿昌这个传奇人物当中，特别注意不搞突出个人而在突出个性上下功夫。我把吉鸿昌性格上最本质的东西概括为：憨直而不愚，宁折而不弯，坚贞而不屈，幽默而乐观。同时，也不忽略他性格的另一个方面，即轻信、义气、粗暴、固执等。只有这两方面紧紧地交织在一起，才能使他不致成为一个被神化了的英雄人物，而是一个真实、亲切、可信的人物。吉鸿昌从一个旧行伍转变为革命军人，是经历了一段幻想、折磨、烦恼、觉醒的，要着力地去寻找、挖掘，并且细致地、有层次地予以表现。否则吉鸿昌的勇猛顽强、浩然正气就会失去其思想基础，从而使这个人物成了"架子花"。

"情不到，戏不妙。"

《吉鸿昌》的剧照

探索一下吉鸿昌在全片中的感情幅度，并确定表现这种感情的手法，是十分必要的。我把他的感情幅度定为："既有大江东去、惊涛骇浪的雄伟气概，又有小桥流水、平湖如镜般的幽静典雅。"其节奏和速度应该是：时而过深山峡谷，时而遇险滩旋涡；时而风平浪静，时而窒息燥闷；时而豁然开朗，时而狂风怒卷。

在表演上将写意和写实同时并举。

有些场次用大笔触去勾勒，浓浓地涂上几笔，像《怒斥贺部长》、《血战多伦》、《单骑平判》等几场戏。

有些场次得用工笔画的手法，细致入微、脉络清晰，一声轻轻的叹息，一个深沉的微笑，一个凝思的眼神，都要做得准确、质朴、逼真。像《海边入党》时的赤子之心，《红楼抒情》中那种缅怀过去和对战斗的渴望，尤其是《狱中告别》这场戏更要把悲愤、感慨、怒恨、坦然、视死如归与对未来的坚定信念，表现得丰富而有层次，准确鲜明、情深意长。

有些场次，采用像木刻那样单刀直入的手法，使之线条清楚、棱角分明、干净利落。如《诗访红区》的那种纯真和刚正无私，《释放逃兵》的那种疾恶如仇和从善如流。《和党代表争论》那场戏，更要率直真挚地去表现他的重义气和固执己见。在《鞭打打人军官》这场戏中，一定要把他的粗暴表现得既可笑又可爱。像《不听孙梅提醒》的那种不以为然的自信，对"党代表提出安全警告"不予理睬的漫不经心，都要把判断和行动，表现得纯真而径直，从而充分展现他性格中的讲义气、粗暴、固执和轻信等方面。

吉鸿昌出场，在实拍前，我设计了一系列动作，骑马赶到处决逃兵的现场，先勒马扬蹄，然后翻身下马，解开披风甩给警卫员老周，要做得洒脱利落，显得习以为常。接着环视周围，健步走上练兵台。要走得刚健。这一系列动作都是表现吉鸿昌的威武挺拔和大将风度。

现场试戏中，导演觉得我赋予吉鸿昌风度和亮相的动作都是可取的，但忽略了最主要的东西，那就是此时此刻吉鸿昌应有的精神状态。

什么是此时吉鸿昌的精神状态呢？此时吉鸿昌是奉蒋介石的命令，到大别山来消灭共产党的。他本来就没有想通，加上连吃败仗，情绪烦躁不安，又发生逃兵事件，更是火上浇油，心烦意乱，内心矛盾十分激烈。应该赋予他一种阴沉、没有什么表情的面孔，并把这样的精神状态和前面的那些动作有机地结合起来。

内心视象明确了，动作也显得更加稳重和有分量，不是那么单纯去表现他大将军的风度和追求外在美了。

角色内在的丰富，还要有准确的外在美观，我想在不同的几场戏中，用一些不同的笑来丰富吉鸿昌的个性特征。

1. 吉鸿昌从红区私访回来，他的秘书聂庆鸣劝他不要再看那些从解放区带回来的书时说："外面都传说你快赤化了！"我设计了一种非常豁达、豪爽的笑，来突出他的襟怀坦荡、无谓的性格。笑过之后："叫他们去说好了，可我还不知赤化是什么样子呢！"

假如没有前面这种笑，光讲这句台词，就会显得平淡。

2. 在吉军长提醒聂庆鸣的台词之前，加了一点非常亲切的笑，然后再说："你跟我这么多年，光提笔杆，可别忘了腰杆呵！"来强调这位军长对自己小兄弟的那种真挚的关怀与爱护，突出了他重义气的一面。

3. 当孙梅拿着信，提醒吉鸿国民名党和日本人可能有新的勾结时，我设计了一种非常不在乎而又充满自信的笑，然后把信递过去，漫不经心地说："勾结肯定会有的，但在军事上不可能吧！"这种笑强调了吉鸿昌性格中致命的弱点，那就是他总以自己的善恶去判断事物，表现出他固执的个性。

后来周光远在天津提醒他注意安全时，我又重复了这种笑，然后不以为然地说："我那里是租界地。"这些小的地方，恰恰是他性格的悲剧性所在。

4. 在叛徒林万鹏设宴劝降的那场戏中，当他说出愿以身家性命为军长担保时，我安排了一个咄咄逼人的冷笑，是从鼻孔里哼出来的，强调吉鸿昌与这种小人的水火不容，然后气愤地说出："拿你的性命担保，我活着比死了更难受！"

5. 在刑场上，当吉鸿昌坐定，面对枪口等待开枪时，看到士兵吓得把手中的枪掉在地上，我设计了一个狂笑，强调了此时此刻吉鸿昌视死如归、大义凛然的气概，也表现了他对国民党这种卑鄙、丑恶行经的蔑视和嘲笑。

拍摄进展得很快，样片积累得越来越多了。从最近拍摄的一些场次中，下面的一些体会是应该记取的。

1. 在表现激昂慷慨、感情膨胀的片断中，是不愁不激动，而是需要特别注意感情的控制。

像《怒斥贺部长》这场戏，在排练中，对贺部长卖国求荣的愤慨，是充分表现了。我把积在内心深处的那段怒火全发泄出来，从眼神到声音，到了几乎是饱和状态。这种声嘶力竭、大喊大叫，似乎充满激情，一下子把对方震呆了。当冷静地一思考，觉得这样的表现是不可取的。这中间一定要有停顿、观察、判断，除怒斥、愤慨之外还要表现出对贺的轻蔑，这样便有层次了。实拍中导演又调整了镜头，增加了贺部长来到之后的静场——僵持。在吉与贺的交锋中，加进了两个短镜头，一是贺部长狡辩的嘴巴的特写，然后又给吉鸿昌一个由近景到一只眼睛的大特写镜头，使这场戏有了起承转合，增强了吉鸿昌的感情层次，使其在极大的愤怒中见镇定，在痛斥中见轻蔑。

在拍《监狱会面》这场戏时，也有过这样的过程。开始时，当从铁栏杆抓住周光远伸过来的双手时，我的眼泪便夺眶而出；当老周说了安慰的话，我更不能控制。但导演和旁边看戏的演员，却觉得这样并不一定感人。看来，演员在这种情感幅度比较大的场次中，如何控制自己，是必须认真地根据规定情景和人物关系去掌握的。此时应该表现吉鸿昌悲愤、喜悦、希望、信心、感激等多种感情的交织，决不能被一种单纯的冲动弄得不能自拔，而盲目地陷入了似乎是真哭真流泪的表演之中。

一个演员，应该是在自己设计好的表演链条中，有层次地发展角色的感情，并善于把多种情感交织在一起去表现，这才是一个演员在逐步走向成熟的道路中，所要去全力追求的表演艺术的境界。

很可能这样做一下子戏出不来，但只要有扎实的内心体验，丰富而准确的潜台词，通过反复练习，一定会获得预期效果。

根据这样理解，在实拍中这段戏是这样表演的。

走进会见室先观察、判断，看到老周背影时，轻轻地叫了声："老周！"等到他转过身，完全看清楚了，激动地脱口而出："老周！"快步冲向前去，四只手紧紧地握在一起，激动地凝望——镇定自己——埋怨他不该冒着风险前来——这种激动的延伸，听老周的解释——接到党中央电报时情绪开始变，先是一怔，然后急切地从老周手里接过电报——随着读电报的内容，情感逐渐发展，面部越来越激动，当读到："中央将尽一切力量营救"时，声音开始哽咽，手也开始发抖——读到"望静心在狱中"时，眼泪才夺眶而出，有了一声抵制不住的抽泣——读完电报，激动达到高潮，这时抬起满是泪痕的脸看老周，激动得说不出话来，低下头去竭力地控制自己——抬起头时开始转化，真挚地说出："感谢党，感谢同志们！"——然后逐渐地挂满泪水的脸上笑着去述说自己的心情——越来越平静，好像不是在监狱里谈话那样。

这种表达方式也许不是最完美的，但比一见面就不能自拔要好多了。记得一位艺术家说过这样的话："生活中哭出的是眼泪，影片中哭出来的应该是戏。"通过这段戏，我体会到：只有最深刻的理解，才能产生最浓的感情；只有最大的控制，才能产生最感人的激动。

2. 在平静如水、抒发深情的戏中，不怕戏不稳，而最怕平平地滑过，连一丝涟漪都不起。

在试拍《红楼抒情》时，安静、自然都有了，但总觉得不很舒服。晚上睡不着觉。心中暗暗默想这一场戏，觉得还是缺乏现象。所以在戏中当推窗外望时，眼睛里缺少一种回忆多伦大战时的激动，只是呆呆地似乎是深情地想着什么，没有变化、起伏、发展。光说要内心丰富，眼睛里没东西，那是不行的。

不从人物此时此刻的具体感受和心情出发，单纯地追求某种意境，或者单纯地追求表演电影化，都会导致游离人物、造作和虚假。我觉得决不能光从电影艺术形式的特征出发，去抓取角色在每个镜头中所应有的分寸，该浓就浓，该淡就淡，该强的，决不能弱下来，该弱的，也决不能强起来。一定要从这个戏的实践中去摸索和积累这方面的基本功，决不能只简单地谈什么夸张就不是电影表演等等。

在排练《海边入党》时也有这方面的体会。吉鸿昌怀着一颗赤诚的心，是那么真诚。开始时，我光注意外部那种小桥流水般的恬静、细致，声音也完全用发自肺腑的气音来处理，轻微而情切。但这段戏太缺少哪怕是非常小的浪花，所以显得深沉有余而激动不足。特别是当周政委宣布接受吉鸿昌为党员时，要更敢于表现吉此时的激动。

样片能接起来的都接上了，看过后，总觉得缺点什么；又翻遍剧本，原来是缺少他幽默而乐观的那一方面了。

棚里已搭好的吉鸿昌卧室这场景。这场戏，我是先卧病在床上的，因为床已铺好，我只好脱掉鞋。这时，我在脑海中突然产生一组即兴的镜头。这是唯一一场表现吉将军在自己家里的戏，应该是无拘无束的，于是我提出要赤脚。明天就要组成同盟军了，应该围绕这个去选择道具，于是便把马鞭子挂在脚上编织起来。导演和演员们都觉得有意思，于是又发展了口中哼唱《三国战将勇》、光脚下地偷酒喝、在床上看地图等内容，这些都拍进了影片。虽然整个影片还缺少这方面的戏，但这一场戏多少增加了一些生活气息。

通过拍摄，我看到给吉鸿昌的镜头太多了，特别是中近景和特写镜头，这样就造成一种光靠面部去表现，十分单调的状况。因此，我要探索其他的方法。经和导演研究，把下面一些戏做了调整。

捶头的动作：

吉鸿昌从释放逃兵现场回来，饮酒苦思时，加了捶头的动作，这样就比光用眼睛去表演更生动些，也更符合这位好动的武将的性格。这个摇头的动作，还贯穿到以后。当他接到蒋介石催他快出国的电报时，也用了这个动作，成为这个人物进行思考的独特方式。

利用背景去表现他的激烈的思考：

表现人物内心激烈的斗争，镜头往往推成特写。诚然，眼睛是表达心灵的窗户，但决不是唯一的。在吉鸿昌决定要赴红区私访时，用了一个全景的背景镜头，手从头上慢慢地拿下来，然后叫金龙过来，告诉他这一重要的决定。虽然看不到他的面部，但从他的动作节奏中，照样可感到他激烈跳动着脉搏。我觉得这种表现比特写更有意思。我们生活中表达的感情的方式，是丰富多样的，电影要想出新，就必须找到丰富多彩、不一般化的表达形式。

用道具去抒发人物的情感：

在拍吉鸿昌离开站场回天津，和赵大年告别这场戏中，我建议用赵老成牺牲后留下来的那支箫来抒发吉和大年的感情：拍箫的特写，并出现箫的声音，把观众的情绪勾起来，然后再跳到吉鸿昌悲愤的脸色，不但好演了，观众感受也丰富了。这支箫后来在红楼书房又重复一次，加深了吉鸿昌与自己战士的亲密关系。

《吉鸿昌就义》这场戏是全戏的高潮。怎样为吉鸿昌画句号？

《吉鸿昌就义》前说的最后一句话，到底应该是什么？原剧本是他坐在那里喊了两声"万岁"，但总感到这样处理一般化，没有个性，也不大符合历史的真实。最后，导演集中了大家的意见，想出一句："我灾难深重的祖国呵，你快强大起来吧！"

是的，我觉得此时此刻吉鸿昌内心深处，仍然是想着整个祖国和整个民族，忧国忧民的情感占着主导地位，这是他贯串全剧的性格的真实写照。实拍开始了，视死如归的吉鸿昌，是那样深沉而平静，用旁白的形式说了这句话。愿这句从内心深处发出的旁白，能给观众以强大的感染！

在一个雨后放晴的下午，我独自到天安门前漫步，在烈士纪念碑前我停下了，仰望着，思考着，我的思绪好像很遥远。但又好像很近。我似乎听到辛亥革命的炮声，也仿佛听到了清明节里那些愤怒的吼声。突然，一个声音打断了我的思路。这个声音高喊着："我灾难深重的祖国呵，你快强大起来吧！"我长长地出了口气，又慢慢地走起来。我想着，我理解着，这句深沉有力的话语，和我们今天近十亿同胞所想的，所期待的，又是多么接近、相似啊！

国际流浪汉

我的身世决定我从很小就到处流浪，长大了，就填上了一个汉字，成为流浪汉，由于职业的原因，开始在国内流浪，后来又走出国门，就成为国际流浪汉了。我的 QQ，我的笔名，我网站上（www.daqihome.com）的开场白，都用过，也都阐述过为什么我叫达奇和国际流浪汉。

我用过的座右铭：人站在什么位置微不足道，朝什么方向去走，才最重要！它最能诠释我用国际流浪汉这个名字的理由。我喜欢流浪，而且更喜欢一个人流浪，从上个世纪50年代开始，当时我在哈尔滨铁路文工团，后来又合并到北京中国铁路文工团，随着铁路文化列车，从最北方的满洲里到广州，我横贯过陇海铁路，去过成渝铁路，更是经常在京广、津沪铁路奔驰，伏在车窗欣赏那春夏秋冬的景色。最难忘的是乘一次特快，从北京到莫斯科，当时车速60公里就是最快了，所以难忘，是因为我的初恋就在

电影《边寨烽火》工作照

这趟列车上开始的。我和初恋的情人,跑到最后一节车厢,看着飞快逝去的铁轨,伴着车轮的轰鸣声,两人紧紧抱在一起,那甜蜜的长吻。

后来调到长春电影制片厂,随着不同的摄制组,更是驰骋在大江南北,而且是海陆空。我永远不会忘记第一次乘飞机翱翔在云朵上面的激动心情,那是1957年,我随《边寨烽火》摄制组,从长春乘火车到贵阳,当时从贵阳到昆明没有火车,只有云贵公路,而且要经过最危险的山路,著名的24拐(险峻的盘山弯路),为了安全,长影领导特批主创人员乘飞机,当时的机型是伊尔14,我到现在还保留着当时的登机牌,最难忘的是机上每人还给发一小盒中华牌香烟。

我更喜欢在大海里航行,第一次是从大连到上海,进入大海后,站在那波涛汹涌中乘风破浪前进的船头,还高声地去朗诵高尔基的《海燕》:"让暴风雨来得更猛烈些吧!"。

电影《边寨烽火》海报

更使我难忘的是从重庆乘江轮到上海,沿长江而下,出夔门,特别是经过三峡,那朝霞出平湖独特壮观的景象。

在流浪旅行中,我听到过铿锵有力的九评:对苏联修正主义的批判声。见证了中苏关系从友好到破裂的全过程。在列车飞奔中,也亲眼看到那大炼钢铁的景象,当然,更经历过60年代的天宰人祸、什么都用票证的痛苦年代。那红卫兵大串联的动荡,开国的有功之臣身陷绝境,更是使我触目惊心,终生难忘。

我也亲眼看过天安门的多次风云:四·五事件,六·四事件。也曾站在为周恩来送葬的行列中,更经历了毛泽东的逝世,两位大人物的离去,我没有眼泪也没有悲伤,有的是疑惑、冷静,有的是对中华民族对祖国前途和命运的更深层的思考,当时我心中涌起的一句话,是我演的《吉鸿昌》在影片结束时,吉鸿昌面对枪口的内心独白:"我灾难深重的民族啊,你快强大起来吧!"

我喜欢候车室里的喧闹,也喜欢站台上红绿信号灯的闪烁,喜欢倾听海港码头那浪花拍案声,喜欢航空港候机室里的熙熙攘攘匆匆忙忙的人群;更爱观赏不同肤色的美女,那些热恋情人们的拥抱和热吻;当然,在候机室打开笔记本电脑看世界变幻的新闻,更是种美好的享受,在夜航里闭上眼睛去遐想;昨天、今天、明天……在回忆中体验生活的酸甜苦辣。打开笔记本电脑戴上耳机,放进一张喜欢看的影碟,啊!这就是流浪。

我是1979年冬天,第一次去香港的,从罗湖过关,就到了所谓的自由世界,那灯红酒绿,那跑马场,因为那时中国刚改革开放,已经有了宽松,就不是那么激动了。后来又去了台湾,亲眼目睹了在没有枪炮声中执政多年的国民党在选票中被赶下台,倒是引起很大的震颤,几千年的封建传统历史,竟在这个小小的孤岛上进行了历史性的突破,如何评价只有未来的历史学家去论证了。

我也亲眼看见改革开放的前沿深圳,从一个渔村到现在一个现代化大城市的变化,更亲身经历了在深圳淘金的乐趣;从拿特区通行证要从公路或从广州坐火车进深圳,到后来有了机场,直到现在的动车组。在这飞快的发展中,曾记得有一位很有名的深圳领导说过:当你现在占有和享受深圳的改革开放成果时,除了要感谢邓小平画的那个圈,更不要忘记来自祖国各地的女孩子们,她们独特的贡献,足可以给她们立个碑。

当时流传着这么一段顺口溜;"到深圳才知道钱少,到海南才知道身体不好,到北京才知道你官太小。"

改革了,开放了,宽松了,出国大潮涌动了,我也来到澳洲,那是90年代初,我当时拍了一部《中国留学生在澳洲》,记录了四十千的风风雨雨,他们的挣扎、奋斗、彷徨、无奈、成功的历程。

我自己曾站在12块礁石的海边上沉思:什么是政治、经济?什么是民主、自由？虽然百思不得其解，但我在澳洲这广袤的自由空间里，我丢掉了功利和浮躁，增添了平和、沉静。

我去过美国，站在9·11的遗址前长时间沉思，这个世界为什么会这样？从冷战到恐怖的袭击、意识形态永无止境的纷争，经济政治的封锁和争斗。贫穷，富有，人肉炸弹，对地球资源的掠夺与乱开发，人类真的要毁灭吗？

我在法国罗浮宫，观赏梵高等名画时联想到，我们中国的博物馆除了历史上的一些名画外，建国以后能有多少作品可以流芳百世？在法国电影博物馆看到世界上好多经典电影的陈列，我们现在的中国大片又能有几部可以永存，中国电影在追求票房中沉沦了，悲哀！

一个国家于世界之林，不在于经济如何强大，更要看一个民族的文化素质多高。在好多报刊上看到：中国经济发展了，文化滞后。什么原因，温家宝总理近期多次提出进行政治体制改革，他看到了，中国是有希望的。

在我的流浪生涯中，我经历过风险，飞机的轮胎不能放下而要迫降，擦地的轰鸣中，幸免于难；也经过抢劫，有过和劫匪搏斗的惊险场面；也有过被盗，钱包和信用卡护照全被偷走，当时心情的慌乱和无奈，最后还是明星效应。那个贼走了过来给我道歉并还回来我的钱包，要求我不要报警，还要我给他签个字，我答应了，在他的本本上我写了四个字：改邪归正。后来我们还成了朋友。

啊，还有过艳遇，在长达10多个小时的

电影《边寨烽火》

飞行中，和邻座的一个少妇先是胳膊挨着胳膊，因为是夏天穿半袖，几乎是肉贴着肉，开始碰到觉得不好意思，就挪开些，没想到她霎时间把她的胳膊又挨近我，我不撤退了，也挨近她，肢体的磁场像电流，把双方欲望都激活了，彼此对视一下都笑了。我伸出手，她毫不迟疑地把她丰润的手放在我的手心里，于是一场肢体语言的对话开始了，温馨、激荡、在漫长的夜航里，她躺在我的怀里，互相享受着热吻和抚摩。

我现在又开始了东南亚三国的流浪，夜里难眠，写下这些回忆和思考，也算又完成了一篇达奇航讯。

我的国际流浪生活在继续，我喜欢这种流浪的动荡，我的生命在流浪中享受和消耗；我的生命更在流浪中充实和精彩！

海边遐想

墨尔本的深秋,是我最喜欢的季节,那翠绿中夹杂着红黄的色彩,蔚蓝的天空,几朵淡淡的浮云。手术后静养的日日夜夜,痛楚,孤寂,无奈,甚至有些荒凉和迷失,好想开车去大海边陶冶和宣泄下自己郁闷的情怀……

坐在海边的长椅上,面对辽阔的大海,我独自一人开始思考,时常有这样的一种感觉,我丢了我自己。这种情况不知是从什么时候开始出现的,只是隐约里觉得,当我一开始离开妈妈那双温情、呵护的细手就已经有了。只不过到澳洲后被这种感觉经常缠绕着。

如今的人们时常都讲一句"迷失",好像整个世界就是一艘"迷失"的大船,人们整日忙着起帆、落帆,左满舵,然后再右满舵。但没有一个人去问终点在哪里,哪里才是我们停靠的港湾。是啊,一生中无数次起航,在各种海域里航行,有风和日丽,有狂风暴雨,有暗礁险滩。停靠过各式各样的海湾和码头,有鲜花,有冷遇,有艳女的青睐,也有令人荡气回肠的奇遇……

时间就像大海,由于它的浩瀚便可以随心所欲地淹没一切。

然而,现实与历史之间存在着永恒的差距。生活在竞争与浮躁里的人们总是在向现实低头;当你面对历史时,无论是国泰民安还是莺歌燕舞,都因为已经过往而披上了雾一般"罗曼蒂克"的面纱。好像人们已经不再需要世间那块最大、最亮、最真切的"镜子"了。

不敢接着想下去。再想下去，仿佛真的能够看到生命的终点。

思想的沉淀、爱和激情的付出，对温馨和柔情的渴望，清醒的头脑和混沌的灵魂之间的碰撞，似乎看到了世界的尽头。

每到这样的时候，就只能再想一想自己的过去和未来。让心帮助我来整理如此零乱不堪的思绪，让我即使是在夜航里依然能够看得更远。

是啊，生命还如此的旺盛，思维还像浪涛汹涌般活跃，欲望和理智还并驾齐驱。

坐在这南太平洋岸边的长椅上，你可以听到世界繁杂的节拍：中东的风云，疯狂的人肉炸弹，美伊的核争吵，欧洲种族的隐患，中美经贸不平衡之战，靖国神社的阴魂不散，印度的崛起，北朝鲜的苛政，非洲的贫穷，台独的暗流，大洋州鸭子趴水似的"平静"，故国农民为了土地的呐喊，世界各地富翁们花天酒地的喧嚣，打工族的日夜煎熬，知识分子在沙龙里对世界的走向进行着漫无边界的思考，一部描写畸形之恋（断背山）的电影，正在玷污奥斯卡的纯洁，那辉煌的小金人在贬值。计算机和互联网的飞速发展，电子通讯的急速成熟，信息时代的来临，正在改变着人们的生活方式和道德与价值观，要么你紧紧跟上，要么你就无所适从。还有那世界各地的流亡者愤怒与悲怆的呼号："一部呆板的历史，因有流亡者而精彩，一部虚伪的历史，因有流亡者而真实。一个平凡的人，因流亡而拥有不平凡的世界，一个软弱的人，因流亡而在水与火之中永恒。"昔日的呐喊变成今天的呻吟，他们在发霉，在沉沦。

这就是当今世界的交响乐。这一切最受益的莫过于传媒啦，他们可以大加爆料。

现实中的油价暴涨，消费者的一脸哀愁与无奈，而政治家们仍然谈笑风生，谋划着自己的选票怎样才能攀升，哎！政治这台戏所以乱哄哄，因为它不需要入场券，也不需要营业执照。

还有男人和女人永无止境的争吵，这是因为女人有太多的欲望和幻想，所以就有太多的失望。正是经历了一个又一个失望，女人才变得成熟。而男人有太多的抱负，所以也有太多的挫折，正是经历了一次又一次挫折，男人才变得坚强。时间是女人的老师，经历是男人的课堂。

海上起风了，一艘快速游艇的尾部，泛起白色的浪花，我脑海里突然出现在伊拉克推翻萨达姆铜像后当地诗人激情的诗句："独裁导致压迫，独裁导致卑躬屈膝，独裁导致残酷，最可恶的独裁导致愚昧。"

又想到自己的生涯——创作：兴趣和欲望，未必能创作出最好的作品，真正好的作品，是用血水和泪水，汗水和墨水才能完成的。

血水——苦难的经历，

泪水——深刻的情感，

汗水——勤奋的耕耘，

墨水——精美的技巧。

天空突变，乌云密布。

我也突然想到危机，人的一生会经常不断地出现危机感，此时我一下子悟到：所谓危机，就是一个旅行者走了一半的路程，然后才发现自己的干粮没带够。其实，危机也有两层意思：一是危险，二是机会。

沉舟侧畔千帆过，历史就是这样无情，是啊，历史不会被遗忘，但是会褪色，我们并不曾失去往事的记忆，我们失去的是激情……

前人回首往事，曾以不逾越规矩为荣，今人回首往事，应以不逾越规矩为憾！

手机响了，短信里出现了这样一行字："乐观主义者，多半有个好心肠，坏记忆。"

我回电话，那边问我可好。当时我答："我失去了好多东西。"他却说："你只是丢了你自己……"

瑟瑟的海风里，听他细数着许多年来我的经历。在他的感观里，我的迷失在很久很久以前就已经开始了。

为什么自己没有察觉？只是冷冷地觉得一切发现得太晚。我还寻得见自己吗？

我不止一次向灵魂询问有关迷失与找寻的答案……

接着，短信里出现了另外一行字：这个世界不会因为你迷失或一无所得而抛弃你。只要你能坦然地所思就足够了……

此时，大海好像笑着对我说："因为昨天已经是一场梦，而明天也仅仅是幻影，只有今天好好的生活，才能使每个昨天都成为美好的过去，每个明天都变成有希望的憧憬，好好地去正视今天把握今天吧。"

谢谢你大海，我还会来的……

答心理学家问

出差回来,收到很多来信,其中一封是一位心理学家的朋友写来的。他目前正在搞一项大的社会调查、即不同职业、不同年龄,不同性别的人,在下面七个方面的心理状态。我觉得很有意思,答复他的提问,也算进行一下自己的心态扫描。

6. 最使你开心的事情是什么?

最开心的事情,并不是都是经常出现的。因为能达到"最"这个字的标准,不是很容易的。也许我的期望值比较高,很难有什么事令我最开心。但如果非要回答,我可以举出两件事:(当然是指最近时期最令我开心的)一是写回忆录,二是抱孙子。记不清哪位学者说的:"名人和凡人的最大区别是,名人到老了写回忆录,凡人到老了抱孙子。"我是既写回忆录又抱孙子,写回忆录使我把生活从昨天、今天和明天连成一线,抱孙子使我感到生命的延续、童心的未泯。我想名人、凡人都是人,做一个活生生、实实在在的人才是最重要的。

7. 最使你烦恼的事情是什么?

春夏秋冬,每天每时都会发生令人烦恼的事,但要题以"最"字,就要好好去推敲和评估。古语说,三十而立,四十不惑,五十而知天命。到了我这个年纪,似乎把什么都看得很淡,因此,一般的烦恼难击中我,而最大的烦恼也还没有出现。

8. 你最想不通的事情是什么？

我有好多好多想不通的事情，有的难以出口，有的羞于出口，有的不敢出口。

虽然没有正面回答问题，这也算做一种心态吧。而且是无比真实的一种心态。

9. 你最想做的事情是什么？

我最想做的事情，就是在有生之年把那些最想不通的事情都想通，而且弄明白。这些我最想做的事情，目前又完不成，或者说又做不好，于是觉得无比烦恼。对了，你不是问我什么事情令我最烦恼吗？现在倒是找到了。

10. 你最反感的事情是什么？

很多很多，先拣最反感的说：

最反感在一些优雅的餐厅里高声地放音乐，像走进歌舞厅或者夜总会，和对面吃饭的人说话都困难。先声明，我不是反对放音乐，是反对把音乐开得太响，太高。那么好的灯光，那么高档的装潢，理应是淡淡的、蒙蒙胧胧的、令人遐想的、令人陶醉的背景音乐。你若不信，可亲自走走，去看看，去听听这种场合到处可见。

还有一些商场和商店，也充分发挥音乐的"功能"，用足了扩音器和大喇叭的效应。毫不夸张地说，真是破坏了大好的购物环境，而且大分贝的音乐都会影响售货员的寿命。

最反感那些"加塞"的人。当你正在规规矩矩地排队办理登机手续时，会突然来一位或几位，目空一切地站到最前面，递上自己的飞机票。

在购买机票费的窗口前，一共不到十几个人，都挤成一团，把窗口团团围住，不分男女，都贴得紧紧地。如果都很礼貌到排成队，不是又快又轻松吗？

距离登机还要半个多小时，在登机口便会有很多人排成长龙，有一次我认真地看表，竟有三十多位足足站了二十分钟。恐怕这是世界上最有精力最有耐心的人，因为令人不解的是，每个人都有固定座位，并不是因为你排在前面就有好座位。

飞机还没有落地，一些人就会急不可耐地站起来拿东西。我曾亲眼看到三次东西掉下砸到别人的情景。更有甚者，飞机落地还在滑行时，有些人就会站起来排队，乘务员用着急、友好、规劝的声音广播，也很难制止。

我曾经到过一个经济很落后的西非国家，飞机一直到完全停稳，乘务员打开机门后，乘客才站起来拿东西，鱼贯而行，又顺又快！

亲爱的心理学家，我希望你有时间能亲自调整一下上述这些人的心理！

11. 你最怕的事情是什么？

我最怕逛商店，更确切地说，是最怕为自己买穿的。因为人又高又粗又大：鞋要穿44～45码，衬衫领口也得44号以上，腰围是二尺九寸，冬天就得三尺以上。目前各厂家仍然是把眼睛瞄住"均码"，因为消费者最多的是中间层，两头的很少，因此就苦了我们这些膀大腰粗的人。当然，不能说市场上没有大号的产品，应该说是很少，或者说是极少。偶尔有了大码，因为只有一两种款式和颜色，会令你没有任何选择的余地。经常听服务员告诉我，来的大号货太少了，都先卖了。有很多品牌，都是做到43号为止，而鞋，也就做到43码为顶，厂家根本就不生产大号的。可现实是，腰围粗的人越来越多，脖子粗的人也屡见不鲜，高个子一般都长个大尺寸的脚，但市场可供选择的商品太少。我经常看到和我同病相怜的人，又生气，又抱怨，又叹息，又痛斥！

其实，两头的生意要做好，效益也是可观的。厂家可以把价位抬高，因为这些两头的"少数"（在12亿的人口大国，也不是少数）是愿意多出一些钱，买到自己喜欢和称心如意的产品。写到这，我想起一段小故事。在一家很大的商场，我逛遍了卖衬衫和卖鞋的柜台，确实在我喜欢的品牌中找不到44号以上的。他们的经理接见了我，我讲了一个真实的经历给他听。

那是中国申办奥运会最热烈的时候，我当时在欧洲参加一个朋友的聚会，很多次都谈到申办奥运的话题。其中一对中年夫妇很直率地说："您知道为什么我们不愿到中国开奥运吗？"我说不知道，他们认真地说："到你们那里，我们很难买到44号以上的衬衫，很难买到44码以上的鞋子。"我听完后火冒三丈，觉得他们不太友好，觉得他们在侮辱我们伟大的祖国！我真想狠狠地揍他们一顿，身旁的朋友看到我怒不可遏的脸色，把我拉走了，因为他知道我的火暴脾气。

这时，站在我旁边的那位经理，脸色不太好，我接着说："可是今天，面对这货柜，真是"我说不下去了。

最后，经理给了我一个许诺："先生，你明年再来看，再看！"

为了他这一句话，我今年还专门去看了一次。真的有了大号，有品牌、款式、色彩都很多，大有选择余地，而且这些大号的生意做得特别火，卖得特别多。

人在变，市场也在变，而那些生产厂家是不是还会老抱着"均码"不变呢？

看来，我前面写的"最怕逛商场"还不够贴切，应该改为"最怕生产厂家永远生产'均码'而不变"。

12. 你有痛苦吗？

有！一个没有痛苦的人，可以说是不完整的人。我觉得痛苦并不可怕，可怕的是不能够解除痛苦。

很多乐趣都是在解除痛苦过程中产生的。这里，我要引用印度大诗人泰戈尔的一段小诗，来结束这篇答问：

——每个人都想寻求欢乐，

而往往得到的是痛苦，

在痛苦当中，

你才会发现和得到——

最大的欢乐！

从饮品中看人

在众多的饮品中,茶、咖啡和酒好似不同风味的人和人生。

茶的味道是绵远悠长、袅袅不绝的。它的芳香和甘冽需要你细心地咀嚼,才能体会到其中的滋味。如今在这喧闹和浮躁的红尘,能安静地坐下来,品一杯香茗,也是不容易的了。茶好似一位飘然出尘的隐士,貌似枯寒,却有着一颗宽厚柔和,且澹如秋水的心。当耐心品尝过茶最初的苦涩之后,通常总有一缕清香与甘甜萦绕在你的舌尖,挥之不去。同样,如果我们经历过纷繁的世事,还能像饮茶一样保持一份超然宁静的心态,那么在回味过往的风雨沧桑时,便也不会感觉到愁苦万状,相反倒别有一番深厚醇美的滋味在心头。这样如茶一般的人生,又何尝不是一种境界呢?

与茶的萧散冲淡不同,咖啡积极地拥抱这个快速节奏的社会,在灯红酒绿的城市,尤其受宠的是速溶咖啡。只需一杯开水冲下去,浓郁的芳香便马上扑面而来,有什么比这种

电影《独立大队》

饮品更令现代淑女和绅士们欢欣的呢？——快而不失方寸与优雅，却更是一种身份和品味的体现。另外，咖啡还据说是世上最奇怪的饮料，因为只有它要经过由白变黑、由苦变甜、由冷变热的过程。这真是一种既矛盾又迷人的一种 Drink，恰如这令人痛苦而又充满诱惑的人世间。

茶是隐士，咖啡是绅士，酒呢？它的风貌却有千百种。前两者明显有东西方之分，而在酒这里，界限则毫不明显。酒可以是雅士，也可以是勇士，可以是名人，也可以是凡夫。品茶与喝咖啡多半要闲情逸致，而酒不拒绝任何一种心情，喜怒哀乐皆可。更主要的是，茶和咖啡俱是令人清醒，只有酒让人熏然欲醉、睡意昏沉。人们在逸兴横飞时饮酒，在壮怀激烈时饮酒，而更多的是在愁肠百结的时候饮酒。"举杯销愁愁更愁"、"酒入愁肠，化作相思泪"等便是明证。

品茶，是在红尘中着一冷眼；喝咖啡，是在享受这美好的生活；而饮酒呢，纵然洒下再多的热血与热泪，也终究逃不开这五味俱杂的人生。今天的你，是喝茶，还是喝咖啡与酒？

无论你是喝茶或咖啡还是饮酒，在你欢愉、兴奋、悲苦的时候，常常会无端地想念一些人。想起一些人时，总感觉自己的生命是被切成一段段的，每一段都和一些人联在一起。没有这些人，生命似乎也就苍白贫乏，没有着落。但也不单是朋友，一些不是朋友而不得不与他们发生联系的人，甚至一些憎恨的人，也常常要想起他们，所以，生命便可以分解成这样：一些被你所爱的人分去了；一些被你恨的人分去了；一些被你无所谓爱或恨的人分去了。

你的生命被这三种人分解去了。你在漫长的岁月里想念他们，因此你觉得自己的生命实在而丰足，幽幽的想念不为人知，带着往昔的感情色彩，或爱或恨或浓或淡或长或短。当你想念着一个人时，便觉得在极深极深的心底，有一些莫名的颤动，若隐若现，欲升还沉，你想紧紧地抓住他们，但他们稍纵即逝。当你想念滑过你生命的那些人时，所有的爱憎都蒙上一层淡淡的晕光。透过晕光，你会有一种体验生命的欣慰。

这种想念，往往是在喝茶或者咖啡，当然，更多的是在饮酒后发生的。

中秋之夜

农历八月十五，我国正值秋天，可在南半球的澳洲，已接近冬末，但气候和温度与我国江淮一样。我带领摄制组，先后在墨尔本、堪培拉、悉尼、布里斯班、黄金海岸等大城市，拍摄大型记录专题片《中国留学生在澳洲》，采访了各种不同类型的留学生，记录了他们的工作、学习、爱情以及正在发生的遭遇。这些远离祖国的游子在经历着不同凡响的情感路程。

回到墨尔本，花了近两个月工作日，看完了近30多个小时的素材，然后静下来，去构思如何编剪、怎样取舍。

我还是习惯一个人去漫步，边走边思。十月的墨尔本，虽然冬天还没过去，但一片翠绿。空气清新，各种花朵盛开着，人极其少，安静极了。在这种环境下，我的思维是最活跃的。开始，我尽量去回想哪些素材是最精彩的，先把最动人的东西挑出来，然后再去筛选，留

达奇夫妇在澳洲

下来的，应该就是先编剪的了。

　　30多个小时的素材，记录了40多位男女留学生，不是一下子就弄得清哪些是要留的，哪些是要舍的。

　　不知走了多少路，脑子还是乱乱的，但后来有一对留学生却牢牢地占据了我整个思维。那是在悉尼，我们已结束了全部拍摄。因为第二天是中秋节，全组休息，晚上参加华人社团组织的中秋之夜联欢会。

　　这一对留学生就是在联欢会上认识的。他们来自上海，在国内看过我主演的片子，很亲热。他们得知我正在拍摄有关留学生的记录片，非常感兴趣。女的很遗憾地告诉我："早些知道就好了，我们俩的故事就很精彩。"她还要说下去，男的扯了她一下："算了吧！"女的冷静下来："精彩倒是精彩，可就是不能公布。"联欢会开始了，节目很丰富，很动感情，特别是在海外，才能更深刻地体会到"每逢佳节倍思亲"这句话的真正含义。晚会真是悲欢离合，情感特浓。

　　但我一直对这对欲讲又罢的留学生感兴趣，便凑过去，举起手中的一杯酒去祝他们幸福。三人一饮而尽。男留学生比较内向，女的则比较开朗。她快人快语地问我："达导演，你猜我们俩是什么关系？"我笑了一下："如果我没猜错的话，你们是同居关系。"（因为我已经碰见过很多这种同居的伙伴。）"YES"！我们更加接近了，三个人又饮了一杯酒。女留学生很激动地给我讲了一段他们在中秋之夜的故事。

　　这段故事在我脑中不断涌现，今天漫步时可以说整个脑子都被这个故事占领了。遗憾的是没有拍下来，当然更遗憾的就是即使拍下来，故事中的主人公也不会同意让我们在电视台播出的。

　　现在，只好隐去其名，把这段故事讲出来。

　　中秋之夜，这已经是他们到澳洲的第五个年头了。他们是从第四个年头结合的，这是他们结合后的第一个中秋之夜。

　　在悉尼郊区，万籁俱寂，一轮明月高悬在有些薄云的夜空。这对同居的留学生，内心却与恬静的环境极端不调和。此时，他们虽然共同躺在一张大双人床上,可心中是各想各的事,互相很少说话,辗转难眠。深夜12时的钟声已响过,按时间差计算,祖国此时是夜晚10点钟。

性格比较外向的女留学生实在忍不住了,她推了一下身旁的他:"你能不能去客厅坐一会,我给家里打个电话。"男的非常识趣,乖乖地去客厅。

女的拨通了上海家中的电话,接电话的人正好是她的丈夫。丈夫听到远隔重洋的妻子在中秋之夜打来的电话,非常激动地说:"我从九点半就守在电话旁边,你好吗?"女留学生声音有些哽咽:"好,也不太好,小曼好吗?"听筒传来丈夫的声音:"小曼在看电视,我去叫她。小曼!妈妈来电话了!"丈夫高喊一声,仍然握住电话,有些急切地问:"芳芳,你还一个人生活吗?想我吗?"女留学生看了看客厅,把声音压得很低:"是,一个,想你"她有些说不下去。这时话筒里传来女儿小曼的声音:"妈妈,我想你,每天都看你的照片。妈妈,快回来吧,好妈妈!"女儿哭了,妈妈的心碎了,她谈不下去了,拿话筒的手抖动着。这时和她同居的男人,就站在卧室和客厅的门口,眼睛直直地看着她泪流满面的脸。当她目光抬起和他对视的时候,她突然忍不住了,一下子扔下话筒,放声大哭起来。

男的走到她跟前,握住她的手,紧紧地握住,什么话也没有说。她哭着,抽泣着,极力地克制自己:"你也给家里打个电话吧!"她挣脱了他的手,跑到客厅去,并"砰"的一声把门关上。

男的眼神有些呆滞,走到窗前,仰目观天。只见一轮明月在薄云中掠过,他想着遥远的家乡,想着他的初恋,想着他离开祖国时和妻子的热烈拥抱和吻别。他想不下去了,终于拿起了话筒,接通了电话,他妻子激

在悉尼

动和兴奋的声音马上传过来:"你再不打来,我就要打给你了。"男留学生开门见山地说:"我想你,想我们的小宝。"他说不下去了。他妻子的声音:"我也是。悉尼的月亮圆吗?"男留学生:"圆,很圆的!"又传来他妻子的声音:"中国的不'圆',缺很多,很多。告诉我,还让我等多久?你不回来,月亮永远不会'圆'"。男留学生听着,他面色有些苍白,面对这样的话,他无言以对。又传来他妻子的追问声:"告诉我,你身边有人吗?就你自己过中秋节吗?"这时,他的同居伙伴已经站在他的身边,冷静地听着。

男留学生倒是没有哭:"是的,只有我一个。我想你,想小宝。叫小宝跟我说几句话好吗?"她妻子的声音:"小宝骨折住院了。"男留学生急切地追问:"什么?住院了?"还没等对方回答,他的同居伙伴按断了电话,一下子扑到他的怀里。他再也抵制不住自己,泪水伴着哭泣。

静悄悄的中秋之夜,一个男子汉的抽泣声,在南半球回荡着。没有任何人知道,也没有任何人听见,只见这对同居者紧紧地抱在一起,两颗心在剧烈地跳动。

我不知走了多少路,但我走得很慢,可心跳得倒很快。无疑,这个故事深深地打动了我。

在我写这篇小文的时候,我还清楚地记得,我们在中秋晚会结束告别时,我认真地问了结果,但谁也没有回答我,就这样分手了。

可我多么想知道,那个中秋佳节的深夜,他们是怎么度过的?!

他山之石

每次从海外回来，和亲友相聚，他们总会叫我讲些新鲜事。在海外呆得时间长了，对一切都习以为常，因此会一下子讲不出来。但这些要求却总响在我的耳边，再逗留国外时，便开始留意起来。现记录几段：

1. 被罚一年不许考车牌

我的一个朋友，出国前曾是歌星。他知道我在墨尔本，打电话约我吃澳洲的石头烧烤，并叫我开车去接他。他详细地说了地址，还特意指出在地图上第79页B6区。（澳洲地图绘制得特别详细，一个城市的任何街道，不论大小，都会在地图上找到）我翻开地图，很快就查到了他的位置，然后是规划行车路线。

我边开车边想，这位老弟怎么不开车接我呢？因为在澳洲开汽车就像骑自行车一样，每个上班族都有车，没有车就像没有腿一样，真是百思不得其解，也就不去想它了。

准时到他的公寓，小坐了一会，他在地图上指出石头烧烤餐厅的位置，距离约有30公里，我们就出发了。

一路上都是他问我，好像答记者问一样，对祖国的一切都觉得新鲜。半个多小时我们就到了。下车前我才提了第一个问题："你提前定位了吗？"在澳洲这种比较新、奇、特的餐厅，都要事先定位的。他笑着回答我:"当然!"这种石头烧烤是把一块火山石加热到四百度,即使再过半个小时温度还可以保持在三百度左右,你可在火山石上烤你想吃的任何肉类,烧烤出来的肉又嫩又香。这是我第一次吃,既新鲜,又可口。我是个肚子里装不住事的家伙,突然发问:"你来澳洲两年了,为什么还不自己驾车?""唉!别提了,真是丢人!"他非常内疚地给我讲述了不驾车的原因。

在澳洲车牌要分三个阶段,第一步,先去笔试,就是考你各种路标和交通规则。通过了,将发给你一张学习驾驶证,通常叫"L"牌照。有了这张证,你就可以驾车了。但是驾车时,身旁要有一个持正式驾照的人把关,决不能单独驾驶。除此之外,还必须在汽车前后玻璃挂上一个黄色的写"L"字样的方块牌(主要是表明你在学车,别的车会先礼让你)。第二步,当你在正式驾驶师傅的指导下,学习得差不多的时候,你就可去预约路考。通过了,你可以领到一张见习驾照。这时你就可以"放单飞"了,身边不用有持正式驾照的人,但在车的前后玻璃必须挂上写有"P"字样的红色方块牌。

我这位朋友的问题,就出在路考这一关。在他路考之前,很多技术考核大多是在考车场里完成的,而他这次路考,正巧赶上新考核法实施取消考车场,全部在路上实考。这可难为我们这位朋友了,因为他练车时,大都在考车场里。尽管标拦很严格,但没有那么多车,没有复杂的路况。第一次考核就失败了,又约了一个月后去考第二次。结果其他项目都通过了,就只剩"街边泊车"这一项。这是最难的一项,很多老司机都不敢轻易去这样泊车,宁可开着车去找容易的泊位。所谓难,就是要求在你前边有车,后面也有车,只有在这两车中间泊进去,而且要求一次性成功。先倒车进去,然后再往前提,再倒进去(正好停在两车中间,而且前后距离都要规范)。这个泊车的考试,是在街区有很多通行车辆的情况下进行,又必须在一分钟之内完成。

我的朋友就栽在这个考项上。他连考三次都失败了,每次需交一百多元澳币的手续费,每次间隔约一个月左右。在第四次考试时,他自己鬼使神差地想了个主意,把他珍藏好久的一颗从祖国的吉林带到澳洲的野山参,打好一个礼包。因为和那个考官已经混得很熟,想来个人情过关。他万万没想到,这一举动惹了大祸。考官立刻命令他把车开回考场管理处,主考官把他要送礼物的事做了汇报,并当即给我朋友一个处罚:一年之内,不准参加考试,而且郑重地告诉他:"这样不可以,我们是为了你的安全,也为了大家的安全,要好好学。"就这样,我的朋友到现在还不能开车。

  2. 必须自己负责拾回

在澳洲很多公共场合,都会有告示牌,而且做得特别规范。最大的感觉就是看不到任何政治口号式的宣传牌,摆放的位置、牌子的制作都很讲究,语言也很别致,看不到任何罚款的告示,但这并不等于没有警告。

有一次,我去逛动物园。在鳄鱼池的铁拦前,有一块不绣钢牌子,上面协商着一段很有趣的告示:"凡向鳄鱼池内部掷物者,必须自己负责拾回!"看到这,我想在国内曾看过一则电视报道,某个动物园很多动物都病了。经开刀,拿出很多杂物及塑料袋之类的东西。值得一提的是,在这个动物园内有很多处写有罚款的告示,却都无济于事。

  3. 向惰性挑战

以前,在自己的办公桌上,会经常写些警告或座右铭式的语句,来激励或者提醒自己,算是自律吧。打退休以后,每天还有大量工作要做,也经常东奔西跑,有时也在办公室住上一阵子。现在摆在我桌前的"自律",是这样一段文字,这是我从澳洲一个疗养地抄回来的:"如果不注意锻炼身体,那么人一旦过了50岁,身体则一年不如一年;过了60岁,就会一月不如一月;过了70岁,则是一周不如一周;到了80岁,是一天不如一天;到了90岁,可能就会一小时不如一小时。"

这段格言,我特意请了一位书法家,为我写成条幅,裱好挂在房间的醒目处。我改了其中的一句,把"到了90岁,可能就会一小时不如一小时"改为"到了90岁，可能就到不了90岁"。我自己还写了一个横批："向惰性挑战！"

打有了这个条幅和横批之后，我订了个健身计划，把原来零打碎敲，锻炼一次就买一次票的办法，改成买月票或季度票，便于克服惰性。因为你不去，就浪费一次票，也算是用经济手段来督促自己吧。

我在澳洲疗养院的游泳池，问过很多老人，其中有一对老夫妇，经常在三米跳板上跳水，偶尔还来个俏皮的动作。我问他多大年纪了，他骄傲地回答我，八十九岁，他老伴八十五岁，而且这样的老人不在少数。我还问过门房的看门人，这条关于健康的告示放在这里多少年了？他算了算，该有五十年以上了。

这条关于健康的告示，我天天看，也琢磨出点道理，觉得重点可以归纳这么几个字：年、月、周、天。都说岁月无情，"无情"乃是个时间表也，即"年——月——周——天"这个周期。"年"越来越短，"月"又好景不长，而到了以"周"来计算，生命就快到尽头了。这条健康的告示，给我启发，给我动力，叫我坚持锻炼，向自己的惰性挑战。

我现在还可以经常从游泳池10米跳台上，用冰棍式的跳法戏水，得感谢这条告示的作者，尽管我不知道他是谁，在哪里。我得益于这条告示，悟到一个"什么是年轻"的道理。那就是，年轻并不意味着20岁的年龄，只要是对世界上那些不合理的事情或现象，都保持一种激动和想改变它的欲望，你就是年轻的！当你对什么都无动于衷，你即使是20岁，也应该列在老人的行列之中。而要获得这种感觉或者是保持这种心态，就要向自己的惰性挑战，这是极其重要和不可缺少的！

以上三点虽然不算什么新鲜事，也可称做是他山之石吧。

浅谈撒谎

前些天几个好友喝咖啡,话题聊到撒谎,我的一个小兄弟非常感慨地说,他的婚外情被老婆发现了,一场家庭战争打了一周多,由于孩子还小,终于没有把那一张纸撕毁,老婆问他,为什么要撒谎?我这个小兄弟回答的很妙:"那是因为我知道和你说真话的代价!"

这个世界也可以说是个撒谎的世界,政治家的谎言,可以蒙骗众多的选民;经济家的谎言可以制造虚假的繁荣;虚假广告的谎言,可以赚到更多的钱;夫妻间的谎言,虽是异梦,但还可以同床;谎言是无孔不入,能把撒谎论述清楚那可是高人,所以我的标题是《浅谈撒谎》。

人之初,性本善,人本来是诚实的,但到了社会之后,由于各种利害关系,就开始说谎了。我清楚地记得,在1957年大鸣大放,给党提意见,向党交心,中国的知识分子一片坦诚,后来大都被打成右派分子,发到北大荒去改造,这场引蛇出

郭沫若著名话剧《孔雀胆》扮演段公

洞的政治风暴后，人们就再也不敢说真话了。在大跃进时期撒谎就更甚了，漫无边际的大话，假话……

我们人类说谎可以说是广而深的一门艺术，说谎的本领愈加发达和愈发成熟表现在，愈来愈多的人说谎；或者说不该说谎的人，在不该说谎的时候，在不该说谎的事上，也要说谎或者也开始说谎。我们可以观察一下，我们人类每天说谎的次数，并不亚于其他看起来更为重要的事情！比如，蒙人骗人的广告满天飞；一个尾数是58的电话或车牌号码，有人会认为是发财的征兆。此外，假文凭、假学历、假郎中、假学者、假大腕、假公安……已是司空见惯。生活中，我们平均每日吃三次饭，睡两次觉，梳洗一次，出一次恭，匿名在网上骂一次街，努力做一次爱，等等；但我们每日撒谎多少次呢？去与情人幽会，回家谎称工作忙，也可能背着老婆存有小金库，等等，无法统计。

我们人类撒谎就像长癌一样，谎龄愈来愈小。有一个朋友就说过，他记得两岁时，就会装睡，他妈刚一关上房门，立刻睁眼玩儿将起来。我们又发现，谎龄也愈来愈老。古人云，人之将死，其言不假。但如今，一辈子做过许多坏事的人，临死时，也会骗别人说，上帝告诉过他，上帝他老人家从来没有给人类创造过一个地狱。

有一类人的撒谎被人误解了许多，这类人就是政治家。政治家撒谎和老百姓撒谎有许多不同之处。老百姓撒谎往往是随机性的，就是说并无预谋，不专业化、不职业化，容易被老婆抓住。而政治家并不是不怕被老婆抓住，因为与老婆无关。那"挂羊头卖狗肉"的戏法愈演愈烈，越是危机越唱喜歌，凡此种种。政治家撒谎是有计划、有纲领的，他们相信，只要花上一千次时间，就像能把一块通红通红的布头洗成惨白惨白的一样，可以把一个谎言变成真话。我们佩服他们的坚韧不拔，并充分理解他们那充满善意的出发点。有人说，他们那样做是曲线救国。如今世道不一样的是，因为有人带头说谎，说谎已成习惯且水平不低，因此有时谎言需要被重复上几千遍，才有可能变成真话，难怪如今政治家们愈来愈累。

话到这里，信不信由你。无人不说谎，不是事实，也渐成事实。撒谎成为每人每日必修之功课，再加上内有父母为鉴，外有师长为样，谎撒得不好连狗都不理，人类伴着撒谎愈发成熟起来。

有一个骗子在接受审讯时说："你骗一个人没问题，如果所有人都被你欺骗到了，就是一种能力，就是成功的标志。"

现在你的手机上，或者网上，会经常看到中奖的消息，银行卡被盗，谎言的欺骗到处都是，让你防不胜防。家庭里，孩子也会经常和你说谎，夫妻之间更是谎言当道，然而，谎言撒得再天衣无缝、撒谎时再脸不变色心不跳，也无法改变谎言的实质：只要是谎言，就一定会有被戳穿的一天。更重要的是，撒谎行为本身事关诚信，与能力完全无关，与成功更是风马牛不相及。

我们大家都撒过谎，也都遭遇过因为撒谎而付出的代价，还是少点谎言吧，一次谎言惹的祸，要用更多的谎言去圆，越谎越坏，谎言给这个世界、给国家、给家庭、给个人造成的悲剧还少吗？要学会以简单治复杂，以真实化解谎言。真实的处世，真实的感情，真实的爱，真实的活着，才是绿色和低碳的生活，真实会使你轻松，长寿！

最后，那个小兄弟总结了一句话："在国内有三种人能赚钱，一种是能说和会说谎的骗子，一种是能够和善于识别骗子的人！还有一种是腐败分子和善于并会去制造腐败分子的人！"

哈哈，很有意思，这毕竟是和撒谎有关系的。但更应该看到，这些人的黑钱还没等用或还没用完时，他们的末日就到了。

昔日上海外滩的热恋

这是我在80年代初，在上海外滩拍摄的照片，昔日的外滩，一到晚上就是情侣们的天下。看，一条长椅上两对恋人，按毛主席语录说的："你打你的，我打我的。"可想而知，那时上海青年人恋爱的环境和空间该有多么的小，请看照片上的两对恋人，有谁能猜出他们在说些什么？我试图来推敲一下：（左面一对的对话）

男：你为什么不愿意把我介绍给你的父母？

女：我不想说，说出来怕伤害你的自尊心。

男：我能承受。

女：我爸妈嫌你钞票太少，没有办法撑起一个家。

男：我想知道你的看法？

女：我爱你，可是现实也很残酷……

（右面一对的对话）

女：例假没有来。

男：有多少天啦？

女：我一直很正

常，已经超过二十天啦，怎么办啊？

男：明天我带你去检查。

女：还没有结婚，多难看呀！

男：我姑妈是妇科医生。

女：（开始难过地抽泣起来）

男的把她抱得更紧，两颗爱的心快速的跳动着。

我填写的不一定对，可我认为这两对情人的对话是符合那个年代的。

澳洲的上海人不算少，我多么希望这照片的人就在澳洲，或许在澳洲的上海人中，也有过这种经历。

20多年啦，那时这些热恋的人，他们的小孩也正是进入热恋的年龄。

请看看你们父辈的这张老照片吧……

历史不会被遗忘，

但是会褪色，

我们并不曾失去往事的记忆，

我们失去的是激情！

现在40岁以上的上海人，对这张老照片的情景肯定不会陌生。

让我们共同来重温一下，昔日外滩浪漫热恋的情怀吧！

我还清楚地记得，我曾问过一个在外滩巡逻的解放军小战士："你看到这些搂抱在一起的恋人，感觉如何？"他警惕地看了下周围，很调皮地告诉我："我脱掉军装后，也会加入他们的行列。"多么真挚多么可爱的回答呀。

是啊，浪漫的热恋永远在向人们召唤！

街头较量

随着市场的繁荣，在大都市喧闹的街头，除了商业的五光十色外，人文景观可谓层出不穷。笔者在F市，晚饭前无聊，独自游逛。在一个十字路口的天桥上，看着那些叫卖各种小商品的小贩，有男有女，有老有少。有时你只要上前去看看，或问一下价码，这些小贩便不会轻易放过你，会紧追不舍，不断地降价，缠住你不放。如果你真的不买，扬长而去，你耳边就会响起他们的骂声。还有一种丐帮，有的把残肢断臂露在外面，前面放个大瓷碗。他既不向你伸手讨钱，也不看你，颇有一副姜太公钓鱼，愿者上钩的样子，悠悠地背靠水泥栏杆，任凭行人施舍。这些街头小景和那些高楼大厦的繁荣景象互相映照，叫人有一种说不出的感觉。

我一边思索着一边行走。突然一个比我还略高的大个子，足有一米八五以上，油头垢面，穿着背心，浑身晒的黝黑，紫红色的脸膛，一双明亮的眼睛，两鬓已有白发，年纪五十开外。起初我以为遇见了一个精神病患者：那双明亮的大眼睛里，包含着哀怨和乞求的目光，他极其缓慢地把右手端着的那只大饭碗伸向我面前。我明白了，这是另一种乞讨者。我用疑惑的眼光看着他，他眼皮都不动一下，继续凝视着我。这时我的直觉告诉我，他可能是聋哑人。看他那么强壮，我在想，为什么要行乞呢？我有些生厌地看着他。可能我的眼神刺激了他，原来那种乞求的目光逐露出了几分凶相。其实此刻我完全可以一走了之，可一种雄性的好斗激素在我血液中一下子燃烧起来。我不甘示弱地用愤怒的眼神对他还以颜色。于是两个人的眼神大战，在这喧闹的大千世界，在既无观众又无裁判的场合下开始了。

我觉得我受到了侮辱，眼中的怒火在燃烧。

我似乎觉得从来还没有遇到这么严厉的挑战，他那双冲血的眼睛更加红了起来。我屏住呼吸，在怒火中加进了几分杀气！他丝毫没有退意，眼睛越瞪越大，眼球在抖动，他宽大的胸脯起伏着。我此时下定决心，不看败他绝不收兵。他眼皮发抖了，但仍然保持着不服气，不屈服。同时开始用颤抖的右手，端着那只大瓷碗向我胸前逼近。

我也把握紧的右拳举起来，和他端着的碗平行。心想，只要他稍有非礼的动作，我就给他致命的一击。我充满敌意的眼光更加锐利地刺向他。

时间似乎凝固了，一个通过这种手段找钱的人，一个不知为什么跟他斗气的人在对峙。世上没有不散的筵席，终于他撤回了放在我胸前的那只碗，眼神也开始柔和。我此时更是义愤填膺。如果当时有摄像机拍下来，恐怕是我一生演戏生涯中，最真、最动人的镜头。

他不但软了下来，而且那双凶狠、怒气冲天的眼神也消失了，充满血丝的大眼睛里流露出很善意的微笑。我此时尽量控制自己的激动，仍把愤怒与杀气的眼神凝聚住，只不过把握紧的右拳稍微松了松。

他笑了，笑得很友善，慢慢转动他高大的身躯，离我而去，走得很慢，也不回头。我松了口气，心想，世上还有这样的怪物。

我思索着这个人。在我生活中，或者在我演艺职业中，看过各种各样的眼睛，但叫我真正怵目惊心、真正难忘的，应该是今天这一次。一边漫步一边思索，真是百思不得其解。突然，一个算命先生的声音在我耳边响起："先生，好相啊，好相！"我似乎从梦中醒来，眼光呆滞地望着这位在天桥顶上摆卦摊的中年男人。他看我转过脸便露出喜悦之情："先生，您最近正在走财运，我可以说，您发了一笔不小的财！"说着把一只小木凳摆在我的对面。我真有些累，索性坐下："您怎么知道我会发财？"

"我不但知道您会发财，而且还知道您做什么发的财？"

"请说。"

"您是做外贸生意发的财。"

"发财倒是真的，但做什么您没说对。"

"不会错！"

"可以明确告诉你，我这些年和你一样，是在另一个大城市的天桥上摆卦摊，应该说赚了不少钱，可以买套别墅。您看，我的嘴唇都磨薄了。"

算卦先生惊奇地看着我，突然跪下磕了三个响头，真诚地说："老师驾到，弟子这边有礼了！"不等他说完，我扬长而去。在这充满竞争的社会，想不到在街道漫步，也要迎接挑战，进行较量！

还没等我更进一步去思考，一对年轻的和尚，身穿袈裟，光头上还有斋戒过的痕迹，打扮得是很干净。他们虔诚地停在我面前，双手合十，口中念道："阿弥陀佛！请施主随便施舍。"因为我个子高，两个化缘的小和尚就在我眼皮底下，出于职业的本能，我一下子就看出那光头顶上的斋戒的痕迹是通过化妆胶水贴上去的。由于天热，其边缘已翘起。我此时真不知用一种什么眼光看着他俩，心想，今儿个怎么了？找钱找疯了，碰上这么多怪人怪事。这两个小和尚此刻不急不忙地说："施主积德，长寿长乐。"

我越发觉得令人讨厌，灵机一动，我也双手合十，口中念道："阿弥陀佛！我是以佛治佛！"把眼睛眯成一条缝，用极其蔑视的神态看着他俩。这时小和尚互相对视一下，也很识趣，很恭敬地又说了一声"阿弥陀佛！"转身离去。我突然调动丹田，大吼一声："我是以佛治佛！"两个小和尚回头一看，撒腿就跑。周围的人都被我这一声几十米外都听见的吼声所震惊，一切都凝固了，似乎萤幕上定格一样。

浅谈影视演员

在我接到的许多青年观众信中，有很大一部分是询问如何才能成为一名影视演员。虽然自己做了多年影视演员，也不是一下能弄清楚，更不用说谈得很深了，因此，题目叫浅谈。

如果说一个建筑家，一生中设计并盖起了许多美好的建筑物，造福于人类，百世流芳，而被人们有所称赞；如果说一个医生，由于他高深的医道，救死扶伤，延长了人的寿命，而被人们所尊重和爱戴；那么作为一个影视演员，应该在他的一生中，塑造出很多令人难忘的形象，使广大观众从这些形象中，得到生活的启示、美的享受，从而使这个演员得到人们的喜爱，甚至受到崇拜。

正因为很多影视演员由于塑造为人们所喜闻乐见的人物形象而得到荣誉，这个职业便成为一种富有吸引力和迷人的职业了，特别是对一些不太了解情况的青少年，影视演员更带有一定的传奇性。

电视连续剧《追逐墨尔本》

这就自然而然地成为许多青少年向往和追求的职业啦。

影视演员在银幕上塑造人物，这是一件既严肃又艰巨的工作，丝毫不比科研或者医生搞成一个专案和治好一个病人容易，因为它同样需要有一定的知识积累、生活体验、表现技巧。比如要扮演一个历史人物，演员就得要了解那个时代的背景、探索这个人物的性格，并找到人物的个性特点，同时还要弄清楚人物和影片中其他人物的关系，更进一步的还要知道那个时代的风俗、习惯、服装、礼仪。如果他是个武将，那么还得会骑马、剑术等等，这些都搞明白了，理解了，也还需要有表现人物情感的种种手段，如语言、手势、眼神的处理、情感层次的细腻体验和准确的表达。

我在墨尔本办过电影表演培训班，一个年轻的女孩非常自信地对我说："随便你出什么题目，我都可以表演！"我很欣赏这个女孩的胆识，我给她出了下面这样的一个课题：表演者的身份是舞蹈演员，时间是现在，地点是在剧场后化妆室。白天，她父亲在工作中昏了过去，哥哥去营救途中出了车祸，妈妈听到这不幸的消息后，血压升高中了风，一天中经历了这么多感情上的打击，而晚上还必须参加演出，我要求她从步入化妆室开始表演，情节、感情如何发展，由她自己设计。

这位充满自信的女孩，把两只大眼睛翻来翻去，最后说："我是叫您出我看过的电影片断，这个太难了。"我回答说："演员是创造者，不是模仿者，你可以去好好想想，什么时候构思好了，什么时候来表演。"接着，我还是用这个题目，叫别的学生做，几乎没有一个能做得比较好，就是起码能把应有的心理特征、精神状态的自我感觉能做得接近些的也很少，最后，那个姑娘服气了。

我觉得这个例子，很能说明影视演员这个专业。

很多人都说，影视演员得有天才，得有艺术细胞。我认为，除勤奋好学外，确实存在着天才的条件，我就见过很多没有经过专业训练的青年，在他们身上，有着一种奇特的悟性，具备着很强的感受能力、丰富的想象和超凡的表现力,很快就把我上面出的那个题目表演出来。我们目前活跃在影视上的一些新星,很多人都有着这种素质。

表演艺术和其他学科同样,是一门科学,艺术院校表演系的学生,学制所以要用四年,就是因为有许多元素要掌握,特别是形体、语言、表演等特殊训练,而影视演员除和其他剧种演员有着共性外,还有影视这门艺术的独特性。影视是一门综合艺术,它能把各种艺术集中到自己的表现形式里,诸如音乐、绘图、舞蹈、先进的现代技术和时空比较自由宽广地运用等,这些就要求影视演员,要具备更能适应这门艺术的基本功,如骑马、打枪、游泳、武术、驾驶汽车等,而这些基本功,是需要演员们勤奋地练习和掌握的。

更重要的是知识的积累,特别是表演专业知识的领悟,目前活跃在中国影视圈的红星,如巩俐,章子怡,赵薇,周迅等,大都是艺术院校毕业的。在影视圈里,每年都有新星涌现,这就像在跑马拉松比赛,谁能坚持长久,就能获得最后的胜利,主要是比拼专业知识的掌握和不断地充电与学习,还有生活的积累,一句话,就是看谁的文化底蕴深厚。

诚然,不能排除机会的重要性,当机会来临时,真正起作用的是你自己的实力!

飘渺的网恋

网恋这个词，恐怕在传统的词典中是查不到的。它诞生还不到十年。在网恋这个潮流中，可以说每天都有千千万万的弄潮儿。幸福的有，失落的有，甚至自杀的也有。

人物：

芳芳：是中国上海来墨尔本读 MBA 的，被一个富翁包养的二奶。没有自己的空间和自由，想摆脱，于是，便进行了一场荡气回肠的网恋。

富商：是个情场上猎艳的能手。

冰冰：是在大洋彼岸美国纽约一所大学学传媒的。想寻找一个志同道合的伴侣，结果是经不住金钱和物质的诱惑，倒在了富婆的怀抱中。

富婆：精神空虚，性饥渴，用钱买醉的荡妇。

被包养的芳芳，交友中心的网页上，看到冰冰的自我介绍，还有他那张英俊的照片，引起了这个 25 岁大女孩无限的遐想。她想偷偷地摆脱阻击的主人，开始了网恋，冰冰的语言，吸引了芳芳。

冰冰：一个会生活的人，一定是个会制造过程的人。每一个女人都需要一个男人去发掘她，而每一个男人也同样需要一个女人来完善他。就是在发掘和完善的过程中产生了情感上的磁场，建立了爱。我向往有一个我喜欢的女性，和我一起来共同建立这个发掘和完善的过程。可是这个女性，你现在在哪里？

芳芳被这段话深深吸引，情不自禁地给冰冰写了留言。

芳芳：冰冰，你好，我内心深处一直这么想，一直期待着。可是我处于朦朦胧胧的状态，是你这段话点燃了我，我所需要的就是一个我喜欢的男生来发掘我。当然，在你发掘我的同时，我会温柔地去完善你，我响应你也是召唤你，看看我们能否建立这个美好的发掘与完善的过程。

这中间，她脚踏两只船，游离在冰冰和富商之间，夜里和富商一个被窝，可脑子里满是冰冰。

芳芳和富商两个人貌合神离，怀疑，监控，斗智，斗勇。

冰冰和芳芳的网恋就这样开始了。他们从不熟悉到熟悉，不了解到了解，一直到热恋。开始是文字，然后是声音，接着是视频。他们的心越来越近，每周末都在视频中赤裸裸地对话和交流。而且计划在寒假时，芳芳飞到纽约和冰冰完婚。

就在这热恋的高潮中，冰冰突然从网上消失了。一天，一周，一个月过去了，仍然是杳无音讯，芳芳消瘦了，吃不好，睡不着，每天面对计算机的屏幕抽泣。

在这中间穿插着冰冰和富婆的那种老太婆和"儿子"般的畸形恋情。

芳芳无望了，绝望了！她逐渐冷静下来，用笔在纸上梳理着心路历程。

芳芳：如果我手中有斩愁的剑，为何不把情思一刀两断，任我看东山日出，任我望西楼月圆，任我画伤心的眉，任我擦流泪的眼。思念是一种什么样的东西？于是我循着思念的痕迹，开始找寻。什么叫做思念？对于我来说，原本是无形的一个你。我就不该看见你的容颜，也不该听你磁性的声音，更不该听你喃喃的话语。于是，所有的错，在这一刻就成了思念，也许只是我贸然的本不该有的这些理由，却让思念缠上我。等到情无踪影，你也无踪影，网络无形，你也无声。爱情免费，心却付不起！思念无由，我却有泪！

芳芳是在情思与理智的交织中去反思的。看，她写出的："网络无形，你也无声，爱情免费，心却付不起。"这蕴含着血与泪的声音，是多么令人深思呵！

芳芳：你我相隔万里，然而是什么让你真真切切的闯入我的生活，是不是不遇见你，我就可以不需要知道思念的滋味？然而，你却偏偏要出现在我的脑子里，我为什么要肝肠寸断！为什么要天地人心四大皆空？

都说网络是虚幻的。可芳芳和冰冰在文字、声音、视频中却是实实在在的。他们热烈地拥抱，疯狂地接吻，甚至做爱——而现在，突然消失了，天，地，人，心，四大皆空。真地空了吗？不，情思是不会空的。

芳芳：有一个梦，我做过很多次了，和你在一起。我一直想，可否搂着你的脖子撒娇，可否在你的怀里哭泣，打雷了，你可不可以拥着我。我想在你的怀里流泪，可是我的一生到底有多少泪水呢，你可不可以为我擦干，那么你在哪里，在哪里？

是呵。冰冰这个来自冰雪之国的北方大男孩，你究竟在哪里哪？还是来倾听芳芳的思念吧！

芳芳：说，放弃是一种美丽，是一种爱；说，等待是一种美丽，是一种爱；说，成全是一种美丽，是一种爱；可是，说得容易，做起来怎么这样难，我做得到吗？我在尝试：演绎放弃，演绎等待，演绎祝福，演绎成全，可是，所有的东西对我都是如此的无能为力，如此的脆弱无主。我还可以做什么？于是告诉你，什么都不重要了，我不在乎你，不在乎这样的感情了，我选择放手，选择离开，选择祝福，选择成全……从此不会告诉你，在冰冷的计算机前是怎样的等待，怎样的难过，怎样的徘徊，怎样的绝望……

芳芳的情感和理智，就像一个角斗士在激烈的搏斗。她时而发出哀号和无奈，又时而发出理智的强音。

芳芳：网络深深，网络深深深几许呀，成千上万个路口，总有一个人要先走，从此飞远，说什么回首，能忘记的何必回首，能忘记的何必留着，对自己说这算什么，爱情对于你是什么，我不敢奢望什么，我知道爱情也就是被网络用最快的速度演绎的七荤六素的八宝粥，或者还是我的脚步太慢了，跟不上这时代的大胆和放纵吧。所以我就该留下来守候，我心甘情愿的。

　　心理学家说，女性从情感阴影里走出来的能力，远比男性强。果然如此吗？还是来听听芳芳的自述吧。

　　芳芳：我曾经没有在对的时候遇上对的人，所以只能是一份无奈，现在我没能在错的时候遇上对的人，所以这更是无奈，是缘分天定了，我不能怨，不能恨，如果可以，做到弹指一笑，我会说祝你一路走好。芳芳把这些感慨都发到冰冰的信箱里，这些既有情感又有理智的文字，终于把消失已久的冰冰激发了出来，他无法再沉默了。

　　冰冰：我就是想在这时候，在你理智占上风的时候，站出来，坦白地告诉你，我，是个不值得爱的人。不论你使用骗子、无赖或者更恶毒的罪名来责备都不过分。我所以突然消失，是因为在我们即将开始热恋的时候，有一个富婆闯进了我的生活，她丈夫两年前车祸去世，我是他小孩的家教老师。她追我，占有我。答应给我一套豪宅，还有跑车，我经不住诱惑。你知道，要得到这些，我要在毕业后，苦苦奋斗十年，也许都还得不到。而现在，一夜之间……我知道，我卑鄙，你骂我、打我、杀我都不过分。我鼓起勇气直白地告诉了你，这样我内心会轻松些。这样也许会给你的理智天平上，更增加一些砝码。我还不知道如何给我下一个称呼，来描述一下我这样一个人。留给小说家们吧：祝你幸福！

　　冰冰这些叙述要用他们的交流来表现。

　　芳芳反复看了好几遍这封信。她还是哭了。她的泪水中，有可惜，有愤怒，有责备，有自嘲。

　　芳芳：我终于懂了，你是因为不想伤害我，你不愿意惊醒我迷醉的梦，你才悄悄地走了，蒸发了。不告诉我幸福已经没有了。海蚌需要沙的刺痛才能温润出珍珠。只是我不知道能不能经过这一次生死劫难，你选择致富的快捷方式，但你牺牲了自我。当你明白为获取这些物质所付出的代价时，你再也找不到我了。

这内心深处的描写，发给冰冰后，就再也没有收到他任何信息。

可冰冰突然给芳芳那嫁给了富婆的消息，像块巨石，引起的涟漪还在芳芳的心田扩散着。

芳芳：虽然你站在我梦的彼岸，只是留下我一个人写你我的故事。我的鲜血将变成一束火把，随着你的豪宅和跑车，在你的生活里燃烧起来。

最后，芳芳把准备带到美国去和冰冰结婚的红酒打开了。她大口地喝着，用大号字码在键盘上打着：其实，我们是无独有偶，在你欺骗我的同时，我也一直挣扎在一个富翁之间。在没有灵魂的网络里，思念不代表任何人。网络只是一个免费的交际所：买不起爱情的单，买不起幸福的单，更养不起爱情！

写到这儿，被富商逮个正着，

富商：你现在可以解放了，不过，你要付出些代价，说完掏出刀子割断了芳芳的手指……

芳芳没有反抗，忍住痛，把酒饮尽。并把剩下的酒和手上流出的鲜血，向键盘洒去，

染红了计算机，染红了网络……

一组视频画面：

芳芳，冰冰，富翁，富婆四个人在红色的大海中游着，挣扎着……

磨练你自己的翅膀吧

从书本上、报刊杂志上、生活里，会看到和听到很多精彩的演说，但令人难忘却非常不容易。在我听到和看到的演说中，一直难以忘却的，而且每当想起时，都会激动万分的，就是下面要叙述的这一段了。

这位演说者，是一所大学的系主任。在他46岁那年，就有了教授头衔，故事的发生，就是由提升为系主任开始的。在走马上任不到一个月，校党委就接到了一封匿名信，说教授是个伪君子，男盗女娼，并将逐渐提供证据云云，最后提醒校党委在选拔人材时要注意德才兼备等等。无疑，这封信会起作用，起码会注意和观察这位"新星"。校党委最后决定，不和本人见面。一是因为这是封匿名信，一是由于信中没有实质性的证据，就这样压下了。

教授是个做学问的人，在动员他出任系主任时，他就曾写过三封非常认真、非常诚恳的信，申明自己不是做领导的材料，还是专心致志地去带学生，胜任不了系主任。但学校经过反复比较，最后还是把他推上了系主任的宝座。他是个认真、严肃的学者，既然要干就非干好不可。"新官上任三把火"，很快就将这个系进行了整顿。首先将那些有真才实学的人提上来，把那些左右逢源、水平很低、学生们意见很多很大的人调下去。想不到，这就给自己的前进道路上，埋伏下一只自己还不知道的"炸弹"。

上任不到半年，已经有三封匿名信在告他。事实上，他和匿名信所描述的恰恰相反。原来比较落后的系，现在各方面都有明显的起色。特别是学生的成绩比以前大幅度提高，对系主任的口碑也越来越好。

就在这时，全市要为特别贡献的高级知识分子提级和奖励。经过全校评比，这位系主任是名列前茅，最后成为全市十名提拔当中的一员。

这次上报市之前，党委开始有了争论，认为应该谨慎，起码做一些调查之后再上报。持这种意见的委员不多，但毕竟是匿名信起了作用，当时，校党委书记出国不在家，最后副书记表了态，认为匿名信中缺少证据，还是报给市里，我们不能埋没人材。

这个决定公布后不到十天，又一封信，并附有一盘录音寄到党委。这下子有证据了。信中说该系主任是披着学者的外衣，诱惑和侮辱女大学生的色狼。提供的声音就更生动了，竟是一盘在教室里该系主任和女学生做爱的实况录音。匿名信结尾称，所以匿名，是唯恐"打狗不成，反被狗咬"，怕系主任用手中的权力对自己进行打击和报复！说得有些道理，而且又有实据。党委的男女委员们，听了一段可能是从来没有听过的"黄色"录音带，真是有声有色。

这下好了，终于有证据了，还不是小证据，如实汇报市里领导。因为马上就要在报纸上公布这次获得特殊提级和荣誉的十名高级知识分子名单，而且记者们都把报道系主任的文章写好了，校党委阅后还签了"同意发表"的意见，并盖好了章。

一下子全乱了，市里很重视，最后决定先公布九名，系主任暂时搁浅，调查清楚后再定。

这是个很棘手的事情，只有求助警方了。公安局来鉴定专家，先是去暗听教授的讲课，并偷偷录了音。因为匿名信中没有提到那位女同学，说是替女同学保密。因此，无法录取女方的声音。

警方经过对比，基本上认为不像系主任的声音，但又很难下结论。因为人在讲课时和干那种事时的声音是大有区别的。党委大多数人都坚持要和本人见面，因为已经动用警方了，就要为一个人负责。最后决定和本人见面。

系主任从报纸上看到有九个人的提级报道，唯独拿掉自己，就已预感到事态的不妙。党委也及时地打了招呼，说主要是有些不同意见，正在调查研究中。

由于警方的介入，加快了事态的进展。在一个很安静的晚上，负责该案的警方代表，与系主任见面了。

当系主任把前因后果听明白之后，倒笑了起来："能给我听听这段精彩的录音吗？"打开事先已准备好的录音机，系主任听了这段绝妙的"实况"。他真是愤怒极了，嘴唇都在发紫，用颤抖的声音挤出两个字："卑鄙！"

全屋是死一般的寂静。最后，系主任镇静地说："这也是种挑战，我只好应站。我相信现代科学是可以鉴别清楚的，我愿意配合警方。"

经过系主任本人和警方的合作，结论出来了：百分之百的否定，音带的声音和气息是另外一个人。

于是，警方把调查写匿名信的人列为重点。首先是从查找的笔迹开始，虽然是大海捞针，但也会出现"踏破铁鞋无觅处，得来全不费功夫"的可能。

否定之后，党委力主尽快宣布系主任的提级，市委也同样着急，决不能让好人蒙受不白之冤。很快，报纸上的消息出来了，并发了半版多有关系主任事迹的报道。

全系召开宣布大会，特别隆重，市委第一书记亲自出席。因为这件事早已在校园中沸沸扬扬，学生们都非常爱戴和尊敬自己的教授，几乎是全部参加。电视台还派了报道小组来录像。大会由刚从国外回来的校党委书记亲自主持和宣布。当他说到"系主任是个有才能的学者，是个尽职尽责的、有创造性的好干部"时，整个会场响起暴风雨的掌声，足有三分钟。

最后，系主任讲话了。在热烈的欢呼声中，他走上讲台。全场马上就静下来，鸦雀无声。

教授开口了："我想奉劝一种不学无术、嫉妒贤能的人。这种看到别人超过自己去创造、去腾飞，就浑身难受，手就发痒，就想伸得长长的，把别人从进取和攀登的台阶上拉下来。"他稍微停顿了一下，眼睛环视了一下会场，接着又讲下去："我现在要说的是，为了我们的民族，为什么不把你的心计和能量，用来磨练你自己的翅膀呢？你也可以去攀登，你也可以去高飞，可能你比别人飞得更高，这不是更好吗？！"

最后两句话他上放开喉咙喊出来的，就这样简短地结束了他的讲话。稍停片刻，那掌声，那呼声，真是地动山摇，经久不息。

我当时在台下，第一个念头就是想，给这位教授写匿名信的家伙也在台下，说不定也在鼓掌呢。

一个月后，终于真相大白。

写匿名信的人是他们系的一位副教授，是一个多年用眼睛盯着"系主任"这个位置的家伙，就是他把一个小录音机放在自己妻子的枕头底下，偷着炮制了那盘录音带。

对这种人的处理结果如何并不重要，因为就是把他枪毙了，像这类人，在生活的海洋中仍然比比皆是。重要的是，在这种小人的耳边，应该是永远吹响教授的声音："为了我们的民族，为什么不把你的心计和能量，用来磨练你自己的翅膀呢？你也可以去攀登，你也可以去高飞，可能你比别人飞得更高，这不是更好吗？！"

毛遂自荐的妓女

那是1992年的9月,我带着一个摄制组、正在拍摄大型纪录片《中国留学生在澳洲》。我是在1991年来澳洲考察的时候,知道有4~5万人在1989~1991年来到澳洲的,其背景各异,在澳洲这块广袤的自由的土地上耕耘了几年,有的已经通过各种途径拿到了PR。但大多数没有拿到身份,他们觉得要坚持下去,不轻易放弃。

作为一个敏感的影视人,我意识到这是一个很好的值得拍摄的题材,起码有4~5万个家长想知道自己的亲人在澳洲的情况、当时也正是中国处在出国热潮中,有一定市场,也是个商机。于是我便组成了一个摄制组,开赴澳洲,分别在墨尔

电视连续剧《封神榜》

本、悉尼、堪培拉、佩斯、布里斯班等城市进行了采访和拍摄,其中有成功的案例;有失败的卷起行李打道回府的;有不甘心而继续奋斗的;也有徘徊不安在苦苦的挣扎者;其中也有几个名人:沈小岑、宋晓波、主演

《冰山上的来客》的谷毓英等。

当摄制组在悉尼拍摄期间，有天晚上我们在悉尼文华社拍摄完沈小岑唱歌后，在咖啡厅小坐的时候，突然来了一个很漂亮、穿着性感的女孩。她直接走到我的面前："你是编导达奇先生，我看过你的《封神榜》。"我问她："你是？"她很直率地说："我是来毛遂自荐的，可以采访我吗？"我笑了："欢迎，我们希望拍摄更多的有故事的人。"她很大方地坐在我们的面前："故事是有，而且精彩，我怕你们不敢拍！"说完用怀疑的目光扫视了我们摄制组的几个成员后接着说："我想就是你们敢拍，拿回国内也不一定敢播放！"

我被这个爽直的女孩打动了："我们拍你！"她没有特别的激动："谢谢，那就请摄影师架机器吧。"我忍不住笑起来："哈哈，你倒成为导演了。"于是我们行动起来，我请她坐在一个背景好的地方。

她没有丝毫的紧张，开门见山地说："我现在是个妓女！"一句话把我们都给震住了。

她根本没在乎我们的反映，侃侃而谈："我是1989年11月来到悉尼的，是留学签证，我没有参加过学运，我不喜欢政治，我所以来澳洲，直接的原因是逃婚，次要的原因是想有更大的自由。"我打断了她："我想知道你是怎么当了妓女的？"

"我开始不想当妓女，我打了一份工，是在一家罐头厂做杂工，太苦太累。由于我没有身份，工资也很低，一个50多岁的经理，是个希腊人，看上了我，他直截了当地跟我说：'你想拿到PR吗？'

'当然想。'他笑眯眯地说：'按你们中国的说法，给我做二奶吧，吃住我来包喔，我可以给你雇主提名。'

就这样，我住进了他背着他老婆给我租的一间房子，其实很滑稽，他根本没有性能力，是个变态者，他买来男人的假阳具，刺激我，看我的洋相，听我的叫声来满足他的欲望。"

我们倾听着，没有打断也没有提问，她很沉重地说："我所以逃婚，就是因为我妈妈为了钱硬把我嫁给一个没有性功能的老头,当时我才23岁,那是1987年,我还是一个风华正茂的女孩子……"

她沉默了,我鼓励她:"请接着说下去。"

她喝一口咖啡:"我一下子安定下来,在报纸上看到悉尼红灯区招女孩子的广告,我背着那个玩弄我的经理,就这样去做了妓女。"说完环视着我们:"看你们的样子,是在鄙视我!?"我们确实很严肃地听着,一时很难正面回答她。

她笑了起来:"我自己都鄙视自己!我第一次接待客人后,写了一篇日记,我堕落了,在异国他乡堕落了,我的人生该怎么走?背叛了亲人,也背叛了我自己……"

"我沉沦以后,开始喝酒、吸烟,但我开始了对人生的审视和思考,我对自己的行为逐渐地不觉得可耻。首先,我开始在经济上有了积累,在性上得到了满足,我已经习惯地把自己当成了商品。我可以通过用自己的肉体来拥有房子、汽车以及我想要的一切。这是我选择的生存和生活方式。"

她的眼神里露出了理性,在她拿起杯子喝咖啡的时候,我问她:"我们可以跟踪拍你吗?"

"不可以,就是我同意了,那些嫖客也会把你们赶走。"她居然开怀地笑起来。

"这是我第一次接触传媒,我只是说说罢了,自我宣泄一下,痛快痛快!其实我讲的这些,在中国的媒体上根本不可能播出。"

我问她:"那你为什么要找我们拍你?"

她笑了:"我是想留个纪念,我有个请求,我愿意出钱,把你们今天拍的,可以拷给我吗?"

我没有略加思考地说:"不用出钱,我会拷给你。"

"谢谢!"她从包里掏出一张小纸片递给我,"这是我的联系方式,我只是想让你们知道在众多的来澳洲的人当中,还有我这样一种类型,我是个不速之客，该告辞了。"说完她站起来，恢复了她那镇定妩媚的样子，自己把双手握在一起并微笑着离开了我们。看着她离去的背影，我们摄制组的成员面面相觑。

在影片后期制作时，我还是极其简单扼要地编了一段进去，结果是被删掉了。

但这个妓女仍然还存在着，不仅在澳洲，在世界各城市，在我们的国内不也是到处可见吗？

时间很快过去了好几年。有一次我到悉尼，办完事后好奇的给她打了个电话，居然接通了，我在电话里开玩笑地说："你能猜到我是谁，可以得到一份幸运大奖。"电话里传来了朗朗的笑声："您是达奇先生，您的声音很有特色。不用您给我奖励，如果您不介意，我请您吃晚饭，感谢你给我的拷贝，我还有好多话跟您说。"我接受了她的约请。晚上6点多，她开着一辆红色的奔驰跑车把我接到了一个很有品位的西餐馆，我们谈了很久，我开门见山地问她："你现在还做吗？"她也毫不掩饰地回答我："做！只是以前是专业的，现在是业余的，有选择地做。"我试探性的问她："想做一生吗？"她哈哈大笑起来："我要当作家了，不是进行创作，而是用我独特的经历来记录我的人生。"我审视地看着她："作为一个女人，你不想当妈妈吗？"

她沉静了下来："这是我经常思考的，一直缠绕我令我痛苦的问题。"

我怕再刺痛她，便端起茶杯喝茶。她很快转化了情绪："不说了，也许我会用我的行动来回答你，来，我们干一杯！"我们拿起斟满威士忌的酒杯一饮而尽，她看了下手腕上劳力士钻石女表，神秘地跟我说："把您送回宾馆，我要去接待一个大腕。"

在宾馆门口分手时，她说："可以把您的电子信箱地址给我吗？"我给了她我的名片。

很快，我接到她传来的文稿，可以看出她对自己的人生进行了比较深层次的思考，对社会、对她所从事的妓女行业，从市场商品属性的角度进行了分析和阐述，摘录几段如下：

妓女安定了社会，稳定了民心。有很多人肯定要对我进行攻击了，尤其一些和妓女干过快意的勾当，但又喜欢狂骂妓女如何如何不知廉耻，如何如何丢人辱国的伪君子。但妓女的贡献是不用置疑的。诸君请看，在妓女昌盛之前，全国的强奸犯数不胜数，但自从妓女大行其道之后，强奸案立马就少了许多，甚至于要从此灰飞烟灭了。说明妓女只是因应市场的需求，为社会的稳定做了自己应做的事情。

妓女自食其力，促进了商品的流通。很多人依然用古老的眼光看待事情，总是将妓女看作最下作的职业，在我眼中，妓女比起那些贪官污吏，以及将人民赋予的权利当成自己敛财工具的成克杰之流，将人民生命视为草芥的XX高官之流都要光荣，都要高尚，因为妓女自食其力。另外，靠本事赚钱，而这些官们却是挥霍老百姓的税金，一边光顾妓女的生意，一边又大骂妓女不是人，这样的伪君子不在少数。另外，妓女弥补了一个市场的空白，将许多爆发户的钱从银行里弄出来了，赚到手后又花出去，自然就活跃了市场。她们用的都是自己的"血汗钱"，而不是什么"不明来历收入"。自然，这就是妓女的品格了。

敬业精神比许多鸟人要好。妓女已是一门行业，虽然有许多人不承认这点，但我相信每个人都知道这是存在的事实。妓女行业同样也是优胜劣汰的，因此，作一名妓女要生存必须要取悦客人，在一本很出名的社会学的书里提到，妓女的历久不衰，就是妓女会取悦男人，而妻子一般都不屑取悦丈夫，所以，男人就会寻找在妻子那里得不到的服务。说明妓女的职业道德是好的。

妓女敢于承认自己是坏女人，比很多道貌岸然的伪君子要强得多。很多男人对妓女充满渴望，但又暴露出无比的轻蔑，甚至恨不得灭之而后快。然而，如果没有嫖客的存在，妓女的生长就没有了土壤。没有了夜夜笙歌的官员，就没有了生意兴隆的淫窟。没有贿赂者的殷勤，就没有受贿者的贪婪，这些都是浅显的道理。妓女比嫖客高尚的地方在于，妓女敢于承认自己的不好，而嫖客则不但不承认自己的龌龊，反而倒咬一口，说是妓女勾起了他的性欲。我想我们身边，这样的伪君子不在少数。

社会是多元的，也是平等的，在海外，在中国，做这个行当的，不仅仅是女性的专利，而男"鸡"（我没有用女字旁的妓）也在蓬勃兴起。

妓女从有了商品流通的社会起，在这个地球上就存在了。从法律、宗教、道德上，一直都围剿这个行当，但是妓女有强大的生命力，真是围而不灭、剿而不绝，为何？因为妓女也是商品啊！如果想消灭妓女或男鸡，大概要等到在这个地球上消灭商品流通的时候才能实现！哈哈。

看到这里，我也不仅大笑起来、她竟然能把妓女作了这样的诠释。理论家和评论家，你们会怎样来诠释妓女和评论妓女的社会属性呢？

在大军中，还有这样一个独特的女性，二十年了，蹉跎岁月里：如果把做一首交响乐，这个女性也是一个不可缺少的音符！我在这里祝福这个妓女能早日当上妈妈，改变她的生活轨迹！

体验回忆

最近忙于写一部 30 集带有半自传性的电视小说——《身后的影子》，经常陷于回忆当中。对回忆这个概念，我有了很新的体验和理解，尽管我一直告诫自己：昨天已经过去，明天还没到来，关键是安排好今天，把握住和过好今天，这样，再回忆时，就会少了几分遗憾。

历史不会被遗忘，但是会褪色，我们并不曾失去往事的记忆，我们失去的是激情！这是在最近经常回忆中，最新的体验。的确，比起过往，对人、对事、对生活，少了太多的激情。我感悟到什么是年轻：年轻并不意味着是年龄，如果你对所有的人和事情都无动于衷，虽然你是青春年华，也衰老了；如果你对所有的事情都感到新鲜和好奇，特别是对那些不合理的各种现象，都保持一种激动，甚至于想去鞭打和改变它，尽管你已经是老年，你仍然是年轻的！

过去，在我桌前曾

达奇采外景

亲手写下"没有开始,没有结束,有的是永无止境的激情!"这一段文字。这个座右铭伴随我好多年,为我的影视创作提供了很大的鼓舞和动力,后来由于各种动荡和变迁,它消失了,现在我又重新写了一幅,要在我的灵魂中再次唤醒和激活我的激情。

写《身后的影子》,特别需要这种激情,就是用二十一世纪的视角,去审视过去,是一部写那些真实的、诚实的、有正义感、有良知的人如何被异化的过程。

日日夜夜倘伴在回忆当中,对回忆有了好多的体验。

有生命就会有回忆。你无法抗拒,也无处逃避。你是尘世中的人,回忆便是你的影子。值得回忆的总是刻骨铭心的难忘,曾经的感动,无论苦涩,无论甘醇,无论欣愉,无论哀伤。

回忆是一壶茶,一壶用情感的沸水冲沏的浓茶:翻滚、起伏,然后冷却、沉静,像起起落落、欣喜狂悲的人生终归于万物看开,得失随缘的平淡。

回忆是一柱檀香。漫不经心地点燃,无声无息地燃烧。那袅娜飘渺、随风曼舞的是如梦如幻的青烟,也是渐渐远去的逝水年华……香尽,烟消,灰飞灭,梦魂香。

回忆是一帧照片,一帧发黄褪色的老照片。寂然凝望,青春不再,红颜不再,往事已苍老。有泪落下来,落下来,有语无从说,无从说。

回忆是一架老式留声机上的一张旧唱片,尘埃沾满,伤痕满布。咿咿呀呀,呀呀咿咿,似倾诉支离破碎的人生荒凉,似漫阅无止境的岁月沧桑……

回忆是伤心桥下春波绿,曾是惊鸿照影来的恍然幽梦;

回忆是过尽千帆皆不是,晖脉脉水悠悠的沧然肠断;

回忆是泪眼问花花不语,乱红飞过秋千去的怅然泪落;

回忆是今宵酒醒何处,杨柳岸晓风残月的凄然醉歌……

回忆是初恋,雄鹰展翅翱翔,骚动的欲望和激情,只恨地球无环。

回忆是杯浓咖啡，咖啡积极地拥抱这个快速节奏的社会，在灯红酒绿的城市，使人兴奋，很多无奈、苦恼、悲哀都是在喝咖啡时释怀的，很多荒唐、恶作剧、交易，也是在喝咖啡时发生的。据说咖啡是世上最奇怪的饮料，因为只有它要经过由白变黑、由苦变甜、由冷变热的过程，人生的经历又何尝不如此。

回忆是网恋，明知虚幻，却在键盘的敲打声中，不断地寻觅和期盼。

回忆是悔恨，那些无知、幼稚、轻率给自己人生造成的损害和灾难，最后是用代价懂得了：人只有在后悔的时候，才最有人味。

就是这些回忆，构成了我身后的影子。

拥有回忆，人生才得以丰润，岁月才满溢诗情。耽于回忆，青春却难免苍白，木人石心亦伤怀……

当你总是缅怀过去的时候，证明你现在过得并不好。所以，美好的回忆可以，但绝不要留恋。要永远憧憬，永远在现在努力，把握好今天和明天。过去做了些什么，已经微不足道，现在你能做什么，能做成什么才是最最重要的。

激情、爱情、亲情

彼此在一起还不如独自一人时 Happy，那我宁可选择放弃，彼此只有在一起共同成长并快乐的时候，婚姻才具有意义。

考验的是女人的眼力，婚姻绝不是女人想要优质生活的捷径，而是培养优质男人的过程。

感情的事情很奇怪，你很投入的时候，对方很抽离；你很抽离的时候，对方又很投入；你对这段情很投入，可是对方对你一直有保留；你很爱他，却不知道他爱你有多深。你们的爱情并不对等。最后，他离开了，你一个人伤心地过日子。

某年某月某地，你又碰到了另外的一个人，他爱上了你，他对你很好，这一次却是你不够投入。你不是不爱他，只是你不知道自己爱他有多深。经过上一次感情创伤，你变得有所保留，你比以前冷静得多，你不再相信承诺，不再相信这个人会永远爱你，也不再相信他能给你带来幸福。他越投入，你越抽离。

你很清楚地知道这样对他不公平，但是你没有办法。为什么在你没有受伤害之前没有遇到他呢？为什么在你对感情百分百投入时没有遇见他？为什么他偏偏在你不信任感情时出现？

两个人刚好都百分百投入，原来是不容易的。

每个人都有自己的一段历史，我们最好在恰当的时候相遇，一个投入的人遇到一个抽离的人，结局只有分手。下一次，我希望我们相遇的时间会好一点。

在婚姻中实在难觅当初的激情。事实上，所谓感觉激情不在，不外乎是爱情在不知不觉间，在油盐柴米、肥皂、锅碗瓢盆等因素的作用下，不经意就转化成了亲情，而在我看来，亲情当是爱情最好的归宿。再热烈再激情的爱，最终都将走向平静，而不在乎你与何人牵手，所谓执子之手，与之偕老。试想，任何人如果一直处于狂热状态和血脉贲张的激情火山口，最终不被弄到血脉

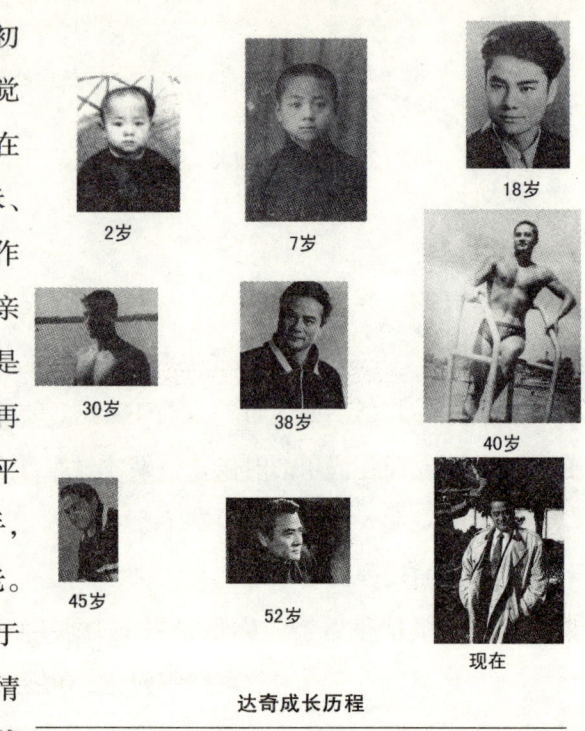

达奇成长历程

俱焚、七窍出血、气绝身亡那才怪事，又何谈执子之手，与之偕老？再说，如果梦想一直处于激情难捺的热恋胶着状态，我想，除了不断舍弃亲情，追逐新鲜刺激的爱情，估计只有看疯子是否能保持较长时间的癫狂了。

没有永远的爱情，我这样认为。爱情只是婚姻当中的一个时段，不是全部。所谓没有了爱情的婚姻是不道德的婚姻，在我看来，许多时候不过只是为背叛寻找一个自欺欺人的藉口，一种冠冕堂皇的托词，一个为抛妻（夫）别子使下的绊子，预埋的伏笔。试问哪一桩婚姻最后不是以亲情收场？还有什么需要苛求的么？如果一味在婚姻中强调并追求热烈的爱情，要么这个人硬是单纯到无耻，要么这个人根本就不懂得什么叫生活，再或

者这个人压根儿就不配结婚!

爱情像烈焰,绚烂过后最终都会熄灭;亲情像涓涓细流,缓缓流淌并滋润我们的心田。爱情像蜜,甜到发腻,亲情像盐,不是美味,却可以调制出人生可口的盛宴。再试问,谁能真正做到舍弃盐而食一辈子蜜呢?实在的是,离开了盐,估计生活也便真的从此淡而无味,面目可憎了!

你会如何选择呢?

杂 思

苦与乐

一个人的处境是苦是乐常是主观的。

有人安于某种生活，有人不能。因此能安于自己目前处境的不妨就如此生活下去，不能的只好努力另找出路。你无法断言哪里才是成功的，也无法肯定当自己到达了某一点之后，会不会快乐。有些人永远不会感到满足，他的快乐只建立在不断地追求与争取的过程之中，因此他的目标不断地向远处推移。这种人的快乐可能少，但成就可能大。

苦乐全凭自己判断，这和客观环境并不一定有直接关系，正如一个不爱珠宝的女人，即使置身在极其重视虚荣的环境，也无伤她的自尊。拥有万卷书的穷书生，并不想去和百万富翁交换钻石或股票。满足于田园生活的人也并不艳羡任何学者的荣誉头衔，或高官厚禄。

你的爱好就是你的方向，你的兴趣就是你的资本，你的性情就是你的命运。每个人有每个人理想的乐园，有自己所乐于安享的花花世界。

愚者　仁者　智者

爱情死亡以后，人分三种。

愚者多怨。把被负、被伤、被弃的憾、恨、怒，化为逢人便说的故事，若有雷同，绝对共鸣。琐琐碎碎，窝窝囊囊，百说不厌，百诉不累，把自己化成了一条又长又臭的缠脚布。人人退避三舍，她却浑然不觉，依然还在唠唠叨叨地争取早已流产的同情。

仁者不言。一个手掌拍不响，恋爱与分手，结婚和离婚，都是属于两个人之间的事。爱情的鹊桥断了，双方都有责任。就算对方移情别恋，也只能归咎于缘分灭绝。保持缄默，是自我尊重的方式。

智者不记。把相恋时的狂喜化成披着丧衣的白蝴蝶，让它在记忆里翩飞远去，永不复返，净化心湖。与绝情无关，而唯有淡忘，才能在大悲大喜之后炼成牵动人心的平和；唯有遗忘，才能在绚烂已去之后炼出处变不惊的恬然。

信　任

信任一个人有时需要许多年的时间。因此，有些人甚至终其一生也没有真正信任过任何一个人，倘若你只信任那些能够讨你欢心的人，那是毫无意义的；倘若你信任你所见到的每一个人，那你就是一个傻瓜；倘若你毫不犹疑、匆匆忙忙地去信任一个人，那你就可能也会那么快地被你所信任的那个人背弃；倘若你只是出于某种肤浅的需要去信任一个人，那么接踵而来的可能就是恼人的猜忌和背叛；但倘若你迟迟不敢去信任一个值得你信任的人，那永远不能获得爱的甘甜和人间的温暖，你的一生也将会因此而黯淡无光。

信任是一种有生命的感觉，信任也是一种高尚的情感，信任更是一种连接人与人之间的纽带。你有义务去信任另一个人，除非你能证实那个人不值得你信任；你也有权受到另一个人的信任，除非你已被证实不值得那个人信任。

淡　泊

　　这世间，美好的东西实在数不过来了，我们总是希望得到的太多，让尽可能多的东西为自己所拥有。

　　人生如白驹过隙一样短暂，生命在拥有和失去之间，不经意地流干了。

　　如果你失去了太阳，你还有星光的照耀；失去了金钱，还会得到友情；当生命也离开你的时候，你却拥有了大地的亲吻。

　　拥有时，倍加珍惜；失去了，就权当是接受生命真知的考验，权当是坎坷人生奋斗诺言的承付。

　　拥有诚实，就舍弃了虚伪；拥有充实，就舍弃了无聊；拥有踏实，就舍弃了浮躁。不论是有意地丢弃，还是意外地失去，只要曾经真实的拥有，在一些时候，大度地舍弃不也是一种境界吗？

　　在不经意间所失去的，你还可以重新去争取。丢掉了爱心，你可以在春天里寻觅，丢掉了意志，你要在冬天重新磨砺。但是丢掉了懒惰，你却不能把它拾起。

　　欲望太多，反成了累赘，还有什么比拥有淡泊的心胸，更能让自己充实、满足呢？

　　选择淡泊，然后准备走一段山路。

文字"漫画"

顺口溜，又称民谣，在我国源远流长。据《古谣谚·凡例》记载，在文学产生之前就有了顺口溜。古代有不少辑录顺口溜的书籍，如明代杨慎的《古今谣》，清代杜文澜的《古谣谚》等。

作为一种社会现象的反映，顺口溜的流行需要一定的社会历史条件。综观我国历史，在政治经济发生剧烈变动、社会相对开放、经济相对发展的时期，顺口溜往往特别流行。今天，我国又处在这样一个历史时期。一方面是随着改革开放的深入，经济相对发展，人民生活水平相对改善，社会环境相对宽松，人们有更多的言志抒情的自由和逸情。另一方面是改革尚未完成，新旧体制并行、摩擦、冲突，与此相适应，旧的规范在解体、暂失约束功能，新的规范正在建立尚不能充分发挥作用。因此，社会还不能把许多新的社会政治、经济、文化、生活现象纳入适当的规范，对一些钻体制空子的失范行为也难于有效制止。对此，人们在对改革充满希冀和热望中，又夹杂着种种的困惑、迷茫甚至焦虑、激愤。正是这样一些社会历史条件，使众多的顺口溜在民间广为流传，并久传不衰。

顺口溜在形式上多运用对仗、谐音、双关、比喻等艺术手法，并具有用字精练、合辙压韵、通俗易懂、朗朗上口、易传易记、幽默风趣的艺术特征。正因为如此，顺口溜为老百姓喜闻乐见。顺口溜在内容上反映的多是街头巷尾、田间地头、茶楼酒肆中久议不衰的话题,是老百姓抒情言志、褒贬时风、议论时政、抨击时弊、表达爱憎最常用的方式之一。也正是从这个意义上,人们常说"民意闲谈中"、"上山下山问渔樵,要知民意听民谣"。顺口溜莫不关乎世风人心,莫不传达百姓情绪。因此,历代统治者出于维护和巩固统治地位的考虑,大都注意从顺口溜中了解"民意"。我国古代曾设官员专司"采风"之职,并命他们"摇木铎采诗于道","以闻天子",可为佐证。

任何文学形式既有其长亦有其短,作为俗文学的顺口溜,更在所难免。顺口溜以语言活泼、幽默取胜,但有的不免随意流俗;以内容浅显通俗见长,但有的不免粗陋芜鄙;以对时政时风批评、嘲讽的率直淋漓,令人痛快叫好,但有的不免偏激,使人有"过头"之感。既然如此,对待顺口溜的正确态度应是不因其短而废其长,斥之为流言蜚语,拒之千里;也不因其长而护其短,是非莫辨,阿世媚俗。

有一次和澳洲女作家丑女聊天,她在做中国名漫画家的画展,我发现:在50年代后,中国曾出现很多好的漫画。也出现很多知名的漫画家,后来漫画家和他们的作品,在历次政治的旋涡中被淹没了。

就是现在,也几乎看不到什么有关击中时弊的漫画了,但民间的顺口溜确大流行,有些顺口溜就是一幅幅非常好的漫画,所以题名为:文字"漫画"。

我挤出点时间搜集和编写一些文字"漫画",给读者饭后茶余分享:

这年头,大棚把季节搞乱,小姐把辈份搞乱,关系把程序搞乱,级别把能力搞乱,金钱把官场搞乱,手机把家庭搞乱!

这年头,一哥们说北京地铁拥挤不堪,他怀孕的老婆竟被挤流产了;昨天他问上海的地铁是不是好些,上海的哥们说更糟,上个月他老婆乘地铁竟然被挤怀孕了!

这年头,党政干部十大特征:一请就到,一喝就高,一捧就傲,一求就敲,一给就捞,一脱就要,一累就叫,一批就跳,一查就倒!

这年头，干部是这样死的：天天开会坐死，领导高调哄死，民主评论整死，事事汇报烦死，择优提拔骗死，混蛋同僚害死，上级检查累死，工资差别气死，老婆年轻累死！

这年头，教授摇唇鼓舌，四处赚钱，越来越像商人；商人现身讲坛，著书立说，越来越像教授。医生见死不救，草菅人命，越来越像杀手；杀手出手麻利，不留后患，越来越像医生。明星卖弄风骚，给钱就上，越来越像妓女；妓女楚楚动人，明码标价，越来越像明星。警察横行霸道，欺软怕硬，越来越像地痞；地痞各霸一方敢作敢当，越来越像警察。流言有根有据，基本属实，越来越像新闻；新闻捕风捉影，随意夸大，越来越像流言。

这年头，完美的人生就是住英国的房子，戴瑞士手表，拿美国工资，娶韩国女人，嫖俄国女人，开德国轿车，喝法国红酒，雇菲律宾女佣，做共产党的官！

这年头，苦干实干，做给天看；东混西混，一帆风顺；任劳任怨，永难如愿；会捧会献，杰出贡献；尽职尽责，必遭指责；推托栽赃，邀功领赏！

这年头，男人的小康就是有一所像样的小房，有一辆时尚的小车，有一笔吃喝的小钞，有一位顾家的小太，有一门管用的小"炮"，有一群擦炮的小蜜！

这年头，为官之道就是为领导干一百件好事也不如与领导一起干一件坏事，领导带你一起干了一件坏事那肯定有一百件好事等着你！

这年头，接听电话声音渐渐小对方是领导，声音渐渐大对方是部下，一听就发燥对方拨错号，笑得不停歇那是女同学，半天哼一下老婆在训话，悄悄避开人对方是情人！

这年头，当官也不容易：体质弱的累死，心胸窄的气死，胆量小的吓死，酒量小的喝死，性欲差的羞死，性欲强的那可真是舒服死！

这年头，教育好子女是生命延续的重要代表；理顺好领导安排好部下是权力的重要代表；办好朋友的事是人生价值的重要代表！

这年头，人有钱有时间有个好身体，绝品；人有钱无病无时间，珍品；人无钱无病有时间，上品；人无钱无病无时间，次品；人无钱无时间有脾气，废品！

这年头，干部素质要求你：心中有小平，袋中有文凭；对上能摆平，对下能铲平；道德没水平，金库能填平；左手拿酒瓶，右手握药瓶；家里有醋瓶，外面有花瓶！

这年头，十类人不宜做大官：1 胆小，2 话多，3 钱少，4 关系差，5 酒量小，6 才华横溢，7 学历太高，8 疾恶如仇，9 性功能差，10 有姿色不肯献身。

这年头，开展批评太难了：批评老婆她就乱跑，批评老公他就乱搞！批评上级就官位难保，批评同级就关系难搞，批评自己就自寻烦恼，批评下级就选票减少！

这年头，各级领导虽然都位高权重但对群众要求还是蛮关心的。凡男人求领导办事，领导都会热情地说：你怎么不提钱（前）来讲嘛！凡女人求领导办事，领导总是推托说：我很忙，"日"后再说！

这年头，男人认为情人是手表越漂亮越好，小蜜是怀表越隐秘越好，小姐是电子表越新鲜越好，老婆是自动表不上弦照样跑，各种表都想要只是时间要掌握好！

这年头，到处都是错别字：植树造零，白收起家，勤捞致富，选霸干部，任人为闲，择油录取，得财兼币，检查宴收，大力支吃，为民储害，提钱释放，攻官小姐。

这年头，结婚叫入网，重婚叫一卡双号，婚外恋叫呼叫转移，情人多叫移动梦网，离婚叫销号，分居叫停机留号，女人再婚叫过户。

想来的，听来的，抄来的

友谊在交往中产生，在孤独中体会。

真诚并不意味着一定要指责别人的缺点，但却意味着一定不恭维别人的缺点。

礼貌就是注意别人公开的东西。

和一个思想家交谈两不吃亏：他多了一个崇拜者，你多了几分智慧。

如果有个人无缘无故地对你微笑，那一定是为了某种缘故。

风度是一种只可意会不可言传的东西，它具有把别人的大拇指竖起来的魔力。

寂寞是一种心态，它与你是否高朋满座毫不相干。

飞机使地球变得很小，贺卡使地球变得更小。

要挽救濒于破裂的谈判，最好的办法是赶快签署一项协议。

最值得交往的也许是这样一种人，当你萎靡不振时他能踢你一脚。

善良虽然不能阻止别人伤害我们，却可以阻止我们伤害别人。

大度就是不计较别人的冒犯，虽然心里多少有一些别扭。

有些人根本不像敌人，但却是敌人。

对付笑眯眯的人有一个办法，那就是你也是笑眯眯的。

和心情忧郁的人打交道要付出双倍的劳累：你为他闷闷不乐，同时还得猜测他为什么闷闷不乐。

和一个携菌者在一起,你也会染上细菌;就像和一个名人在一起,你也会有名气一样。

混水摸鱼的人走到哪里也不受欢迎:既不受人的欢迎,也不受鱼的欢迎。

和爱好沉默的人打交道是很累的:他们愿意倾听你的意见,但是却不放弃自己的爱好。

最好不要跟小肚鸡肠的人打交道,特别是如果你自己也属于这一类人时。即使你自己也是一个坏人,和坏人打交道时也要格外小心。

我不大喜欢嘴上抹蜜的人,可也不喜欢嘴上抹粪的人。

不要疏远自己的敌人。应该靠扰他们,紧紧盯着他们的一举一动。

幕后人物更需要舞台。

傻笑固然很傻,可是只傻不笑岂不更傻?

有两类人十分可恶:一类人从不听从我们的忠告;另一类人常常给我们忠告。

我们既需要朋友又需要敌人:朋友给予我们帮助,敌人则让我们施展抱负。

有些人是很难捉摸的:当你认为他们是朋友时,他们却是敌人;当你知道他们是敌人时,他们却像朋友。

我们的失败使敌人兴高采烈而朋友痛心不已;我们的成功令敌人气急败坏而朋友内心发酸。

如果我们每个人都对其他人的一切行为表示容忍,整个世界将变得不能容忍。

人之所以要长两只耳朵,是为了能听到不同的声音。

诚实是一块板子,坦率是另一块板子。这两块板子可以夹得你很正直。

到朋友家做客有两条原则:多说好话,多吃好菜;还要知道在什么时候退席。

老实是这样一个东西:举着它,你到处会碰上疑惑的目光。

征服与塑造

中国电影近年来开始对传统的叙事格局进行大胆的探索和突破，对声画表意功能和影象美的追求，使人们看到了一种崭新的电影形态——电影的声音和画面并不仅仅是传达故事的手段，而且还可以表达高层次的内涵。人们对于历史和社会的深沉思考，往往是通过音色和画面直接实现的。这种新的电影观念给我们带来一种新的认识价值和审美价值。这说明中国电影从纵向的"影剧"观念中走出来，正在融合着东、西方的电影美学，通过自己的创作实践，达到一种新的综合，走到了传统电影美学的回合点上。

我就是在对"纵"与"横"的思考中；对探求电影新观念指导创作的心态下，开始了《少女·逃犯·狗》的拍摄。

叙事让人能"知"，抒情让人能

电影《少女·逃犯·狗》画报

"感"，知贵精确，感则丰富——这就是读完小说《少女·逃犯·狗》后，冒出来的第一个感受。小说虽然仍是叙事体的，情节性的，也可以说是用戏剧性框架——即有矛盾、有冲突、有危机。小说在这个基础上力争去抒情、它又力争将这些矛盾和冲突只作为"发射架"，而把抒情作为"导弹"，我从中看到了由小说过渡到电影的潜在因素。

创造去追求"影象声"的新电影形态，正是增强这种抒情的有力手段。于是，将小说中地质队救少女，少女感激报恩的情节拿掉。这不仅因为它叙事性太强，而且还不符合生活的真实。少女的这种因果关系，一是有些单纯为了拔高主题，二也颇落俗套，影响了抒发这个大漠少女的纯情。

小说中的爷爷受了一个立志改造胡扬林的青年要横穿死亡之海行动的激励，去给他带路，遇沙暴而被困，仍然把这青年局限在单一目的上。这青年竟说："我的情人就是胡扬林。"这仍然没有脱离那种为拔高一个人物而去给他贴标签的公式化模式，这种情节上的老套和人物情感意识上的狭窄性，势必缩小而不能扩大抒情空间，而单就《少女·逃犯·狗》所提供的容量，很难构成一部影片应有的时空，正像人们所担心的，这么简单会乏味而不会有观众。

基于这样的思考，才把江浩改为一个青年音乐家。他毅然走出封闭自己的斗室，冒着生命危险，走向大自然，走向人世间，从带有野性的潜意识中呼出："我要征服，我要塑造"，来抒发当代青年艺术家对人类隐秘的探求，抒发当代青年人的那种主体意识。

无疑，江浩的这种精神感动了老爷爷麦苏木，也震动了少女那颗平静的心，这难道不是今天现实中新的英雄主义吗？

江浩的"序曲"，实际上是当代青年艺术家思维的一种浓缩。我们实行开放政策后，中国已处在历史上一个新的起点，这就是"序曲"。而他投身到大漠之后，这种处于中国最封闭的地方的这种情绪也就更加强烈，因此，他的意识升华了。这样，才出现了那些带有象征性，引起人们思考，震撼人们心灵的镜头。

这个年青音乐家已经不满足在艺术中表现自我，他已经跨过表现自我和超越表现自我的阶段了。他要追求的是艺术的更高层次。这些写意的镜头，恰恰是他内心深处的呐喊！

一部影片的内涵，在不同的观众层次中，所体验和接受到的，也当然是不相同的。这部影片所要追求的，是那种丰富的外延。把什么都说明白，妙在痛快、也伤在太尽，这是应该切忌的。

大漠或者说西部，是中国最为封闭的地方，而它就像平静的大湖，被今天开放的大石投进，掀起层层涟漪，在扩展、在变化，但有一点却是最本质的，那就是像凯丽努尔的那种纯情，这是永恒的。洽瓦随着变革的的浪淘沙在变，而少女的真、善、美将像金子一样永远闪光！她不仅是新疆的、中国的，也应该是世界的！

二重性格、多重性格，往往是艺术家们乐于追求塑造的对象。而在凯丽努尔身上，只有善和美的品格。对于人群中两条腿的"野兽"，她单纯得像云雀一样，她的心灵像水晶般的晶莹、纯净，毫无杂质和瑕疵，这种单纯的性格也是一种美的形态（并非只有复杂的性格常常是美的形态）。这种美的心灵和肖像，在世界电影画廊中应该占有一席位置。因为，这种美体现了人民的基本品格，这种品格在我们的人民中占主导地位，它有震慑邪恶，打击丑和假的巨大道义力量。我坚信，当绿州覆盖大漠，高楼林立戈壁，那里的主人，恰是少女的这种精神品格。

这部影片的抒情与象征部分，就是一粒粒小珍珠，而叙事部分则是一条银丝线，最后，把这些零散的小珍珠串起来，变成一条美丽的、光彩夺目的项链。

银幕后面的故事

数年前,在报上看到一条消息,非洲某一个国家的元首,正在非洲另一个国家参加国际会议。这位总统在台上激昂地发表演说之际,他的一个秘书急匆匆地上台走到他的身边,神色紧张地在他的耳边说:"总统阁下,国内军人政变,已占领了总统府。"这位总统先生先是一怔,很快就镇定下来,用目光扫视着台下,会场虽然没有乱,但都交头接耳地在议论着什么。这位总统挥了一下手:"大家请安静。我现在告诉你们,我们国家的军人政变,已占领我的总统府。"

台下唰地静下来,眼睛直瞪着这位总统,而这位总统没有露出一丝不知所措的笑容:"其实总统也和演员一样,有时在台上,有时在台下。看来,我站在台上已不合时宜,该到台下去了。再见!"这番简短的演说,引发了一阵暴风雨般的掌声。

生活的确如此,在台上固然辉煌,而在台下也许更精彩。作为演员职业的我,深有这方面的经历和感受。现不妨记录几段,作为对这段引子的反馈。

1. 秒表导演

有一位老导演,属于那种激动型。在五十年代,拍片时给的耗片比是很低的。一般能拿到1:3或1:4就很不错了,即每个镜头最多4次。因此,该导演总习惯拿只秒表,在演员试戏时,把这个镜头的长度用表记录下来。到实拍时,他就不再看演员的表演,而是喊完开始后,便非常激动地盯着秒表,并习惯性地转动胖胖的身躯。有一次,一个镜头的戏是九秒钟,经过几次排练,演员都很准确地在九秒钟完成。实拍时,这位导演激动万分,大吼一声:"开始!"便将眼睛死盯住秒表,并慢慢地转动胖胖的身躯。也许他太激动了,在六秒多一点时,就大喊了一声"停!"并急忙转过身来。此时镜头前的演员还没有把这个镜头的戏演完,一下子愣在那里。老导演忙问副导演:"戏怎么样?"副导演说:"很好!"老导演说:"OK!"副导演忙说:"导演,戏中还有一句话没完呐。"老导演说"没说完那就留作画外音吧。"副导演说:"导演,没有多余的画面呀!"老导演说:"那这句话不要了。"在场的演员、摄影师真是哭笑不得。

2. "我还没死哪!"

看过电影《刘三姐》的观众,总会记得影片中那个莫管家的形象。扮演莫管家这一角色的是长影演员贺汝瑜,虽然他已经过早地离开人间,但他那极富个性的长相和那精彩的表演,是令人难忘的。现在,我就讲述一段"莫管家"的幕后故事。

那是在重新摄制电影《平原游击队》的拍摄现场。当时正拍摄鬼子进村的扫荡,遭游击队埋伏的一场戏。"莫管家"当时扮演一个日本兵的小头头,我们通常叫做群众演员的角色,表演极其简单。导演告诉他挥刀指挥鬼子兵前进,这时他突然中弹,然后倒地。导演为他确定了表演的位置,副导演为了给摄影师看画面,叫演员练了一遍戏。只见"莫管家"神气十足地挥刀指向村里,一些日本大兵,从他身边向村中冲去。他正要前进,只听旁边的副导演口中喊了一声:"啪"!"莫管家"左手捂着前胸,右手的指挥刀掉地,他挣扎了一下便倒在地上。

一切都准备好了,导演准备实拍:"预备,开始!""莫管家"挥刀指向村里,嘴中喊了一句日语:"海牙枯"(快的意思),很多日本大兵一边开枪一边从他身边跑过。这时站在镜头左侧的副导演大喊一声:"啪"!只见"莫管家"左手一捂前胸,挣扎一下,右手又举起指挥刀指向村中,并挥舞着。然后他还想往前冲,并踉跄地挣扎着,往左倾斜几下,接着又往右歪了几下,就是不倒下。站在镜头后的导演有些急,但此时的"莫管家"才刚刚跪下,并把指挥刀扎在地上,当作支柱,瞪大两只眼睛,怒目向前。此时导演真有些急了,副导演也急得看着导演怎么办,正在导演无所措的时候,只见"莫管家"用力把战刀一支,又奋力起来。导演实在忍不住了,大喊:"快停下!"又挣扎起来的"莫管家"非常有经验地借着挣扎的身体,背对镜头说:"再等一下,我还没死呢!"他还在做垂死前的表演。

导演愤怒地大吼一声:"停!"这时"莫管家"终于倒了下去。摄影师关了机器上的马达,大家都把目光投向"莫管家"的方向。只见他倒下后,又微微扬起头,有力无力地向村头看了一眼,然后脖子一软,彻底躺在那里不动了。导演问摄影助理多长时间,摄影助理回答道:"快两分钟了"!这时,突然传来趴在地上"莫管家"的声音:"导演,我已经彻底死了!"导演哭笑不得地说:"你再不死,我胶片受得了吗?"现场的工作人员实在憋不住了,哈哈大笑起来。副导演建议:"导演,再来一条吧!"导演说:"不拍了,就用后面他倒地的这一点。"

"莫管家"兴奋地从地上爬起来,还以为大家为他的表演而大笑,他自己情不自禁地鼓起掌。在他的带动下,工作人员和围观的观众也跟着他鼓起掌。现场是笑声和掌声一片。导演看着满头都是汗的摄影师,也无法控制自己,蹲在地上大笑不止。

3."开始"!

很多演员,那是因为他们创造了很多令人难忘的人物才成功的,但观众只看到他们意气风发地站在领奖台上,或神采奕奕地接受采访,往往看不到他们在幕后和台下的戏。这里讲一个在银幕上创造过大英雄,而在银幕下发生在他身上的令人难忘的小故事。

这位刘世龙先生,就是曾在银幕上塑造过电影《英雄儿女》中王成的那位演员。文革后期,我和他一道被下放农村当"五七"战士。虽然离开本行,但有时还会经常聚在一起,大讲拍电影的事。现在又经过这么多年,真可谓往事如烟,但令人难忘的,是下面这段:

刘世龙在五十年代刚分配到长春电影制片厂当演员的时候,给一部战争题材的故事片出群众,临时演一个年轻的战士,只有一句台词,就是急匆匆地冲进画面,举手敬礼。向团首长报告,说敌军有一个连在我阵地左边出现。实拍三天前,制作部门把这点戏告诉给刘世龙。他每天都要为此练上一个小时。他很激动地跑步到位,向团首长举手敬礼,然后快节奏地说出这

电影《吉鸿昌》海报

段台词。有一天,他又突发奇想,为了赶回来报告敌情,途中受了伤,是爬回来报告的。总之,三天来,他想了五六个方案,最满意的是中途受伤爬回来这一个。他抵制不住自己的创作冲动,一天晚上,他跑到摄影棚去找导演说,导演说:"中途受伤爬回来好是好,可惜没有这么多篇幅,这是过场戏,你就汗流浃背地跑上来报告就行了。"

第二天实拍,刘世龙化好妆,就在摄影棚等拍这个镜头。副导演告诉他,下个镜头就到了。导演还关照化妆师不用抹,他自己活动一下就会出汗。只见刘世龙在一个角落不停顿地跑动,没有几分钟,真的是大汗淋漓。

这时,导演说下面拍报告敌情的镜头,先练一次,叫刘世龙站在门口候场。导演喊开始后,他就跑进来报告,此时,刘世龙已汗流浃背,还特地给导演看了看,导演很满意,因为刘世龙已跑了数分钟,呼吸自然急促,一切都很好,导演问各部门准备好了没有,回答准确完毕。此时,导

演提高嗓门问:"刘世龙准备好了没有?"刘世龙在布景的大门口一边加速原地跑,一边回答:"好了!"现场安静下来,因为是同期录音,此时刘世龙准备三天的戏,就要实拍了,他此时什么也听不见,只听到心在扑通扑通地跳。突然,耳边响起了一声:"预备"!此时,刘世龙就像离弦的箭一样,推开大门,举手敬礼,高喊了一声"开始"!真是全场哗然。

刘世龙说完后,紧接着就说:"团长,我阵地左侧发现敌军有一个连"还没等他将台词说完,扮演团长的演员及其他工作人员大笑起来。

幕后的故事太多太多,有的苦涩,有的悲哀,有的离奇,有的令人发笑,而我愿回忆后者。

感叹人到中年

这些年，我作过很多讲座，大多是给青年人，但还没有给中年人作过讲座。这是因为那些讲座的听者大都是80后的年轻人。给他们讲中年人的事情，是在夏天讲秋天的故事，早了一点。他们要解析青年的迷茫问题。

有一次，一个单位非要我谈谈中年人。中年人的年龄段划分是模糊的，有争议的。我把中年的年龄段划在35岁到55岁之间。

我们身边的一些中年人，我们认识的，若走进或走近他们的生活，感觉他（她）们确实还是挺麻烦、挺困惑的。

人到中年，虽然挺有成就感，是单位的骨干、精英，但是，当你看到他（她）的内心世界时，你会发现黑暗、焦虑、苦闷甚至脆弱，很少有阳光普照的心灵。还有，有的中年人，折腾来鼓捣去，失败了，但不甘心，把整个中年搞得很凄凉、很惨，甚至很变态！去年，我的一个朋友被判刑了，因为受贿，要坐13年牢。现在很多中年人，当了不小的官，却热衷于吃喝嫖赌、贪污受贿，有很多的情人。有的人，搞得鸡飞狗跳。除了法纪松弛、道德堕落等方面的原因外，我看还有人到中年而迷失而困惑方面的原因。这实际上是中年的一种危机现象。

那些所谓成功的中年商人也有危机问题。没有赚到的钱继续努力拼搏去赚，赚到钱的许多人，其生活方式彻底变了。喝酒、赌博，晚上不睡觉，12点才来劲，整天整夜不归家，生物钟颠倒，身体日衰，也很麻烦。我觉得不能违反了自然规律而生活，这种生活方式持久下去，很危险。人到中年的时候，实际上是很尴尬的。年轻时候，什么牢骚都可以发，什么都敢评价一番，觉得自己年轻，有一种年龄上的优越感。随着青春年华的逝去，当人过35岁，进入40岁，你就不再有年少轻狂的自信了。说牢骚话会被人视为不成熟，很可笑。别人会说，你这么老了，怎么还像个愤青！人老了，可以倚老卖老。唯独中年，既不年轻，离老年或退休还较远，所以很尴尬。面对社会和家庭的责任，中年是压力和拼搏的代名词。人的事业有成与否，中年基本上可以见分晓了。成功者的疲劳和失败者的绝望折磨着中年人。现实的残酷和无奈，始终隐藏在中年人华丽外表的背后。别以为中年人很强大，其实，中年是脆弱的，有时甚至不堪一击。

对中年人来讲，家庭生活处在一个非常困难的时期。家庭的稳定和谐，各方面关系处理得妥当是非常困难的事情，这是一个人生的坎，许多人过不去这个坎。家庭处在危机之中，家庭稳不住了，有时会很凄凉、很惨。时下，许多中年人离婚，成本和代价很大。还有，中年人很难正视自己，喜欢顾面子、端架子、装样子。

如果中年没有足够的人生智慧，不能面对自我，正视自己，找到解决中年诸多问题的办法，那么，就很难过得去。要么是家庭，要么是孩子，要么是事业，要么是工作，要么是身体，总会在某个方面出问题。所以，中年是多事之秋，很复杂、很麻烦。中年的麻烦就是要求要多有一些生存的智慧，这样，人生的代价可能会小一点。

有人劝告说，中年不要太认真；中年要顺其自然；中年要糊涂一点；中年主要是心态要好；中年不要硬撑着；中年不要不甘心；中年是怎么样就怎么样的；中年要顺其自然；中年难得糊涂不要攀比，更不要随便把工作一辞，自己办个公司什么的。有人指出，中年的时候看着街上的女孩都比自己老婆漂亮，这是中年的意乱情迷。总之，中年危机的话题值得一谈。

可以把中年危机定义为，人在35岁至55岁之间，所面临和经历的事业、婚姻、家庭以及自己身体等方面的物质和精神上的麻烦和困境。

中年婚姻的危机很普遍：许多中年男人与自己妻子在生理心理上都很疏离、很无语。他们面子感很强，不善于婚内沟通。

中年人与父母亲之间关系的处理：很难适度妥当。一旦涉及到金钱，就面临道德考验。如，丈母娘生病住院了你给不给钱呢？一方家庭困难，你帮不帮？比如，过年回家，到哪儿去都要发红包，只要伯伯一叫，爷爷一叫，都要给，有钱好办，没钱怎么办？

中年事业的危机：现在，上班族也好，当官也好，老板也好……每个人对自己的工作都有些无聊感。很多人对职业倦怠，想换个工作，但是又不敢冒险。有的工作不想干，每天不得不面对一个无趣的工作。一个人一生能找到自己喜欢的工作就好了，这样就可以摆脱事业上的危机。

中年身体的危机：中年弄不好就早逝了，就像小沈阳说的，两腿一蹬，眼睛一闭就完了。中年人很少锻炼身体，他们大多是散漫懒惰的。

如果说工作是为了生活，那么，生活并不是为了工作。我认为，中年危机的实质是人生意义的迷失或者丧失。中年的努力和奋斗究竟是为了什么呢？有人当了很大的官，并不知为了什么而活着。中年人目标远没有年青人和老年人清楚。

中年是很难追寻生存意义的，这是中年危机的根源所在。一般来说，在没有宗教信仰的国家，人们很难找到意义感。

中年甚至很容易垮掉，身体在变化，家庭在变化，社会在变化，上帝把承担和责任的重担给了中年人，这是中年的宿命。所以，中年的危机是一个事实，有时候可以自我麻醉一点，但是不能取消这个事实。对中年人来讲，中年的人生一定要有很高的智慧，一定要把自己活得明白、活得透彻。

中年人一定要讲究平衡，物质的、精神的、朋友圈的、家庭内外的，都要建构平衡。中年不要太认真太较劲，要顺其自然，中年要有良好的心态。中年有一个非常重要的东西，就是夫妻关系良好和稳定。夫妻关系处理得好的，就算是基本稳定了，然后再去"打江山"。如果后院起火，鸡飞狗跳，闹离婚啊，起诉啊，分割财产啊……那样的话物质与精神的消耗都很巨大。

不仅仅有中年的困惑，就人来讲一辈子都是困惑，40岁困惑是人生困惑的一部分。

我有一个理论，人有三种状态：一根筋是一种状态；多根筋是一种状态；少一根筋也是一种状态。四十岁一根筋的人就很多，四十岁最怕多一根筋。人有三态：生态，心态，还有身态，生态就是我们周边的环境，心态的就是我们身边的环境。我还有一个观点，假如说身体由命不在天的话，男人在35岁就要开始养命。四十岁有三情要处理好，亲情、友情、人情这些东西要处理好，换个话说吧，亲情、友情、爱情要处理好，亲情就是老婆孩子，友情这个东西其实很重要，男人我知道，四十岁男人都很自负，大家认识的熟人很多，有点假，但是就不能做真朋友。

人过了三十五岁之后，才会懂得一些事情的真谛。

人到中年，在挑重担。是奋进，是精华，是占有，是享受，是彷徨，是困惑，是危机，是机会，是没有了退路，好坏都要朝前走啊！人到中年！

笑

由于身世和职业的缘故,我从很小就浪迹天涯,特别是独自一个人去旅行,就更加有一种说不出的兴奋。

我永远不会忘记第一次乘火车远行,那是由哈尔滨到大连。时值深秋,我跑到列车的最后一节车厢,看那急速飞逝的闪亮的两条铁轨,看那红红的高粱地,看那赶着牛的村姑。特别叫人激动的是那有节奏的车轮声,它和着思索的节拍。

我也永远不会忘记第一次乘海轮远航。波涛汹涌的大海,鲜红如血的朝阳,翱翔在蓝天白云中的成群海鸥。

当然,第一次飞向高空的记忆,可以说是永恒的。到现在,我还珍藏着第一次乘飞机时的机票和登记牌。还记得是这样描写那第一次飞行的感觉:心随着马达的轰鸣在剧烈跳动,思绪像那弦窗外的云,忽而凝聚,又忽而离散。

作为一个旅人,我心目中最动人的景色,是在月台上候车时,看到那些匆匆的过客,还有那闪烁着红、黄、绿色的信号灯光。当然,在万米高空俯视下面的山川、城市的夜光。在阴云密布、雷雨闪电的海中航行,也别有一番滋味。

几十年的旅途中,这些情景总令我心醉。

在一次由一个中等城市乘飞机去另一个中等城市的时候，我的旅途风景线上，又多了一道叫我永不忘怀的"景观"。

和往常一样，飞机正点起飞。我坐在第九排上，系好安全带。当飞机拉起来时，我习惯性地看了看手表，是上午10点26分起飞。这是一架双引擎飞机，客舱里坐得满满的。我把事先准备好的一本小说拿出来，翻到有书签的那页，继续读下去。我旁边是位老者。虽然我没有仔细打量他，但从上飞机时的印象，我判断他是位台湾来的。我还想，很可能是老兵，现回大陆探亲。当我翻书的时候，我意识到他用很敏捷的目光扫了一下书的封面。果然，老者友好地笑了一下，说："您喜欢读柏杨先生的作品？"我回答得很干脆："不但喜欢，而且敬佩他！"

"您能告诉我最敬佩他哪一点呢？"

"我敬仰他敢于正视和承认我们这个民族的缺点与丑陋。只有承认，才能改正和抛弃缺点与丑陋，而正视和承认需要有勇气和胸怀的。"

"柏杨先生是我的好友，我一定把您的这种敬仰转告给他。可以给我一张名片吗？"他一边说一边拿出自己的名片。我们交换了名片。我在他的名字上面看到了一行繁体字："台湾退伍军人寻根联谊会"，他半开玩笑地说："看我像回乡团是不是？"我说我刚才就猜想您是台湾来的，而且像个退伍的老兵。这位老者看着我的名片，风趣地说："您一定是个资深的艺术家，很会观察人。"

我们聊得很开心。忽然飞机猛地抖动了一下，不是一般的抖，而且有些急速地倾斜。所有的旅客都终止了一切活动，注意力一下紧张起来。广播里传来小姐的声音："请旅客系好安全带！"这和往常遇见气流时的语言不一样，而且我感到这位小姐的语气中带有内心深处的不安和慌乱。旅客中有些骚动。此时飞机的响声也不对，似乎只有一面在响。尽管刚才左右摇摆，但现在是平稳飞行，而我明显地觉得飞机在下降。旅客不安起来，有的想站起来打开上面放行李的门板拿东西。正在此时，传来一位男士的广播声："请旅客们不要乱动，请系好安全带。我代表机长通知大家，我们的飞机有一个发动机停车,我们正飞回起飞的机场,一般说是可以安全降落的,请旅客镇静,并随时听候指挥。"

整个机舱安静极了。这种肃穆的气氛更加令人产生恐惧。飞机在盘旋,我已经非常清楚地看到我窗外的那个发动机不转动了。我心想,有一个发动机也就足可以下降了,这次不会结束我的生命。虽然这么想,可心跳告诉我,还是不安的。所有的旅客都没有声音。飞机继续盘旋,空中小姐在走道上检查每位旅客的安全带。但从他们的脸上仍然无法掩饰内心的不安。气氛越来越紧张,空气似乎都凝固了。此时在我后排有个女孩哭了起来。这突然传来的哭声好像传染病一样,引发来很多哭泣声。骚动又动起来了,空中小姐尽量安慰大家,但无济于事。有的旅客要笔想写遗嘱,这更增加了一种悲剧即将发生的可能性。

在凤凰卫视

就在此时,我身边这位"老兵"站了起来。他笑了,笑得那么慈祥,那么坦然,用一种既不高又不低,但很有共鸣、很有感染力的声音说:"大家不要紧张,这是我第三次经历这种情况了。第一次在台湾,第二次在法国,这是第三次。按常规,只要有一个发动机旋转,就可安全着陆。"

我观察了一下前后乘客,并没有因为他的演讲而平静下来,脸上的疑虑、不安、惊慌依然如故。老先生真诚地、放松地笑了起来,他说:"解决不安、紧张最好的办法,就是笑!像我这样。"他一脸笑意,转动着头,叫乘客看着他的脸。我当时就像一个运动员一样,就在这位"老教练"的指导下,也笑了起来。果然灵,顿时觉得松弛多了。他接着说:"我经常在海水中游泳,突然会碰上一条鱼,被它用力地碰了一下。当时很紧张,肌肉崩得紧紧的,动作马上就协调不起来,还呛了水。这时最好的办法就是笑。脸上一笑,就会带动全身的肌肉放松。大家看,就这样笑。"他笑得很滑稽,有些乘客被感染了,忘记了此时只有一个发动机带动着这么些人在下降,都开始笑起来。我巡视着,只可惜当时没有摄像机。有的人虽然笑,但脸上的肌肉还在发抖,有人是在惊恐中强迫自己去笑,嘴巴裂得很大,那副表情实在可怕,但也有些人自然地笑了。特别是我身后的那个女孩,她那种破涕为笑的表情,显得生动可爱!

"老兵"看着大家说:"很好,笑吧,恐惧在笑声中退却,灾难在笑声中逃跑,放松地笑,舒心地笑,好运就在笑声中来到。笑吧。"我实在忍不住了,放声大笑起来。机舱里的乘客笑起来了,空中小姐笑起来了。

我开始像领唱者一样,复诵"老兵"这首笑的小诗,旅客也跟着复诵。一首笑的交响乐字空中飞鸣,诗声朗朗,小声滔滔。只有一个发动机运转的飞机,在笑声中安全降落。

走下飞机时,看到外面如临大敌。红色的救火车,全副武装的消防战士候在跑道两侧。但下机的旅客脸上都充满了平和的笑容,令下面的接机人员又惊奇又费解。

时光飞逝,打这以后每当我登机旅行时,那位"老兵"的笑声都会伴着我。这笑声叫我不断地去遐想。

流派和竞争

我是跟前苏联老师学表演的,称作"体验派",鼻祖是史坦尼斯拉夫斯基。当时我们知道的还有一个叫做"表现派",其代表人物是狄德罗等人。"表现派"在我们心目中像是歪门邪道,当然更谈不上对其有多少了解,只认为自己所学的才是正宗。

随着历史的发展,视野的开阔,我逐渐知道了世界上远不止这两派,还有其他许多派,诸如"先锋"、"前卫"、"虚幻"、"抽象"、"印象"等等。

一次偶然的机会,听到史氏的嫡系门徒,我们尊敬的老师——莫斯科小剧院的功勋演员马尔丁诺夫,给我们讲了一个他演艺生涯的故事,我似乎才稍微懂得一点体验派的真谛。

我的这位老师曾演过一出很有名的话剧《铁甲列车》,他扮男主角——红军政委。剧中主人公的家中亲人都被白匪杀害了,在一次遭遇战中,他逮住了白匪的一个头头,就是杀他亲人的凶手。仇人相见,分外眼红,他怒不可遏地把白匪头头拎起来,用冒火般的眼睛逼视着他,并从皮靴中拔出匕首,高高举起……每演到这紧要关头,都会赢得观众的喝彩声。

一次,他邀请了最好的一位医生朋友来看他的演出。当演出结束后,这位朋友一声不响地来到后台，等他卸了妆换好自己的衣服。

深夜，他们走在莫斯科的街道上，除了两人的皮靴踏在雪地上的"吱吱"声外，四周一片寂静。好半天，医生朋友终于开腔了："我想劝你休息一阵子，或者干脆改行。"马尔丁诺夫不解地反问："为什么？"他的朋友停住脚步，表情严肃地说："为什么？为了你不做杀人犯！"马尔丁诺夫更加不解了，用疑惑的眼光望着自己的好友。朋友非常真挚地说："你知道吗，迟早有一天你会控制不住自己，一刀把那个扮演白匪头头的演员杀死的！"马尔丁诺夫笑了，而且哈哈大笑，弄得医生朋友不知所措，以为他真的是神经错乱了。马尔丁诺夫很认真地说："明天，你还来看戏，就会明白一切了。"

第二天晚上，朋友准时来到包厢，他忐忑不安地看好友的演出。当又要出现拔出匕首那幕戏之前，医生就特别紧张。台上又出现了令他担心的情景：马尔丁诺夫像拎小鸡一样，一下子把"白匪头头"提起来，用冒火般的眼睛凝视着他，并"嗖"的一声从皮靴中拔出匕首，高高举起。就在这时，马尔丁诺夫的眼神迅速从"白匪"脸上移开，恰好对着包厢内的好友。两人的眼神在那一刹那碰撞在一起。随后，马尔丁诺夫又按剧情演下去。而就在这一刹那，提着心的医生放松下来。

演出结束后，医生请马尔丁诺夫吃宵夜。马尔丁诺夫追问他："还担心吗？"医生拍拍马尔丁诺夫的肩膀，微笑着不说话。马尔丁诺夫说："我可以告诉你，最大的'激情'，是用最大的'控制'才能演好的。"

严格地说，作为演员，是不可以在演出中斜视台下观众的，但从表演理论上讲，他说的一句"用最大的'控制'才能演好最大的'激情'戏"是很有道理的。如果百分之百地去体验，那不是真的会把"仇人"杀死吗？

写上面的故事并不想去探讨高层的表演理论，只是想通过这个例子来证明，什么事都不能走向"绝对"。在学术领域里，会经常发生互不相容的争论，似乎不是正统的东西，都应该消失。通过这个例子，我思考的是，当今的世界是多元的，是个相容并蓄的时代。各种流派不可能一成不变，都是在发展的。

俗话说"百货应百客"，这是很有道理的。从文化上来看，各个民族、各种政治体制下，都会产生不同的文化现象，会有各种不同的流派。应该说都有它生存的土壤和空间，不应互相敌视和"杀戮"。应该在竞争中、在人民的选择中，自行去发展和消亡。比如现在的话剧和京剧，在我国就不景气。你呼吁，你申辩，你挣扎，最后都得取决于观众。因此，还是从自身去找原因，不能归罪于观众没有文化，或者没有欣赏水平。怨声载道，无济于事，在竞争中总要淘汰些东西，留下些东西。而重要的是发展更多的、更好的、更新的东西，一成不变的东西是永远不存在的。

还有一种现象也叫人费解，就是所谓的"高雅"艺术和"通俗"艺术。有些年有些"高雅"艺术被打入冷宫，无人问津，而"通俗"艺术却横空出世，到处受欢迎。于是，微言颇多，大多怪罪这个时代不给予理解，观众文化低下。但这些责备无济于事。难道欣赏"高雅"艺术的就是"阳春白雪"，爱好"通俗"艺术的就是"下里巴人"吗？俗话说，适者生存，时代在变，人在变，道德标准、价值观念都在变，不变就会落后。

电影《鱼岛怒潮》

现在，你可以看到和听到，那大管弦乐队，竟低下高雅的"头"，为一个小小的二胡做伴奏。你也可以看到那些不服气的大指挥家，正在为被称之为"靡靡之音"的通俗歌曲挥舞着手中的指挥棒。你更可以看到，那些洋嗓子歌唱家和通俗歌星同台演出二重唱或对唱。

好极了,终于不互相排斥了,而开始"恋爱"了。也许通过这样一种结合,出生一个"混血儿",更受到广大观众的欢迎。但我始终不清楚"高雅"艺术于"通俗"艺术的称谓的由来,也无法考证哪位学者或者大师给予如此分类的。艺术就是艺术,只有品种、样式和风格的不同,不应有什么"高雅"与"通俗"之分。

还有一种现象令我不解,就是最近经常在报纸广告上看到的"大片"之称。什么"耗资近亿","豪华阵容",便被称作"大片"。《无极》因其场面恢弘,制作费惊人,也被称作"大片",好像只有"大片",才是高等的、可取的,可是观众并不给予好评。

那么不妨反问,就我国的古典名著而言,《三国演义》可谓有千军万马,气势磅礴,政治风云激荡。而《红楼梦》却是我国一部在一个小小的怡红院里发生的一些情感上的恩恩怨怨的悲剧,但它能折射出一个朝代的没落。按上述大小的分类标准,可以把《三国演义》称为"大书",把《红楼梦》列为"小书"吗?这样分类准确吗?

应该说"大"的也有好的,"小"的也有高的;"大"的也有坏的,"小"的也有劣的。

文化产品也应该是属于商品的范畴。既然是商品;就应该摆到市场上去参与竞争。不管是用什么理论和流派组装起来的文化产品,投放市场后,永远是按消费者的爱好、趣味、经济条件和对产品的包装、性能、质量的好坏来取舍的。自我多情,自我欣赏是没有用的。

市场越大,竞争就越大。在竞争中,永远是优者胜,劣者败。这个消亡与发展的过程,才能促使社会进步,历史发展。

我们过去经常引用的一句话:"百家争鸣,百花齐放!"只有在平等的、公正的竞争当中,才会产生"百家",才会盛开"百花"。

写到这,我突然想起俄罗斯伟大的作家高尔基,在其作品《海燕》中,最后结尾的一段话:"让暴风雨来得更猛烈些吧!"

那么我在这里也要高呼一声:"让竞争来的更广泛更深刻些吧!"

特殊的考试

因为女儿在印度尼西亚工作，我有机会去度假。如果说对印度尼西亚的印象，可以概括成三多，即美丽的地方多，恐怖暴力行为多，牟利的机会和手段多。千岛之国，风光秀丽，尽管巴厘岛两次爆炸，旅游的人们仍然是前仆后继勇往直前。恐怖暴力增多，是人们共知的，而鲜为人知的，可能就是我要重点说的：牟利的机会和手段多啦。

在著名的会议城市"万隆"，我在逛商店时，突然在身后有人叫我的名字，回头一看，是个很陌生的先生，有三十多岁，他很礼貌地说："我是您的观众，来自中国南昌，非常有幸在这里见到您，如果您肯赏光，我想请您吃一次印度尼西亚餐。"

就这样，我结识了杨光先生，在饭后饮茶时，他叙述了来印度尼西亚的经历：

这个国家很有意思，只要你有钱，就可以办成任何事情，比如我的签证过期，只要按市场运作的价码，交足了钱，几天就搞定。要想搞个驾照，把钱和照片准备好，很快就有了。驾车违规了，警察给你敬个礼，你只要很痛快地塞给他钱，他会说声谢谢，马上给你放行。可以说是明着干，就是上街游行，大多也是花钱雇人，来争取自己派别的利益，在印度尼西亚是人人皆知，人人皆行。

中国改革开放时，一个人曾这样给我说过，在中国有两种人能赚钱：一种是骗子，一种是能够识别骗子的人。来到印度尼西亚后，一个朋友又和我说，在印度尼西亚有两种人能赚钱，一种是腐败分子，一种是会和能够制造腐败分子的人。

有了这些信息，我开始了在印度尼西亚的创业。看，三年来我已经购置了两套豪宅。有一套是出租的，我住的那一套您看过了，折合澳币也要五十多万元吧。

从经济角度看，杨光先生确实算个暴发户，仅三年多就成了千万富翁（按人民币计算），而且有了自己的公司和工厂，职员和工人加在一起，有百十多人。

杨光刚开始时，是给一个印度尼西亚做热水器生意的老板当送货司机，每天开着大卡车送货，三个多月就把这个老板的客户都摸清楚了，而且还对热水器市场做了一番调查。这个老板的进货渠道主要是日本和南韩，因为老板的老婆是日本人。

杨光熟悉了市场后，利用回国探亲的机会，走访了热水器的制造商，询问了最低的出口价格，而且也做了售后服务的调查。最后他锁定了两个制造商，带着详细的生意资料，而且让中国的制造商发了些不同种类的样品到印度尼西亚的万隆来。

杨光的老板特别高兴，举行了一次大规模的宴会，并宣布他出任副总经理、中国部的主任。杨光在饭后，把已经写好的分成协议书给了他的老板，当场就签了。

第一批货很快就到位了，而且来了三个技术人员专门做安装和售后服务，由于产品质量好，价位低，服务跟得上，市场马上就扩大了。杨光的第一桶金就是这样来的。由一个卡车送货司机到老板的合作伙伴。由手里只有不到一万元人民币的资金，到有了宝马轿车和两套豪宅，用时一年多。

杨光并没有满足，他利用每次回国定货的机会，又瞄准了太阳能热水器，一方面和他的老板继续合作电热水器，一方面自己悄悄地成立了一个新的公司，把太阳能热水器引进到印度尼西亚。因为不需要电能，得到印度尼西亚国家的税务和进口诸多好处。杨光也开了一次大宴会，请他的老板全家和公司的要员，很友好地宣布了自己另立山头的决定，并深深感谢他的老板，老板全家都惊呆了，只能用欣赏和羡慕的眼光看着他并举杯祝他成功。杨光也很体面，做了很多个红包，分别奖给他的家庭成员，还有老板公司的骨干。

他们友好地分手了。杨光的太阳能热水器生意如日中天，很快就做开了。以万隆为基础逐渐向外地扩展，账号上的数字也是与日俱增。

而他老板的电能热水器，越来越不景气。他主动找到杨光，非常服气地说："年青人，你有眼光，你是个能够开展局面的小伙子，我拉过你一把，今天，你也能拉我一把吗？我愿意做你的副总经理，我会开展更多的客户。"杨光很爽气："有钱大家赚。"于是他们签定了合作协议，这个老板把他在其他城市的资源都动用起来，真是星星之火，很快形成燎原之势。由于公司在各地要建立分公司，还要建立组装厂（进口零部件来组装，比进口整机成本低得多），急需要招聘能干的人员。他约请我去看他的考试，广告发出去之后，有很多应征者。

考试这一天，男男女女的应征者，有二十多人，都很准时，杨光严肃地站起来："欢迎大家来本公司应考。"一片掌声过后，杨光开始出题了："我只有一个题目，大家听好，我公司旁边五十米，就是一个农贸市场，你们到市场做一个观察，随便你们怎样去看，回来后，把你们的观察结果向我报告，就这么简单。"他看了一下手表，"现在是早晨4：45分，市场是在五点钟开门。你们必须在七点钟之前回来，超过七点，取消考试资格。"我真的给怔住了，看看考生，也都面带疑色地僵在那里。杨光："你们可以出发了。"

从六点钟开始，考生就陆陆续续地回来了。报告的内容大致相同，说市场有些什么货物、价格多少、在什么位置。还有的说看见有小偷，有打仗的,也有的说看见几个白种人在买活鱼,一个小伙子说:一个白人女性,乳房特别大,引来无数的眼光,逗得大家都笑了。

差五分不到七点钟时,最后一个考生回来了,他手拿摩托头盔,满身大汗,这小伙子有25岁左右。杨光说:"你是最后一个回来的,一定有很精彩的报告,说吧。"

小伙子笑了笑:"我看看市场还没有上人,我想摸一摸货源的来路,骑着摩托车到市场外面的路上去看看。进这个市场只有两条通路。我先去第一条,大概在一公里外,我发现有个收购站,专门收购海鲜产品,而且价格压得很低,可是赶集的渔民,还是愿意卖给他们,因为省去好多时间,拿着钱就走。我很想知道这些收购的货主是干什么的,是开饭店的,还是想垄断起来卖高价?反正我还有时间,我骑着车回到市场。这时,有好多人啦,各种货物都在上。我仔细观察,就是没有海鲜产品,我赶紧到另外一条路,一公里之外,也有几个人,专门收购海鲜品。我明白了,他们肯定是一伙的。到五点三十分,基本上全部海鲜产品都叫他们收购完了。我转身回往市场,果然,第一次看到的那伙人,已经把收购的海鲜品摆在货摊上。买的人很多,我听了报价,比他们收购的价涨了一倍,而且卖得很好。我又转回去,走了三十多米,另外那一伙收购的人,也把海鲜品摆上摊位,价格和那边一样,盈利都在百分之五十。正在此时,一个小老板模样的人(就是那头的)走到这个摊位。打开钱盒去数钱,还不停地盼咐着这伙人。我明白了,他们是一伙的,我走过去说:'我是开饭店的,剩下的这些我全买了,能不能便宜些。'那个小老板说可以,他向那个收购的人耳语了一下,然后笑着说:'你就给XXX元吧。'我又砍了两次价,最后成交了。我付了钱,这伙人高高兴兴地朝另一头那个海鲜摊走去。

我开始出售,结果很快就售光了。而且还有几个欧洲人,叫我每周都去给他们送一次货。我答应了,然后我数数钱,结果还赚了XX元,这得感谢杨光老板出的题目,给了我一次机会。"

大家都鼓起掌来,杨光赞赏地说:"你被录取了。我检查完你的学历证书，如果没有问题，我将任命你为三宁市分公司的负责人。"响起一片掌声。杨光开始问他："请你讲讲，你为什么这样做？"

小伙子说："现代社会竞争激烈，光等待机会，是永远不会成功的，必须要学会寻找机会，制造机会，更要紧的是善于利用机会。"又是一片掌声……

考生散了之后，我激动地说："这不仅仅是考试，而且是很生动的一堂课。"杨光回答的非常有哲理："这几年，我一直奉行的，就是在问题解决之后，如何对待解决问题的人，做生意，主要是经营人。"

我懂了，他所以这么快成功，除了环境、机遇外，更重要的，是他懂得如何来选用人、处理人。君不见，有好多人是过河拆桥，见小利失大利。可以说所有的错误，都是没有在问题解决之后，如何对待解决问题的人上，处理得不当。我不由得联想，杨光现在是个商人，如果有朝一日他去从政，说不定也会成功！

化折磨为历练

最近在中央电视台5频道，看在沙特迪拜举办的乒乓球世锦赛，又听到了总教练刘国梁那句铿锵有力的话："要我说成功的体会，就是我要感谢那些折磨过我的人，同时也要感谢那些被我折磨过的人！"中国乒乓球的经久不衰，刘国梁的这句话，可以说是从哲学的高度上进行了总结。

平心而论，谁也不希望自己的生命经常忍受折磨，哪怕真的是因此可以增加自己的成功和美丽，也不会有人欢呼着说："啊，我多么喜欢折磨式的历练呀。"人总是向往平坦和安然的。然而，不幸的是，折磨对生命之袭来，并不以人的主观愿望为依据，不论人们喜欢与否，它只管我行我素，甚至有时还要强加于人，谁奈它何？既然如此，人们为什么不让自己振作起来去迎接这挑战呢？人们为什么不能把它变作某种养分去滋润自己的美丽呢？人们回避折磨，是因为不想忍受它，当回避不了时，人们又说，折磨原来是可以装扮

电影《东海小魔女》

人生的，两边皆有道理。避开折磨是生命的最佳选择，一旦躲避不开，就让折磨变作成功和装扮人生的养分，此亦是生命的最佳选择。之所以说此亦是生命的最佳选择，乃是因为，人们在陷进折磨时，所面对的选择不止一个，比如说痛苦、焦灼、失恋、迷茫、束手无策或一蹶不振，而这些选择，就没有一个具有积极的性质，皆是对人生的消沉与颓废。比起这些选择，唯有选择让折磨变作装扮人生的养分，方才算是最佳。

生命因折磨而美丽，关键在于人对折磨认识的角度和深度：我们应该把折磨转化成历练。中国乒乓球队的经久不衰，一句话，就是把折磨变成了历练的结果。

应该说生命因历练而美丽，不仅仅因为生命需要在历练中成长，更主要在于，历练对生命的不可回避性。人群之中，物欲横流，而且方向和力度又不尽相同，谁料得到何时何地就会滋生出一种针对自己的折磨来呢？料不到又必须随，随又不想使自己一蹶不振地消沉，这样，经过努力，使其转化为对自己有用的能量，就成为人之不选之选。这时候的历练对生命来说，已变作美丽的阶梯，虽然阶梯的旁边充满荆棘，但在阶梯尽处，却充满鲜花，坦然走过荆棘，就必然置身于另外一重天地。

生命因历练而美丽，还在于它使人生收获了用金钱也买不到的某种阅历。人生阅历，正面的居多，人生的教诲，善良的居多，这些东西，都构不成对人生的考验，唯有折磨具备这种恶质。常言不是说"猪圈难养千里马，花盆难栽万年松"吗？为什么会是这样的呢？就是因为其缺乏考验的机会。不光如此，生活中的其他事情也一样，凡没有接受过考验者，你就很难断言它是否完整和美丽。而这种考验，并不是谁有计划地出的考试题，它是不期然而然地就横亘在了人的面前，使人猝不及防。由于它的这种突发性质，所以它之于人考验的意味就充足得很。经此一番挣扎历练，人没有颓废，反而更加精神了，这样的生命不走向美丽还走向哪里呢？

历练也是可以使人生丑陋的。人生原本还有点美丽，经过数次折磨式的履历之后，不但没有使其成熟和美丽，反倒使它充满痛苦、迷茫、彷徨，甚至瞻前顾后、畏首畏尾、唯唯诺诺，没有一点棱角脾气了，这是不是有点丑陋呢？对于这些人来说，所有的历练都不能称之为历练，而是灾难。总而言之，只要有点挫折和难受，就无不如同灾难临身，什么坐卧不安呀、神不守舍呀、食不知味呀等等，这些消耗情绪的东西就都来了。如此人生，让它如何从废墟中走向美丽呢？一颗心已被灾难二字占满，体会它尚且不够，怎么可能让他分出心来瞄一眼灾难背后的美丽？所谓的灾难，其本身已使人不堪忍受，再要以此种心态及情绪去强化它对人的伤害，这不是越瘸越使棍打了吗？人生难美，是不是就这样被自己注定了呢？

　　这样感受历练，实际上大可不必。退一步说，假若你无力使折磨变作装扮生命的历练，却也不该使它变作生命的灾难之门。在美丽与灾难之间，保持个中立的态度如何？即以无所谓的心态来对待它如何？这样做，至少生命不会出现消极现象，不消极不就说明其中有积极因素吗？这远比把历练视作灾难的认识事物的方法要乐观得多。在某些时候，人生的精神财富比物质财富也许显得更重要，人们是不应该对之忽略的。精神财富的获得，有许多方法，而不断地经受历练，是其方法之一，或者说是最重要的方法之一。而人生之美丽与否，首先可看的也就是他的精神财富多寡，而不是依据他的物质财富多寡。生命因历练而美丽，美就美在此处。

　　不错，人总是希望平坦和安稳的，谁也不想要折磨式的历练。但是它却没有因此而不来，作为被动的承受者，又不想就此妥协，那么，就拿出你的智慧、激情、勇敢，化腐朽为神奇吧。看看那些在国歌声中获得冠军的乒乓球国手，让我们默默地闭上眼睛，想想他们的成功之路，我们会悟到什么？可能悟到的东西很多而又不同，我悟到的是：人的一生就是承受折磨的一生，谁能在面对折磨中挺身而出，把折磨变成历练，谁的生命就会成功和美丽！

写给那些有婚姻创伤的男男女女

在我周边认识的朋友当中，很多是因为离婚或者婚姻失败和丧偶的男男女女，在忍受不了寂寞和孤独时，就想到婚姻。他们缺少对失败的婚姻进行认真的总结和思考，又急于求成，莽莽撞撞地就又走进了婚姻。殊不知，在他们结婚的同时又开始起草了离婚书。我经常和这些朋友交流和探讨，自己也断断续续地对这个问题进行了思考，把这些思考写出来，也许会带来些启发。

女人有太多的幻想，所以也有太多的失望，正是经历了一个又一个失望，女人才变得成熟。

男人有太多的抱负，所以也有太多的挫折，正是经历了一个又一个挫折，男人才变得坚强。

时间是女人的老师，经历是男人的课堂。

虚荣心强的女人常常是无知的，

没有荣誉感的男人大

《倔强的女人》工作照

都是无能的。

无能的男人常被女人鄙视。

无知的女人常被男人玩弄。

如果光有激情，是欲望之爱；光有承诺，是责任之爱；光有亲密，是心灵之爱。已婚者，要三者步调相近，齐头并进，避免单一项目进展太快。

离婚不是"你赢我输"的游戏，更不该是"你死我亡"的结局，应该界定为关系地调整和自我重视。

男女双方一定有冲突，有的是观念或思想上的差异所形成的"认知冲突"；有的是无爱或感情上不相容所形成的"情感冲突"；有的是理想有差异所造成的"目标冲突"。

其实，变心的角色，在当今社会中并不见得老是由男人扮演的。有越来越多的女性也在扮演负心人的角色。

承诺本身是件极端危险的事，一个人在向别人承诺前，要先对自己承诺，否则很可怕。

血肉相连的一对情侣或夫妻，要分开总是需要一番心理准备，以及相当长的时间过程。

恋爱的双方必须对对方经常具有新的吸引力，只有当对方感到你永远那么丰厚、那么深邃和充满新鲜的活力时，对方才会依恋你。当相爱双方当中有一方不再继续丰富和完善自己（太顾自己的个性和忙于自己的事业）并且逐渐与对方拉开距离，失去共同的语言，这时爱情就处于危险状态了。

如何超越旧感觉、旧体验，双方创造新感觉、新体验，是解决爱情危机的重要课题。

婚姻中的自由、爱侣之间的自由将成为二十一世纪之间最大的课题了。这份空间和自由的争战，已经成为亲密关系或者婚姻是否能找到平衡点，并 持久发展的主要因素了。

一对相爱的人，各自拥有一个家，却不肯住在一起，还要在那儿商量是到你家，还是我家，这是哪门子亲密关系和婚姻关系呢？这可能要探讨现代关系的一个观念上的问题了。

　　现代男女往往为了爱情而结婚，但婚后，却被生活挤压得离爱情越来越远，甚至根本忘了自己是为了爱情而结合的。因此，如何从忙乱的生活中，夺回两人亲密的高品质时间，就变成双方认真思考和回答的问题。

　　这个保留个性和个人自由同对自己所爱的人的个性和自由去进行和妥协的艺术，这是那些寻求幸福的人们不能回避，也是人生中最大的难题……又是必须做出选择的问题，不然就要分手了。

　　理性，就是对自己与对方都有比较清醒的了解，自己究竟是个什么样的人？自己究竟需要什么样的人？对方究竟对自己有什么样的要求？如果所有这些都模糊不清，恋爱则不过是一场胡闹而已。可能给双方带来惨重的损害。

　　分手、离婚的最大根源，是双方都想完整地保存或保持自己的个性生活和自由。

　　要结婚的人必须清楚，双方必须做出牺牲自己一半以上的个性和自由，才能开辟新生活。也许这就是常说的"结婚是爱情的坟墓"的道理吧。

　　爱情不仅仅是性交欲望，也是人们解脱孤独生活的方式，因为大多数人在其生活的大部分时间，必然会感到孤独的痛苦。

　　每个人都希望有成功的婚姻、快乐的人生，关键在于你有没有给自己一些时间去生活。生活是一门艺术，每一种艺术都讲究创造和品质。

　　匆匆忙忙地过日子，永远没有喘气的时候，这样的生活实在太粗糙了。

　　真正的生活应该是精致而美丽的。问题是，讲求速爱的现代社会里每个人都忙得团团转。忙进修，忙工作，忙社交，被时间的巨轮追得喘不过气来，但同时又相信只有这样忙碌才能带来充实。可生活被无情地剥夺了,剩下的只是抱怨,惋惜,叹气,痛苦,因为没有给自己的爱留出一定的时间和空间。

多给自己一点品味和体验生活和爱的时间吧,事业是要的,挣钱也是不可少的,问题是比例的安排、效率的提高。别忘了心灵也需要营养,连耶稣都说:"人不能只靠工作和面包生活,你的心灵需要比工作和面包更有营养的东西。"

但遗憾的是,当人们悟到这个道理时,并没有用行为去改变它,只有在临死前,深沉地讲给儿女们听……

人们都经常讲:"生不带来,死不带走"。可人们缺乏一种数学的概念,一生中,追求功名利禄有多少时间?一个会真正生活的人,一定是会把时间调整好的人!

经常说活得很累,其原因是人们永远摆脱不了功利的诱惑……

泪水和汗水的化学成分相似,但前者只能为你换来同情,后者却可以为你赢得成功!

美满婚姻的关键,不是你能否找到理想的伴侣,而是你是否做一个理想伴侣。

不管你是否准备好,有一天一切都会结束,不再有旭日东升,不再有灿烂的白昼,不再有一分一秒的光阴,你收藏的一切,珍贵的还是已经忘记的,都保留给别人。那么什么变得重要了呢?你有生之日的价值怎么来衡量呢?

重要的不是你所买到的,而是你所创造的!重要的不是你所得到的,而是你所付出的!重要的不是你的成功,而是你的价值!重要的不是你认识多少人,而是在你离开时有多少人感到这是永久的损失,而能常常地去思念你。

再恩爱的夫妻,也不可能做到百分之百的满足对方,每方都有自己一块得不到满足的领地……

新婚之夜里,丈夫对妻子说:"如果你将来有情人时,我会给你洒上香水，叫你赶赴约会。当你回来时，我会给你做好夜宵，还会问你一声：'感觉如何？'"

妻子对丈夫说："如果你会见情人，我会为你系好领带，在你回来时，我也会做好夜宵，也问上一句：'感觉如何？'"

双方都能如此，也许就没有情人啦……

黄河源头散记

去年回国,我的一个学生要去拍黄河电视片,约请我给他做顾问,我欣然接受,这是一次很独特很神秘的旅行,当然,也会有些不平常的际遇……

啊,源头

黄河源头——约古宗列曲,这个让常人感到那么神秘的高原之谷,展现在我的眼前。

蔚蓝的天空是那么透明,雪白的云朵像飞扬的棉絮,盛开在泥淖里的无名野花,盘旋在空中的雄鹰,使我们这一行人忘记了高山反应

唐古拉山,在海拔4800米

带来的种种不适，共同呼喊着："啊——源头！"

约古宗列曲，由一百多个亮晶晶的小水泊组成，不远处，就是有名的雅拉达泽山。约古宗列，藏语的意思是炒青稞条的锅，因为它是一块东西长四十公里、南北宽六十公里的椭圆形盆地。那条奔腾汹涌总长为五千里的黄龙，就源于这无数晶莹的小泉里。这些清澈的泉水，汇合盆地里的涓涓细水，逐步形成了一条宽约十米、深约半米的潺潺溪流，这就是黄河之源。

这么多冒着泡沫的小泉，到底哪个是源头呢？我愣住了，四处环视。此刻，我想起了关于源头的三种说法。

一为约古宗列曲。1952 年，水利部和燃料工业部共同进行了河源勘查，认为黄河发源地为雅拉达泽山以东的约古宗列曲，并由政务院认可。

二为卡日曲。1978 年，青海省政府主持的调查认为，发源于巴颜喀拉山北麓各姿各雅山的卡日曲应为黄河正源，理由是卡日曲比约古宗列曲长二十五公里。

三为黄河由多源汇合而成。这种观点认为源头支流由卡日曲、约古宗列曲、勒纳曲、玛曲等组成，单纯把哪个曲列为正源缺乏充分论据。

目前，三种争论仍在激烈地进行。

我凝思着，为什么不能同时有两个甚至更多个源呢？不仅黄河，我们的历史、种族和整个世界，不也都是由许多"源"才汇集起来的么？很多东西，是否还受着中国大传统观点的束缚呢？反正我们不是专业的水文地理工作者，管它呢？就让他们同时存在吧。

我们几个人蹲下来，将泥土堆起，插上一束野花，就当作纪念碑吧。因为即使是不锈刚也不会永恒。人为的因素，在宇宙时空中总是瞬间。而献上真、善、美的情感，才会跨过历史的岁月长河，建筑起心中的丰碑。

藏狗和钱的故事

乌云密布，风雨中夹着雪花，我们骑马行驶在星宿海的边缘。

我曾经拍过几部骑马的影片，这次我专门要了骑兵连副连长的马，红色、高大、性烈。我放开缰绳，还用脚蹬了它两下，枣红马就撒开四蹄飞奔起来。荒野草丛中只有一条路，根本不用担心迷失问题。很快地，我就把小分队一行人抛在后面不见踪影。不远处，突然冒出一顶帐篷。正当我策马缓行时，一条牛犊般的藏狗狂吠着奔我而来。我一下想起，藏狗不咬马，专门咬人。我立即抽出打狗棍翻身下马。此刻我多么盼望帐篷主人能出来解围，却不见动静。向导介绍过当地风俗，藏狗咬过路年轻男人时，如果帐篷里是姑娘，她就不出来，看这个男人能否打败藏狗当英雄，如胜了就请他喝奶茶。我现在丝毫不想当这个喝奶茶的英雄，只是不想让这家伙咬伤自己。

藏狗冲到离我两米远的距离时突然停下了，凶狠地盯着我，不时地从鼻孔里发出令人毛孔悚然的嘶叫，正在对峙时，帐篷里终于出来了主人，根本不是什么姑娘，是个牧羊老汉，一声吆喝，狗退后了，我也随他进了帐篷。一个老妇人用粘着牛粪的手为我们弄了奶茶。我的目光停留在帐篷顶上透风的地方，那里贴着很多黑呼呼的小纸张，我细看时竟吃了一惊，原来全是十元一张的人民币。用钱将透风的缝隙糊起来，这在我一生中第一次看到把钱派上这用场。

金钱，在当今社会中，有的认为它万能，有的又把它比做万恶。此时此景，金钱就如普通纸张一样，去遮挡寒风，此时的钱该是什么呢？

不受欢迎的摄制组

怀着惜别的心情和这家人告别，向扎陵湖进发。

快到扎陵湖了，一个山坡上有十来顶帐篷，向导策马前往探路。不久即面色阴沉地回来说，这里的藏民不欢迎你们，让我们到前面的扎陵湖去。我们围住他问个究竟。他告诉我们，这儿曾经来过一个摄制组要拍部牧民生活的片子，因为一个镜头中需要一棵长满野果的矮树，摄制组一时找不到，只好把许多野果采集下来，用丝绳绑在一棵树上拍。

当时围观的好奇的藏民顿时不满地发出了"噢噢"之声，便跑着离开了。他们当即拒绝了这个摄制组进帐篷里面去拍摄。

这是些多么可爱、善良而质朴的藏民啊！他们真诚的心灵是容不得半点沙子污染的。

当过右派的"阿卡"

高原的晚霞，色彩绚丽。

我耳边隐隐传来念经声，顺声望去，一群黑色的大鹰在山头盘旋。噢，天葬。大家快马加鞭，不到十分钟就赶到现场。

一位中年的"阿卡"看了我一会，走到我身边，开门见山地说："我看过您的片子，很好。"

我简直呆住了，在这偏远的他乡，竟能遇上这样奇特的观众。他笑了，似乎理解我的心情："达奇先生，您一定想知道我们藏民为何死后要天葬吧？"我忙点点头。

"死后埋在地下，黑呼呼的什么都看不见，可怕又无处可以活动；葬在广阔的天空，该有多么舒展和自由啊！"

达奇全家福

他说得那么富有诗意，我不禁对这个"阿卡"深感兴趣，问道："你是？"

他笑了："我是一个普通的藏民，在北京民族学院学习过，犯过政治错误，平反后，回到家乡当了'阿卡'。"

他闭起眼睛，双手合十，轻轻地念诵起来："想，才是人类所能享受的真正自由，不论怎么想，都不会受到任何桎梏、任何清规戒律的限制。在想的过程中，自己是完全属于自己的，可是奇怪得很，世上偏有一些人，总要干预别人的思想，甚至要整治你，这当然不会成功。"

他微微看我一眼，又继续说下去："人，不但想的和做的大不相同，连想的和说的也大不相同。地球上没有任何一个人，想的和他说的或做的是相同的。想是自由的，不受任何外界约束的真正自由。因此，也就没有什么可以想，什么不可以想……"他说完了，也不跟我打招呼便离去了，混杂在念经的"阿卡"人群中。

这神秘的当过右派的老"阿卡"，在这2005年，还能说出这样耐人寻味的话……

《鼻钻的故事》

主要人物表

  王霞：25～28 岁，在西餐厅做领班。

  赵海：28～32 岁，在机械厂做技术员。

  杰西卡：28 岁，金发碧眼，在西餐厅做财务。

  詹姆斯：35 岁，杰西卡的哥哥，离婚的单身汉，在西餐厅做厨师。

  王安：66 岁，王霞的父亲，退休。

  张萍：63 岁，王霞的妈妈，退休。

时间：现在

地点：墨尔本（也可以不去墨尔本，用空镜头过渡到中国场景）

国外的镜头我已经拍好资料，主题歌声起：

  给我一份尊重，我将感激涕零，

  给我一次欣赏，我会更加柔情，

  给我一点包容，你会占有我的心灵。

  生命何其短暂，为何苛求不停？

多些理解，多些宽容，

只有我们自己——

来拯救这受了伤的爱情！

在歌声中，大屏幕上出现如下画面：

平静的湖面上，一块巨石投进去，激起层层涟漪，在湖中冒着水泡的地方，叠印出王霞的头像，她鼻子的左面镶有一颗小钻，在阳光照耀下闪闪发光，出现字幕：

鼻钻的故事

王霞的脸部，一脸的沮丧和无奈。

王霞：这首歌，就是我镶完这颗小钻，被我丈夫赶出家门，我一个人徘徊在月夜里，由内心深处迸发出来的，是啊，我孤零零的一个人，多想向我所爱的丈夫倾诉：

给我一份尊重，我将感激涕零，

给我一次欣赏，我会更加柔情，

给我一点包容，你会占有我的心灵。

生命何其短暂，为何苛求不停？

多些理解，多些宽容，

只有我们自己——

来拯救这受了伤的爱情！

又出现了层层涟漪的画面，并继续扩散着……

王霞：赵海，你听到我内心的倾诉吗？……（她慢慢地缓解自己的情绪）想不到，这颗小小的鼻钻，就像一块巨石投进平静的湖水里，引起了震荡和层层涟漪，使我们的生活产生这么大的变化，这，还得从我和赵海刚移民到澳洲说起……

在熙熙攘攘的街道上，各种年龄、不同肤色的男女老少，既悠闲又匆忙地走着，赵海和王霞这对夫妻也拉着手走在人群当中，他俩从屏幕里走进了舞台上。

在一个长椅子处，王霞停了下来，显然她累了，拉着赵海坐在长椅上，王霞脱掉自己的高跟鞋。

赵海：霞，累了吧？来，喝点饮料。（说完从塑料口袋里拿饮料给妻子）

王霞：还是老公说得对，应该穿旅游鞋出来。

赵海：怎么样，不听老人言，吃亏在眼前吧？

王霞：去！（有些疼爱地把饮料递给丈夫）我是想，我们走在街上，要挺拔些，也叫西方人看看中国人的精气神！

赵海：那你接着走啊。

王霞：想不到这里的人，是那么随便，那么休闲。

赵海：亏得我没有听你的话，如果我也穿上笔挺的西装，我们俩走在街上，你说累不累，怪不怪？（两个人都笑了，赵海拿出香烟并点燃了一支，王霞撒娇地靠在赵海的怀里，他急忙推开她）

赵海：注意点影响！

王霞：（指着那对接吻的情侣）你看看人家？！

赵海：人家？人家是西方人，从小就是接吻长大的。

王霞：（抱着他就吻了一下）东方人怎么啦！

赵海：（擦了擦嘴，看了看周围的行人）等回到家里，我吻你一夜，在这，多不好意思。

王霞：（得意地喝着饮料，又观察过往行人，她指着几个身上有刺青的人）你看，这些，一定是黑社会的！

赵海：小声点！

王霞：他们听不懂。

赵海：（压低声音）要不，也是些没文化的"帮克"。

王霞：（又看见一两个女的，在肚脐眼和脸上镶着小环和小钻等，定格在特写上）哎呀！这里可真自由，这么多不正经的男女，大摇大摆走着，也没有人用责备的眼光去看他们，自我感觉还那么好，真是！

赵海：要不，怎么叫自由世界哪！

王霞：拥抱，接吻，我认为很文明，这些东西，（她指着那肚脐上镶着小环的女人）真叫人恶心。

赵海：西洋景多着哪，够你看的了，走吧！（拉起了王霞）夫妇俩兴兴致勃勃地走了。

王霞和赵海开车去往墨尔本国际机场的路上。

王霞驾车，赵海坐在旁边并吸着香烟。

王霞：在车上可不可以不吸烟？

赵海：我就这么一个嗜好，又猛吸了一口。（王霞咳了起来）

汽车驶过西门大桥，XITY，直奔机场。

行驶中，悦耳的轻音乐响着。

赵海：看来，我们家真的要交好运了！

王霞：说说看。·

赵海：1. 今天是我们移民到澳洲六周年。2. 是你爸妈拿到身份的两周年。

王霞：3. 也是我们结婚八周年，这三个日子碰在一起真不容易！

赵海：是啊，三喜临门，大吉大利，好运该来了！

王霞：（把左手握在赵海的右手上，深情地亲了一下丈夫）两个人幸福地笑着。

赵海：（把音乐声又开大了些，顺势也回敬了太太的一个吻）

王霞：哎，注意点影响。

两个人开心地笑了起来。

赵海：你爸妈这次回来再也不走了吧？

王霞：明知故问，把国内的房子都卖了，后路都断了。

赵海：霞，那前路呢？

王霞：又来了。等把房子的贷款还完再说。

赵海：爸爸妈妈不是答应把他们卖房子的钱，先贴给我们还房钱吗？

王霞：没出息，我们俩年富力强，用老人家的钱，丢不丢人？

赵海：先解决燃眉之急嘛。

王霞：那钱不能动，是给二老防病治病和送终的。

赵海：好，听你的，那我要当爸爸的事情，也该提到日程上了吧？

王霞：是你没本事！哈哈！

赵海：（嘲讽的）你带着避孕环，我再有本事也不行！

王霞：哎！这几年，我们俩也够辛苦的了，房子、车都有了，刚刚喘上一口气，我们谈恋爱时的愿望还有好多没实现哪！

赵海：你是说先周游世界？

王霞：对，然后我们再生儿育女。

赵海：可我都三十多了。（说着点燃了香烟，猛吸一口）

王霞：（理解又深情的）你能不能少吸些！好，等我们把美州和欧洲旅游完，我就把避孕环取掉。（深情地吻了丈夫）

汽车驶进了机场，出现旅客出口处。

赵海和王霞手持鲜花，兴奋地等待二老出来。

熙熙攘攘的接机人群。

王安和张萍老夫妻俩终于推着小行李车出来了，王霞和赵海迎上去送鲜花、拥抱。

赵海：飞机上休息得好吗？

张萍：人不多，好多位子都空着。

王安：你妈几乎睡了一夜，把我这条腿压得到现在还酸痛哪！

张萍：（打了老伴一下）得了便宜还卖关子，真是老不着调！

四口人哈哈大笑起来。

王霞：赵海，你得和老爸好好的学一学，以后再乘飞机，让我也枕着你的大腿睡觉,别一上飞机就躺在我腿上耍懒!

四口人又欢笑了起来。

赵海:(接过小推车)走,去上车吧,回家好好休息。(边说边走)

张萍:(把挎在胸前的小皮包拿下来,递给赵海)好好拿好!

赵海:这是?

王安:这是我们卖房子的钱,这回,再也不走了。

赵海:(把小皮包递给王霞)拿好,这是留给二老防病治病和善终的钱,专款专用,哈哈!

大家都笑了起来。

轿车奔驰在公路上的场景。(回城)

(杰西卡的家,一幢豪华的住宅,镜头从前院摇到后院的游泳池,她哥哥詹姆斯正在清扫着,杰西卡拿着长竿的塑料网兜,也在清理浮在水面上的脏物,两人边干活边对话。)

(兄妹俩拿着工具,一边做一边说着)

杰西卡:哥,为什么你这么突然就和你太太分手了?

詹姆斯:冰冻三尺,非一日之寒,闹了一年多啦。我不愿和你说这些事。

杰西卡:我想知道为什么?

詹姆斯:她嫌弃我做大厨这个工作,因为每天回家身上有味道。

杰西卡:就只为这个?

詹姆斯:还有,我夜班多,因为回家后太累……

杰西卡:这又怎么样?

詹姆斯:把做爱都改在早晨,她不习惯,特别不高兴!

杰西卡:你爱她吗?

詹姆斯:当然!

杰西卡:那你就换个职业吧。

詹姆斯：我喜欢我的职业，你为什么老是站在她的立场上来问我？

杰西卡：你不懂女人。

詹姆斯：是你们女人不会发现男人的长处，所以你到现在也找不到丈夫。

杰西卡：我宁愿单身，也不迁就！

詹姆斯：完美主义者的命运，就是永远孤独。

杰西卡：算了，不跟你争了，一会我的好友王霞来游泳。

詹姆斯：她爸妈不是回来了吗？

杰西卡：她很有毅力，一周三次游泳，每次一千米，必须完成。

詹姆斯：怪不得她身材保持得那么好。

汽车驶到杰西卡家门口，王霞停好车，打开后车门，拿出要用的东西，还有两个礼物包。

王霞：杰西卡。

（杰西卡答应着，王霞从院子的旁门走进去，一直走到泳池边，和杰西卡拥抱，贴脸，和詹姆斯握手）

王霞：我能干些什么？

杰西卡：清理完了。

詹姆斯：我妹妹抓我做劳工，欢迎你这位尊贵的客人。

王霞：谢谢！

杰西卡：你这大小伙子，多干些活不应该吗？

詹姆斯：应该。我也是这个家庭的成员嘛，特别是我能为王霞做点事情很荣幸！

王霞：谢谢！

（三个人笑了起来）

詹姆斯：好，一个女人是可爱的，两个女人在一起是友好的，如果三个女人在一起，天下就要大乱了，哈哈，你们俩说说私房话吧，我要去吃点东西。

王霞：请等一下。（拿过礼品包）这是我爸妈从中国给你们带来的，（分别送给他们两人）

詹姆斯：谢谢，里面是什么？

王霞：是给你和你的太太的。

詹姆斯：（有些尴尬的）这……

杰西卡：咳，你还不知道，我哥前天正式和他太太离婚了，这不，昨天就搬到我这里来啦！

詹姆斯：什么你这里？这可是爸爸和妈妈留给我们共同的遗产，有我一半！

杰西卡：对不起！欢迎！（大家又笑了起来）

詹姆斯：这很正常，结婚是幸福的，离婚也是幸福的！

杰西卡：你先去吃东西吧，一会给我们当裁判。（詹姆斯哼着小曲走下去）

王霞：这几天我很不愉快。

杰西卡：为什么？

王霞：我爸妈把中国的房子卖了，我先生很想用这笔钱还我们的房子贷款。

杰西卡：这是老人家的钱，怎么能随便去用呢？

王霞：因为现在父母移民，已经没有补贴，我主张留给父母防病，看病和送终用的，他不高兴，好几天没有笑。

杰西卡：那你要对他更温柔些才对！

王霞：还有哪，他一直想当爸爸，我还想等两年，这使他更不高兴！

杰西卡：（握住王霞的手）中国不是有句谚语吗，清官难断家务事，（二人笑了起来）好，我们该去换衣服了。

王霞：好！

杰西卡：一会，（很神秘的）我要给你看一样东西！

王霞：我现在就想看。

杰西卡：别着急。

詹姆斯一边吃着东西一边喝着饮料，他坐在椅子上，查看挂在脖子上的两块秒表。此时，杰西卡和王霞换好了泳装，披着大毛巾走过来。

詹姆斯：（兴奋地鼓掌）啊！两个美人！

杰西卡：（把大毛巾像变戏法似的转了几圈，把肚脐眼的部位展现给王霞）

（此时，大屏幕上出现了杰西卡肚脐眼上镶了一个环）

杰西卡：你看，漂亮吗？

（杰西卡拉着王霞的手，两个人，扭着细细的腰身，像模特似的走着，显得格外抚媚和性感。）

王霞：（热烈地鼓掌）美极了，真好看！（詹姆斯也附合着）

詹姆斯：王霞，你丝毫不比我妹妹差，你的三围比她还棒，如果你也选一个部位镶个饰物，会更加漂亮！

杰西卡：女人就应该表现自我，完善自我！

詹姆斯：王霞，我可以发表一下对你的评价吗？

王霞：当然可以。

詹姆斯：你是少女的身材，少妇的脸庞。少女：青春，朝气，时尚！少妇：成熟，艳丽，性感！

王霞：谢谢！

杰西卡：不要乱献殷勤，人家有丈夫！

王霞：谢谢詹姆斯，祝你能找到一个称心如意的太太！

詹姆斯：谢谢，有合适的，帮我介绍一个。

王霞：好，我会留意的。（转身对杰西卡）杰西卡，说真的，我真想在鼻子旁边镶颗小钻，你说我镶在哪边好看？

杰西卡：嗯，你先生一般都习惯在哪边吻你？

王霞：在左边。（她指了指左边）

杰西卡：那就镶在右边，你黄皮肤，黑头发，有颗亮晶晶的小钻在脸上闪光，一定更美，更生动！

王霞：我想了一年多了，一直都没有敢和我丈夫还有我的爸妈说。

詹姆斯：这和他们有什么关系？

杰西卡：是啊，身体是你自己的。

王霞：你们不知道我们东方人的传统观念。

杰西卡：没关系，我帮你去说服他们。

詹姆斯：还有我，不是说，众人烧柴火焰高吗？

杰西卡：哥，你就算了吧，你去帮忙会更添乱！

王霞：你们都不要去，我自己先试试。

杰西卡：我可以带你去一家最好的店去做。

詹姆斯：好，我不掺乎你们女人的事情，怎么样，该开始了吧？

（三人笑着走进游泳池，杰西卡，王霞做着下水前的伸展活动，然后走到泳池边站好）

詹姆斯：（拿着两块秒表）预备，跳！

（二人跳入水中，用自由泳快速游着，齐头并进，不相上下，镜头一会是特写，一会是全景，也跳拍詹姆斯的镜头，用不同角度的镜头拍摄三人，两个美女在淡兰色的泳池中，像两条美人鱼一样畅游着……）

（出现了王霞家客厅的画面）

王安和张萍老两口，随着比较快的音乐，既像跳舞，又像做操。

王霞持开水瓶上。

王霞：爸，妈，如果这样坚持下去，就越活越年轻了！

王安：这是最好的健身方式，既能强身，（抱着老伴跳舞）又能培养感情。

（二人跳得更有节奏）

张萍：（有些出汗）来，陪老爸跳一会，我先喝杯茶。

（王霞换了个快些的曲子，父女两跳起了迪斯科，王霞带着老爸旋转起来，王安有些体力不支了）

王安：不行，这舞曲太快了，（停下）王霞掺着老爸坐在沙发上，给二老斟茶，去换了一个慢些的、抒情的曲子。

张萍：王霞，昨天晚上你和赵海吵什么？

王霞：没什么。

王安：不对吧，和爸说实话。

王霞：生活琐事。

张萍：我都听到了，赵海不满意你把我们卖房子的钱留给我们。

王安：我和你妈在中国就商量好了，这钱你们先用。

王霞：是这样的，现在父母移民，没有补贴，这钱不能动，一定要留给你们防老防病用。

张萍：我们是说，你们先用，

王霞：我已经和赵海说了，你们二老住在这里，咱们也按着西人习惯，每个月交点房租，另外爸爸、妈妈还可以照顾家，做饭，清理，有个更好的家庭气氛。

王安：是啊，你们要是生了孩子，我们也可以照顾啊。

王霞：别提这个了，赵海为了我不同意现在生孩子，大不满意呢！

张萍：妈也正想问你呢，你马上就要三十了，也该要个孩子了？

王霞：我是想趁年轻，再奋斗一两年，把房子钱还完，再说，我还想去美洲和欧洲旅游一次，看看世界，一生小孩，就泡汤了。

王安：你也得理解赵海的心情，他比你大呀！

王霞：我已经妥协了，把游完五大洲改为两大洲了。

张萍：两口子要互相妥协，你太耍个性不好。

王安：是啊，你不要老坚持自己的。

王霞：我什么都依他的，爸妈，下周我就要过而立之年的生日了。

张萍：是啊，咱们全家好好给你过个三十岁的生日。

王霞：爸妈，我想征求一下你们二老的意见。

王安：什么？

王霞：我还没有和赵海说，如果能得到你们二老的支持，我再和他说。

张萍：嚹，你还挺会做统战工作，先拉多数，哈哈。

王安：说说看？

王霞：（又给二老斟上茶）

王安：献殷勤没有用，我们是有原则的。

王霞：我也想像西人那样，在鼻子旁边镶颗小钻，我觉得很美！

王安：什么？那是些什么人，咱们可不能跟这个时髦。

张萍：咱们可是老实人，身体是爸爸妈妈给的，可不能往身上乱加东西！

王霞：爸妈，入乡随俗嘛？到澳洲快六年啦，也应该吸收一些人家的审美观。

王安：你问你丈夫去吧，他要是同意，我们也不干涉你们年轻人的选择。

张萍：不，孩子，咱们不镶那玩意！

王安：咳，你让他们两口子去商量吧！

张萍：房子钱，要孩子，这两个矛盾还没有解决呢，你这又节外生枝，这不是火上浇油吗？

王霞：这和那是两回事，这是我自己的爱好和喜欢。

王安：咳，这孩子，你自己去折腾吧，从小就管不了你。（拉着老伴的手）走，我们去睡觉，不行，我们老两口去租房子住。（二人下）

由客厅转换成王霞的卧室。

（赵海穿着睡衣，已经躺在床上，吸着香烟，正在看着一本小说）

王霞：（把香烟抢下来）卧室里不许吸烟。海，我给你看样东西。

赵海：什么？

王霞：（把画册递给他）

赵海：（翻看画册）

（出现画册内容，原来是一本介绍刺青和镶有各种饰物的时尚画册）

赵海：让我看这些怪男浪女吗？

王霞：你现在对这些现象怎么看？

赵海：无聊，俗气！

（非常生气地把画册扔在地上，王霞拾起来，心里一沉）

王霞：再过一周，就是我三十岁的生日了，我们来澳洲也六年啦，也该入乡随俗了。

赵海：怎么？你也想加入这些不伦不类男女的行列，你当初是怎么看待这些人的？

电影《海囚》

（气得爬了起来，走到柜子前，给自己倒了杯红酒，一饮而尽）

王霞：我们刚来时，太不了解，表面看问题，经过和他们接触，我发现他们都是些善良的、有个性的、有审美情趣的人，我的想法改变了，难道这种改变不正常吗？

赵海：就是说，你也来一个？

王霞：是，如果我在鼻子旁边镶颗小钻，闪闪发光，一定很美！

赵海：好啊！六年来，别的没学会，歪门邪道先学会了！

王霞：你这样说不公道！

赵海：不公道？啊，你爸爸妈妈来这住，先用他们卖房子的钱，还还我们的贷款都不行，再说，我都快四十了，想要个孩子，你就坚决不！这公道吗？（又把一杯酒喝光，并点燃了一只香烟）

王霞：（一下子被震住了）

赵海：自我们结婚以来，我样样听你的，我告诉你，这房子主要是我赚钱买的。

王霞：我不是说，让爸妈每月交一些房租嘛。

赵海：我不想听你这些，明确地告诉你，你要是真的镶颗小钻，就别再回这个家！

王霞：如果你觉得委屈，我可以叫二老自己去租房子住。

赵海：我憋了好几天了，你现在又想镶小钻，简直是得寸进尺，我今天不想和你睡在一起，让我安静安静！你也好好反省反省！

王霞：海，你怎么了？

赵海：怎么啦，请你出去！

王霞：我犯什么错了？

赵海：出去！出去！（把酒杯摔在地上）好好去反省反省自己，出去！

王霞：（被丈夫这怒气给震住了，悄悄地走出卧室）

（夜晚的墨尔本，王霞驾车在靠近海边的公路上行驶着，她用免提电话和杰西卡通话）

王霞：杰西卡，我好郁闷。

杰西卡：（电话里的声音）为什么？这么晚，你现在哪里？

王霞：我在波浪滩的海边，离你家很近。

杰西卡：（电话里的声音）这样很危险，到我家里来吧！

王霞：不，如果你方便，到我们经常去的栈桥码头来，好吗？

杰西卡：（电话里的声音）OK，我就出发！

王霞：谢谢，我等你。

（王霞的车已经到了码头，她泊好车，在一个长椅处停下，背景是月夜的大海、码头）

王霞：（内心独白）怎么办？还像过去一样，违心地回去，强迫自己

露出笑脸，向他道歉……把自己的兴趣、爱好，全都忍痛割爱吗？（这时手机响了）

王霞：啊，妈妈，没有什么，我只是想自己出来散散心。是，赵海和我吵架了，你们先睡吧，我今天晚上可能不回去啦，恩，在杰西卡家，请放心。哎，你们不要和赵海计较，先让他自己发疯好了，我会处理好的，晚安！

（在和她妈妈通话的时候，杰西卡已经悄悄地走到她身后）

杰西卡：亲爱的，出了什么事？

王霞：哎，赵海终于爆发了。

杰西卡：是为了鼻钻？

王霞：不仅仅是，要和我算总帐了。

杰西卡：总帐？什么意思？

王霞：冰冻三尺，非一日之寒，他把积累的不满都发泄出来了。

杰西卡：你不应该和他斗气，应该和他解释，如果你哪方面做的不对，就坦诚地向他道歉。

王霞：我和我爸爸妈妈，已经明确地告诉他，每周交100元房钱，这不对吗？

杰西卡：很好，你爸妈很通情达理。

王霞：可赵海坚持要用我爸妈卖房子的钱。

杰西卡：这个不应该！

王霞：我说晚点生孩子，他非常愤怒。

杰西卡：他的要求可以理解，在西方，更应该尊重女人的意见。

王霞：我提了提在我

电影《海囚》

30岁的生日时,想在鼻子旁边镶颗小钻。

杰西卡:他怎么说?

王霞:火冒三丈,这不,还没等我真的去镶呢,就摔了酒杯,把我赶出来了,叫我好好反省反省!

杰西卡:怎么会这样?

王霞:杰西卡,这几件事,只是导火线,我真的思考了好多,好多……

(杰西卡拉住王霞的手)

王霞:我们吵架也不止这次了。

杰西卡:如果我没有记错的话,你在我家已经住过5次了。

王霞:我们到澳洲已经是第6个年头了,我们两个人,对这里的文化、习惯,包括审美、兴趣,距离越来越大。

杰西卡:你更接近西化。

王霞:他更加传统,所以我们的矛盾越来越多,越来越厉害!

杰西卡:要互相妥协才行。

王霞:你知道,每一次都是我先妥协,去哄他,去给他道歉。

杰西卡:他慢慢也会妥协的。

王霞:可我是违心的,我把痛苦深深的埋在心里。

杰西卡:难道他一点都不同情你,理解你?

王霞:那样就好了,我会感到幸福的!

杰西卡:如果他真的爱你,也应该作出一些让步。

王霞:不但没有,而且越来越挑剔,这不,动不动就把我赶出家门。

杰西卡:太可怕了!

王霞:我想,我不能再委屈地向他妥协。

杰西卡:那你准备怎么办?

王霞:抗争!我想过也观察过,再恩爱的夫妻,也做不到百分之百地满足对方,每个人自己心中都有块领地,要互相尊重才能过好日子,我老

是服从他，我心里好委屈，好难过。（她哽咽起来）

杰西卡：这样也好，也叫他来妥协一次，走，到我家去休息吧。

王霞：我真的不好意思再去你家了。

杰西卡：这有什么，我一个人很寂寞，欢迎你来陪我呢。

王霞：这次他要是不妥协，我准备就不回去啦，如果住得时间长了，我应该付些费用给你。

杰西卡：你陪我聊天，还给我做好吃的中国菜，还搞卫生，平衡了，哈哈。

王霞：谢谢，如果他这次不给我道歉，我准备和爸爸妈妈出去租房子住。

杰西卡：尽量不要这样子，好，我们回去吧。

（王霞张开双臂）

杰西卡：不要难过，大自然还有春夏秋冬呢，人的情绪都会转化的。

（两个人紧紧地抱在一起）

出现了王霞客厅的场景

老两口穿着睡衣，不安的看着挂钟，时间已经是深夜12：35分。

张萍：（压低声音，怕赵海听见）我听见他们俩吵。

王安：是啊，我还听到摔酒杯的声音。

张萍：这王霞也是，说走就走，这不把矛盾激化了吗？

王安：我听见了。是赵海把王霞撑出去的。

张萍：看来，我们老两口得搬出去，不能和他们住在一起了。

（这时，赵海已经悄悄的走进客厅）

王安：到一个新的国家，这小两口的分歧还不是一般哪！

张萍：咱们女儿也有问题，都这么大了，就是不想要小孩，也难怪人家赵海生气。

赵海：看来，岳母是通情达理的，您还是多劝劝王霞吧。

王安：劝她可以，不过你动手打她，这我就有意见，什么事情还是多交流，不能用暴力。

赵海：只要她不再坚持去戴鼻钻，同意要个小孩，去医院把避孕环拿掉，我就向她道歉。

张萍：看，你还是有先决条件，这是很难调和的。

赵海：我实在是忍无可忍了。

王安：忍无可忍，就动人打人，难道这是解决矛盾的唯一选择吗？

赵海：如果你们母女也这样不理解我、不同情我，看来，我和王霞的婚姻真地要到头了。

张萍：一个男子大丈夫动手打自己的太太，这是一种无能的表现，首先你应该向王霞道歉，才能解决矛盾。

王安：矛盾缓和下来，才有互相解决分歧的可能。

赵海：我理解你们做父母的心情，可是在原则问题上是不能向王霞妥协的，晚安！

（说完气冲冲地向卧室走去）

张萍和王安看着赵海的背影，有些生气，有些无奈地对视着……

杰西卡的大客厅

王霞在客厅里不安地走着，最后止步在酒柜跟前。

王霞：杰西卡，亲爱的，能给我些酒喝吗？

（正在这时，杰西卡的哥哥詹姆斯从楼上沿着楼梯走到客厅里）

詹姆斯：很对不起，刚才我偷听了你们的谈话，我们可以说是无独有偶，同病相怜，来，我这里有一瓶中国酒，如果你想喝我就陪你喝一杯。

（边说着，边走到酒柜跟前，拿出两个酒杯，并斟满了酒，王霞好奇的从詹姆斯手里接过那酒杯）

王霞：噢，是茅台，这是我们中国的酒。

詹姆斯：这是我第一次到中国旅游时带回来的。

杰西卡：哥哥，王霞的情绪不好，还是别喝这么厉害的酒吧。

王霞：我要喝，我要告诉你们，我们结婚时，就是喝的这种酒。

（说着，高高举起酒杯）

杰西卡：好，我也陪你一杯。

（说着自己也斟了一杯，三人碰杯，一饮而尽）

杰西卡：王霞，一个有知识的男人，会对他出手打人的事来向你道歉的。

詹姆斯：可我从来都是对我太太百依百顺，更谈不上去动手打她的，可仍然不能讨她的欢喜（又想去敬酒，被杰西卡拦住）

杰西卡：我说过，只能喝这一杯！

王霞：我想，如果他真的道歉，我会原谅他的。

詹姆斯：但你能做到不戴鼻钻，同意生孩子吗？如果你能做到这一点，我这是出于一个男人对你们夫妇目前处境的理解。

杰西卡：不谈这些了，要有耐心，王霞，要不然你打个电话给赵海。

王霞：不，他首先应该打电话给我。

詹姆斯：我同意王霞的态度。

杰西卡：先不讨论这些吧，我提议我们要调整一下心态，包括詹姆斯换一种气氛。

詹姆斯：怎样调整？

（杰西卡走到音响机的跟前，选了一个音乐碟，插了进去）

杰西卡：中国叫蹦迪。

（这时音乐已经响起来）

杰西卡：来吧，让我们把所有的烦恼都忘掉。

（音乐开始了，杰西卡开始跳起来，詹姆斯和王霞也跳了，三个人随着强劲的音乐节拍，越来越疯狂……）

赵海的卧室

赵海独自在音乐的伴奏下，喝着闷酒，一杯又一杯。

他有些醉了，猛地摔了一个杯子。

赵海：妥协，道歉，都见鬼去吧！

（又摔了一个杯子）

（这时，躲在卧室外的王安和张萍忍住了，走了进来）

张萍：赵海，能听我一句劝告吗？

王安：我们老夫妻俩，同意去劝劝王霞。

赵海：拿着酒杯猛喝了一大口，王安和张萍上前制止。

王安：男子汉要有理智！

赵海：（狂笑起来）理智，情感，豪情，都见鬼去吧！（又欲拿瓶酒，被王安和张萍拖住）

杰西卡的客厅

三个人在疯狂的跳着，杰西卡把外衣脱掉。

詹姆斯也把外衣脱掉，王霞也脱掉外衣。三个人不同心态，狂热地跳着，宣泄着自己的哀怨……

三人情绪的特写镜头：

杰西卡展现着独身女性的自强、孤独。

王霞展现着烦恼与痛苦。

詹姆斯展现着一个婚姻失败者的无奈和愤怒……

赵海的卧室

（此时赵海已被扶到床上，醉意很浓地睡着）

赵海：鼻钻，避孕环，还有你们老两口，都不体谅我一个男人身上的压力，你们卖房子钱先借给我用一用，缓和一下压力……哼，都是自私的，都走吧，滚……滚……

张萍：（端来一杯热开水）喝些水，解解酒。

赵海：（喝水）我想抽只烟。

王安：赵海，你安静些，现在，我们还不知王霞去了哪里，你安静些，我们先去打电话找她，好吗？

赵海：我知道她去哪儿了，去杰西卡那儿了。

张萍：赵海，你先睡吧，好吗？

赵海：你们告诉她，不可以戴鼻钻，必须把避孕环拿掉，然后，我就可以去接她回来。给我烟！

王安：在被窝里吸烟危险！

赵海：好好，你们去找王霞吧，给你们一次机会。

（王安和张萍对视……）

杰西卡客厅

三个人已停止了跳舞，杰西卡给大家拿毛巾擦汗，詹姆斯换了一个轻音乐碟，一个悠扬抒情的乐曲。

杰西卡：看来，人一定要有情绪的宣泄，王霞你现在觉得如何？

王霞：汗倒是出了不少，可情绪依然不好。

詹姆斯：不要说情绪，因为我比你们都不好。

（此时，王霞的手机响了）

王霞看着手机显示的号码，杰西卡和詹姆斯也关心地看着王霞。

杰西卡：如果我没猜错的话，应该是赵海打过来的。

詹姆斯：我猜是王霞爸爸或妈妈打过来的。（王霞开始接听电话）

王霞：爸，妈，你们还没睡。

詹姆斯：（得意地和妹妹说）怎么样，都说你们女人敏感，而男人是理性的，我判断更准确些！

王霞：（做了个不叫他们说话的手势）爸爸，您说吧，我是在杰西卡家，这里很好，请放心。

（在银幕另一角，出现爸爸妈妈的画面）

王安：赵海在你走后，开始喝酒，他喝醉了，我和你妈刚把他扶下睡了。

　　王霞：他怎么说？

　　王安：他坚持自己的意见，第一，不许戴鼻钻；第二，把避孕环摘掉，第三，先把我们在中国卖房子的钱垫出来，还你们房子贷款，减少些压力。

　　王霞：如果我做不到哪？

　　王安：他很坚决，做不到就要分手的样子，如果你妥协，他马上去接你回来。

　　王霞：（深深地叹了一口气）爸爸，我真的不想妥协，我现在做不到。

　　王安：好，我和你妈会说你在气头上，要你们双方保持冷静，都好好想想。（这时，电话里又传来王霞妈妈的声音）

　　张萍：孩子，妈还是劝你，不要太任性，赵海也是值得同情的，你还是做些让步的好。

　　王霞：妈，我都已经妥协过好多次了，我不想再妥协了。

　　张萍：如果这样，看来，我和你爸就得先搬出去，哎，闹成这样子……

　　王霞：妈，你别难过，如果赵海不妥协，我明天就去找房子，我们先搬出来。

　　（又传来王安的声音）

　　王安：矛盾至此，也只好先搬出来了，我们老俩口也没退路，女儿，那你就好好休息吧。

　　（爸爸和妈妈的画面慢慢隐去）

　　王霞：你们都听到了，我该怎么办？

　　杰西卡：你已经说过了，坚持不妥协。

　　詹姆斯：需要我的帮助，我会尽力的。

　　王霞：谢谢！谢谢你们，我明天有两件事，一是去租房子，二是去镶钻。

詹姆斯：房子好办，我离婚后，房子有我一半产权，我的那个太太暂时也没住在那里，去她妈家里啦，可以暂借给你们用。

王霞：我们明天就可以搬吗？

詹姆斯：没问题，我帮你搬。

王霞：谢谢！

杰西卡：王霞，看来，你是坚决要镶钻和搬出来。

王霞：我只有这样去做，如果他能妥协。我就会回到他的怀抱。

杰西卡：搬出来，这本身，对赵海就是一个震动，也许他很快就会回心转意。

詹姆斯：我提议，杰西卡出面，去和赵海商量，促成一次你们夫妇面对面的谈判。如果他能接受，可以带他的朋友，你可以带着我们参加，这应是一次很好解决矛盾和纠纷的谈判。

王霞：不错，我同意，因为我骨子里还是爱着赵海的，只不过想为自己的心灵，多争取些空间而已。

杰西卡：好，我们该休息了。

王霞：真的要谢谢你们！

出现了镶钻和纹身店铺的画面，摆着各种图片广告

杰西卡和王霞二人观看着，议论着。

此时，杰西卡带着王霞走进店里。

杰西卡：我来介绍一下，这是我的朋友王霞。这是店里的主管杰克先生，（二人问好）王霞很想做一个鼻钻。

杰克：什么时候做？

王霞：如果可以，我现在就要做。

杰克：OK，你选择好了吗？

王霞：（指着画册的一颗鼻钻，就这种）要多少钱？

杰克：手术80元，这颗钻有三种，大号300元，中号200元，小的

100元。

王霞：我选择中号的。

杰克：好，请跟我来。

（三人走进手术室）

杰西卡：王霞，不要紧的，一点都不疼。

杰克：请你先躺在这个床上，我去叫技师来。

（王霞躺在那床上，杰克开启了音乐，然后走了下去）

杰西卡：这样也好，戴上镶好的鼻钻，去跟赵海面对面谈判！

王霞：他很可能不接受谈判，他这个人是很倔强的。

杰西卡：你既然已决心不妥协，就要坚持下去。（这时，一个胖胖的女技师走了进来）

技师：好，欢迎你，不会有痛苦的。

（按照程序，消毒，给王霞镶钻，整个过程，均在大屏幕上展现，完成后，杰西卡带着王霞，走下大屏幕，回到舞台上，此时，詹姆斯急匆匆地跑上来。）

詹姆斯：王霞，按着你的嘱咐，我已经把二老接到我的房子，但是你的用品，和你爸妈的东西必须你亲自回去拿。

王霞：你看见赵海了吗？

詹姆斯：他在，他问我是你什么人？我说，我是司机，是王霞让我来接她爸爸妈妈的。

杰西卡：那我们走，去拿生活用品吧。

王霞：先不用，我不想见到他。

杰西卡：事情总得解决啊。

王霞：杰西卡，你打个电话，或者你辛苦一下，去和赵海商谈谈判的事情。

杰西卡：好！

（出现了赵海家客厅的场景，杰西卡和赵海两个人已经坐在沙发上开始对话）

杰西卡：我现在可以说，是受我好朋友王霞的委托，做为她的全权代表，来邀请你和她谈判！

赵海：我们是平民百姓，你不要把我们弄到外交级别上来谈判，我们承受不了。

杰西卡：哈哈。生活上有时也需要小题大做，难道你不想见到你的太太吗？你为什么也不问一下，她现在的情绪怎么样？

赵海：这是我们家庭内部的事情，和你没有任何关系！

杰西卡：你知道，王霞现在不想见到你，所以才委托我来。

赵海：那就请你转告她，我更不想见到她。

杰西卡：你这是真话吗？我从你的眼睛里看的出，你心里不是这样想的。

赵海：（笑了一下）你还真是个使者，那么你就说王霞她是怎样打算的？

杰西卡：她这次不打算向你妥协。

赵海：我也不会妥协的。

杰西卡：我能理解你。

赵海：那就好，请你把我不妥协的立场转告给王霞。

杰西卡：两个人都不妥协，这才需要面对面的谈判。把各自的立场表达清楚。

赵海：（笑了笑）如果我是外交部，肯定会聘请你。

杰西卡：谢谢，我只要求你能和王霞面对面坐下来。

赵海：你方才不是说王霞坚决不妥协吗？干么还要坐下来？

杰西卡：你也是不妥协，所以双方才有必要坐下来，阐明各自想法，决定是分还是合，或者……

赵海：我可以考虑。

杰西卡：那我们确定个时间，地点和参加人员。

赵海：你的建议是？

杰西卡：我是她好友，我希望你们双方每个人可以带2~3人来参加这次谈判。当然，如果你们允许，与会者也可以发言，这应该是一次很好的谈判，虽然不一定取得预期的效果。

赵海：如果我就一个人呢？

杰西卡：我希望你可以带上2~3人，因为你们夫妇，需要听一听别人的观点。

赵海：很有意思，很吸引人的方案。

杰西卡：你接受了？

赵海：可以考虑。

杰西卡：不是考虑，我希望你能做出一个决定！

赵海：好，你说时间和地点吧。

杰西卡：这也要尊重你的意见。

赵海：我邀两个朋友，你们呢？

杰西卡：好，还有我哥哥詹姆斯，加上王霞。我们是三个人。

赵海：那时间就在明天，正好是周六，下午三时整，在雅拉河公园中心广场见面。

杰西卡：OK，谢谢你，赵海先生。

赵海：好，我们准时见。

出现了赵海驾车驶向公园的镜头

出现了王霞驾车驶向公园的镜头。

赵海车上坐着一男一女，男的是他的同乡刘杰夫，女的是刘杰夫的太太史丽。

王霞车上坐着杰西卡和詹姆斯，还有王霞的爸爸，妈妈。

雅拉河公园

在一个烧烤的地方,双方已经按八字型排好,唯独王霞的父母没有位置。

赵海看了对方来五个人。

赵海:这不公平,我们说好是一方三个人。

杰西卡:是的,赵海先生,请容许我解释,王霞的父母,今天是作为观察员的身份。

王霞:我们商量好,他们二位老人不会发言的。

王安:这是我们一生都没有经历过的,我们来旁听。

张萍:我希望赵海能理解我们的到来。

赵海:好,既来之,则安之,你们都是老人,那就请中间就位吧。

王安、张萍:谢谢。

(可以说是"三方"了,阵势摆开)

赵海:我来介绍,这位是我的朋友刘杰夫先生。

刘杰夫:这是我有生以来,参加的一次最重大的会议,不,也可以叫做谈判,我想内容是会很严肃的,可这形式我感到很可笑,嗯,这位是我的太太史丽。

史丽:我是带着同情赵海先生的情绪来参加这次会议的。

王霞:这位是杰西卡小姐,我的好朋友。

杰西卡:中国有句话,叫做"来者不善,善者不来",这可以代表我和我哥哥詹姆斯来参加这次谈判的态度。

詹姆斯:好,我想我们不是来打架的,是来说明我们彼此的观点,生活应该建筑在尊重每个人的个性和自由上。

史丽:好,詹姆斯先生,您强调的尊重每个人的个性和自由,那么如何来解决互相尊重在夫妻生活中的重要性呢?

杰西卡:好,辩论就这样开始了,这位史丽小姐的问题很好,如果双方都能尊重每个人的个性和自由,不就是有了互相尊重的含义了吗?

赵海:个性,什么个性?自由,什么自由?我们结婚快8年了,我的个性是想要个孩子，做爸爸。我的自由，是想维护我自己的审美观，作为丈夫，我不喜欢王霞在鼻子上镶那玩意儿，请看，她没有尊重我的意见，现在，她已经在自己的鼻子上镶了一颗小钻，可以说，王霞是充分选择了她的个性和自由，我的个性和自由，得到尊重了吗？

王霞：首先，我们应该界定一下这鼻钻的性质，这是在我自己身上做的，不影响也不防碍你赵海的任何东西，至于说到审美观，我觉得这也正是我们夫妻之间应该融合和互相包容的地方，就像我容忍你一天吸两包烟一样，因为被动吸烟，还有碍健康啊？！

詹姆斯：我同意王霞的说法，审美观是每个人不同的，夫妻间也不能例外，我认为赵海先生不应该用这种极端的命令式的态度来反对王霞镶鼻钻。

刘杰夫：我的好朋友赵海私下告诉我，他看到这东西后，在性生活上都会有逆反心理，王霞，你能理解你丈夫的这种心态吗？

史丽：是啊，王霞，如果你心里还有赵海，就应该做出牺牲和妥协。

杰西卡：刘杰夫先生，你这是推测，王霞是昨天才镶钻鼻的，而且他们夫妻还没有在一起，你怎么知道赵海会有性障碍呢，这种推理不能成为性障碍的理由，也是不科学的。

赵海：（又燃着一只烟）从心理学来讲，我有这种预感，因为自从她要镶鼻钻那天起，我就开始有了性障碍，我心理上已经受到了损害。

王霞：不对，在我还没有提出镶鼻钻的时候，我就曾经提醒过你，你这样吸烟，不仅对健康有坏处，而且对性生活也非常有害，赵海，你好好想想吧，我当着这么多朋友面前，为了保护你男人的尊严，不想细说了。你自己最清楚！我一直在理解你，谅解你……

杰西卡：大家都听到了，王霞对自己丈夫一直是关怀和体贴的，而且在很多生活细节上，都向自己的丈夫妥协。

刘杰夫：我觉得不要在夫妻间的细小情节上去纠缠，我们应该在一些原则问题上去探讨，我提出三个问题：第一，鼻钻问题，这和吸烟习惯不同，王霞，你是中国人，每个民族都有自己的传统和审美的价值观，你起码也不应该这么快来破坏它；第二，你应该充分尊重自己丈夫想要个孩子的想法，你不经过另一半的许可，就去医院带上避孕环，这是对丈夫极大的不尊重，我暂时还不用侮辱这个词；第三，你爸爸妈妈在中国卖了房子，有些余钱，做为家庭成员，要求你们把钱拿出些，先垫付贷款，这是出于对一个家庭共同利益的考量，无可指责，应该予以理解。

詹姆斯：关于鼻钻，任何一个人都有自己观点，但这不是一成不变的，时代在推进，一切都在发展，贵国有句话，叫"与时俱进"，一味地墨守成规，对一个民族来说是不利的。鼻钻这件事太小了，刘先生硬把它提高到民族审美观的高度上来分析，真是小题大做，你这个理论支撑点是站不住脚的！

我听王霞说不是不想和赵海要孩子，只是想迟一迟，更好地去把生活安排得丰富和美好些，其意图是建立在夫妻共同生活基础上的，作为丈夫的赵海应该对妻子这种健康的想法给予理解和支持。

至于父母的卖房子钱，赵海这种想法和要求就没有任何道理，人家要防老防病。再说，这是两位老人自己劳动的积累，你有什么资格动用？

赵海：（又吸着一只烟，有些气愤）我想问一句，你了解王霞这么多，你和他是什么关系？

詹姆斯：（爽朗地笑了起来）很简单，朋友关系。我可以告诉你，王霞一直对你持有很深的夫妻情感，才想叫我妹妹促成这次谈判的。

杰西卡：是这样，赵海，我希望你能理解王霞镶鼻钻、暂时不生孩子和不愿意把钱垫付的做法。你如果还有男子汉大丈夫的气概，你应该把王霞接回去。

史丽：鼻钻，不通过丈夫就擅自去带上避孕环，这是对丈夫的人格侮辱，如果王霞有诚意就应该道歉，请赵海原谅她的这些做法。

杰西卡：这话应该由赵海自己说出来。

赵海：史丽代表了我的观点，现在不是简单的道歉就能解决这种矛盾的，我明确我的立场，要重归于好，首先拿掉鼻钻，摘掉避孕环，至于钱的问题，我可以让步。

（刘杰夫和史丽鼓起掌来）

王霞：我不会妥协的！

赵海：我也不会妥协的！

（一直没有发言的王安和张萍说话了）

王安：我们老夫妇可以说几句话吗？

王霞：赵海，你能允许他们发言吗？

赵海：如果我不同意，也显得我的度量太小了，请讲吧。

王安：我觉得双方都在气头上。

张萍：太就事论事啦。

王安：现在应该集中三个问题上，鼻钻，避孕套，钱。

张萍：就是这三个问题都要王霞去妥协，我看也不能解决你们夫妻之间分歧。

王安：你们还会派生出更多、更新的分歧。

张萍：真正解决问题的办法，是王霞和赵海各自牺牲自己个性的百分之五十才能找到重归于好的支撑点。

王安：这不仅仅是王霞和赵海夫妻的问题，也不是东方和西方之间的差异，要想走向婚姻的美满，夫妻之间都能对自己的个性作出百分之五十的牺牲才行。

张萍：我们是各打五十大板，发言完毕。

（王霞、詹姆斯、杰西卡鼓掌，王安和张萍也鼓起掌来）

出现了王霞驾车的镜头，行驶在高速公路上，她旁边坐着杰西卡，后面坐着詹姆斯。

王霞：杰西卡，你认为赵海会回心转意吗？

杰西卡：当着我们兄妹俩的面，他可能处于自尊心的驱使，就是有妥协的意思，也不会表达出来的。

詹姆斯：我认为赵海是不会轻易妥协的，他会继续坚持自己的意见，等待王霞的回心转意。

杰西卡：你是出自一个男人对男人的理解吗？

詹姆斯：不，我是出自对赵海这个男人的理解。

王霞：你们兄妹俩说的都有道理，这样吧，你们先不要出现，因为约好去拿我的东西，他也不一定会知道你们和我一起来，我单独会会他。

杰西卡：（笑了笑）王霞，我理解你，你还是抱着很大的希望和他和好。

詹姆斯：我的观察，要想和好，只有你把鼻钻摘掉，还有把避孕环也摘掉。

王霞：对不起，一会要委屈你们一下，我把车停在我家的旁边，你们在车上等我。

杰西卡：没问题。（王霞把车停在她家后面的一条街道上，她独自下车，往自己家走去）

王霞家的客厅

（赵海吸着烟，在客厅中徘徊，不时地看着手表，这时传来门铃声，赵海去开门，二人在门口对视着，什么也没说，赵海有意地观察一下王霞的身后，看看是否有人和她一起来拿东西）。

王霞：就我一个人。（说完，就往里面走，赵海跟在后面）

赵海：只要你回心转意，把鼻钻和避孕环摘掉，你还是这个家的女主人。

王霞：如果我不这样做呢？

赵海：那就只有一条路。

王霞：离婚？

赵海：对！

（王霞没有回答，开始在客厅中拿自己东西，赵海在吸着烟，一声不响，此时，一段哀怨的音乐响起，王霞看见摆在镜子前和赵海的合影照片，已经被赵海撕掉一半，只剩下赵海自己，大屏幕上出现照片的特写）。

王霞：我的那一半呢？

赵海：被我烧了。（王霞气急愤地打开镜框，把赵海这一半照片也撕的粉碎，然后用手机打电话给杰西卡兄妹）

王霞：杰西卡，请你们过来吧，帮我拿东西，好，马上。（然后王霞又开始整理东西）

赵海：（吸着烟）滚吧，我也解放了。

王霞：（有些哽咽，把自己的东西集中在门口，这时，杰西卡兄妹来到门口，王霞开门，让他们进来，赵海走过来）

赵海：对不起，我不欢迎你们到我的房间里来。

王霞：这房子有我一半产权，请进来吧。

赵海：（一脸杀气）不可以。（用身体堵住大门）

詹姆斯：赵海先生，王霞说得对，这房子不完全是你的，我们是在帮助王霞取她自己的东西。

赵海：你是什么人，你是她什么人？

詹姆斯：我早已说过了，是她的朋友，你要怎么样？

赵海：怎么样，你不可以进来。

王霞：（把赵海和詹姆斯隔开）请你们兄妹进来。

赵海：（冷不防拉住王霞，对着她就是一记重重耳光，把王霞打倒在客厅的地上，此时，杰西卡和詹姆斯冲过来，扶起嘴角流血的王霞）

赵海：这是我们自己的家务事，我再一次请你们出去。

杰西卡：你不许打王霞。

赵海：有你们什么关系？！

詹姆斯：如果你再动手，我就不会饶过你。（赵海更是气急败坏地走到王霞面前，想动手把她拉起来，此时，詹姆斯用他粗壮的双臂，把赵海

拉住，双手揪住他的衣领）

詹姆斯：如果你再动手打她，我就打翻了你！（赵海也不示弱地用双手紧紧抓住詹姆斯）

赵海：哼！我的判断没有错，你的狐狸尾巴露出来了，什么朋友，你是王霞的情人。

（王霞，从地上呼地站起来）

王霞：住口！请你们都放开手。（两个象公鸡决斗样像男人还是怒目对视着，此时王霞和杰西卡一块走过来，杰西卡把詹姆斯拉走，王霞把赵海拉走）

赵海：（气呼呼的）好，要想打架，或者决斗，我应战。

詹姆斯：可以，我们可以找个互相都能接受的地点。

赵海：你们都给我滚出去，走！

王霞：（拿出手机，打电话给000报警）我的名字叫王霞，我在某某号某某街，请你们马上过来，我被丈夫打伤了。（然后，转过身）赵海，詹姆斯，你们都不许动手，这是法制国家，我喊了警察。

杰西卡：赵海先生，请你保持冷静。詹姆斯先生，你也不许动手，我希望你们都冷静下来。（詹姆斯和赵海都气呼呼地坐下来）

一对骑着高头大马的男女警察，威风凛凛的快速到赵海家门口，把马栓在电杠上，按门铃，王霞开了门。

女警察：从你脸上的血来看，你就是被打的王霞吗？

王霞：是。

男警察：（看着两个男人）哪位是打她的？

赵海：是我。

女警察：好，我们是骑马就近赶来的，请你们到警察局做个笔录。

男警察：王霞，你需要看医生吗？

王霞：是的。

男警察：我们要检查你的伤来取证。说完，打电话给救护车。王霞继续整理自己的东西。这时,外面响起警车声和救护车的响声。

女警察:对不起,你们两个人做为人证,要与赵海先生一起到警察局来一趟。王霞你先跟救护车去检查,一会儿,医院会把你送到警察局,好,我们现在可以出发了。(外面警车声和救护车声交织在一起)

出现海边的景致,天际的晚霞,色彩丰富,云型不断在变化。

王霞,杰西卡,詹姆斯,走上了舞台,三个人背对着观众,面对着辽阔的大海。

王霞:(转过身,面对观众)看来,我必须对我的人生做个选择。

杰西卡:(转过身,面对观众)是呀,人生就是在不断地定位自己,又不断地调整和改变自己的定位。

詹姆斯:(转过身,面对观众)婚姻中的自由,爱侣之间的自由,已经成为二十一世纪情感上最大的课题了,这份空间和自由的争战,已经成为亲密关系和婚姻是否能找到平衡点的大问题,自从我和妻子离婚后,每天都在思考这个难解的答案。

王霞:对我来说,是要婚姻还是要爱情,因为我没有办法同时完成这两件事情。

杰西卡:我一直都在追求爱情,只是太难寻找了,因为这是双向选择……

詹姆斯:离婚后的生活,让我重新评估;婚姻,家庭,是不是男女之间唯一的归宿?

王霞:匆匆忙忙地过日子,永远没有喘息的时候,这样的生活实在太粗糙了,真正的生活应该是精致而美丽的。

杰西卡:问题是,追求速爱的现代社会,每个人都忙得团团转;忙进修,忙工作,忙社交,被时间的巨轮压的透不过气,可人们还是盲目的自我安慰,认为只有这样才算是生活充实,哎!

詹姆斯:杰西卡,你说得好啊,可做起来该多么难啊,生活就是这样被无情地剥夺了，剩下的只有抱怨，惋惜，痛苦，因为没有给自己的爱，留出一定的时间和空间，这就像我和王霞当前的处境。

杰西卡：难道我这个单身女人会比你们好吗？

王霞：可现实的悲剧是，当我们悟到这些道理的时候，很难用行为去改变它。

詹姆斯：王霞，我们有些同病相怜，我可以向你提个建议吗？

王霞：请讲。

詹姆斯：如果你不反对，我想约请你做一次对婚姻、对爱情、对家庭、对生活探索的旅游，看看我们会碰撞出什么？

杰西卡：啊，好主意，王霞，你应该接受。

王霞：好，我接受。杰西卡，我的好妹妹，你能和我们一起去吗？

杰西卡：（笑了起来）不！我自己也要去约个男友，我们可以定一个时间，定一个终点的目标，到汇合时，我们做一个交流，看看我们有什么收获？

詹姆斯：王霞，在我们未知的，迷人的旅游之前，我想献给你一首我刚写的小诗。

王霞：我愿意倾听。

詹姆斯：时间是用来流浪的，身躯是用来相爱的，生命是用来遗忘的，而灵魂是用来歌唱的。

王霞：我不会写诗，我愿意把我内心深处的一些思考告诉你。

詹姆斯：请讲。

王霞：离婚不是"你赢我输"的游戏，更不该是"你死我亡"的结局，应该是界定为关系调整或重新组合……

杰西卡：（鼓起掌来）好极了，你们这两个离异的男女，都有良好的心态和理性思考的准备，我深信，你们这次探索性的旅游，结果一定是有收获的！

（詹姆斯和王霞深情地对望着，站在他俩之间的杰西卡，微笑着慢慢走向后面。)

　　詹姆斯张开有力的双臂，王霞张开了温柔的臂膀。

　　二人对视着，向对方走去。

　　主题歌响起：

　　给我一份尊重，我将感激涕零，

　　给我一次欣赏，我会更加柔情，

　　给我一点包容，你会占有我的心灵。

　　生命何其短暂，为何苛求不停？

　　多些理解，多些宽容，

　　只有我们自己——

　　来拯救这受了伤的爱情！

　　在主题歌声的伴奏下，詹姆斯和王霞，慢慢走向对方，在夕阳的余辉中，在大海的涛声里，他们紧紧地拥抱在一起，大幕徐徐落下。

　　剧终

关于婚姻

两个人在历经爱情的浪漫后，最终都将携手走进平实的婚姻生活，正所谓爱情是水，婚姻是渠，水到渠成吧。

收拾起浪漫的行囊，打包成平淡的生活。

婚姻不是人生的终点，而是另一轮人生的开始。

其实，在步入婚姻时，更需要的是做好一个思想上的准备，无论以后是贫穷、富贵，疾病还是健康，决定了在一起，真心觉得两个人在一起过，会比一个人过要好，会实实在在地共同承担婚后的风风雨雨，有了这样的想法，才可以步入婚姻的神圣殿堂。

虽然现今社会的离婚率直线上升，但婚姻不是儿戏，还是遵循老一代人的思想较好，有缘走在了一起，就力求白头偕老。婚姻需要磨合，更需要包容与体谅。

"执子之手，与子偕老"的幸福，我相信还是很多人所追求的。婚姻不能与爱情相比，但也不是爱情的坟墓，用一颗心去呵护、去经营，会发觉生活虽然平淡，但也充实。

好老婆，不会在乎老公是不是大款，只在意他在身边时的那份安全，那份踏实。

好老公，不会在乎老婆是不是香艳，只醉心于在她身边时的那份快乐,那份满足。

财富固然很重要,可它体现的只是一种社会成就、一种虚荣心理,虽然生活中离不开金钱,但它毕竟不是幸福婚姻的保障。

精神上的贫乏,再多的金钱也弥补不了。

彼此之间的空洞,再多的财富也无法填满。

再说,真正步入婚姻的世界后,随着时间的日复一日,你会渐渐发觉,所有的激情会化为平淡,爱情更会转换为一种亲情,一种你视为生命般珍贵的亲情。

少了些许卿卿我我,燕语呢喃,但却多了最真实的一句:"别忘了吃饭,别累着了。"久而久之,在这种生活中,你会找到一种平静,一种安定。

成功的婚姻,是人生的一大乐事,夫妻之间的好,就在于那份意气相投、情趣相近,大到在哪里购买房子,小到装修时,房间里一盏台灯的摆设,阳台上一盆花的装饰,彼此之间都可以轻而易举地达成一种默契,一种共识。

那份感受是值得一辈子去珍藏,去回忆的。

日日厮守,心心相通。

也许这才是婚姻的最高境界!

会议俑

在深圳，你会感到生活中的节奏很快。特别是路上的行人，其步伐匆匆，很少看到慢悠悠的行者。

一个在深圳闯荡多年的好友，在他的大班台写着这么几句话："一小时能办完的事，决不用两个小时；一天能办完的事情，决不要用两天！"这是自律，也可称为座右铭。虽然不是那种豪言壮语，也不是那种充满理想主义的警句，更不是引用名人的名言，但它醒目，具有震撼力。

再看看他那种机灵的、充满智慧的眼神，你会觉得他生命力很旺盛，更会觉察出他热爱生命、珍惜生命的那种男子汉的活力。再看看他的日程安排表：从上午九时直到晚上九时，都安排得满满的。但你仔细看一下，并不全是工作。特别值得一提的是，每天他都安排30分钟锻炼身体的时间。看完之后，我神色不动，其实心里在想，写归写，做归做，我倒要考察一下，究竟是否能实现。因为我的办公室就在他的隔壁，我便留心观察。

一个星期过去了，他每天都按时间表去做。到时间就会换好运动装，准时走到办公室一角那个多功能健身器处。直到大汗淋漓。他自己说，这是对健康投资，克服自己的惰性。

一个晴朗的周日，有位北方来深圳的朋友，约我俩下午三时去他住的饭店会晤。平时都是司机开车，今天他亲自驾车。我们带好游泳裤，准备一起去"小梅沙"游泳、吃晚饭。我们提前十五分钟到达，给房间打电话，才知友人还没回来。于是，我们便坐在大堂前的沙发上等。我坐在端座，他在我右侧。当时，四周的沙发上还有六、七个男女客人。每个人好像都有事，但从面部表情上很难看出每个人的心事。特别是在这个城市，就更难通过服饰等判断出每个人的职业。

我恶作剧的毛病又犯了，突然提高了嗓门，说出一句令当时在座的各种人都为之一怔的话："诸位，我们临时开个会好吗？"在座的各位目光一下子集中在我身上。我还来不及判断他们的表情，一位虽然不很漂亮，但整体感觉还不错的少妇先开了腔："我到特区两年了，一次会都没有开过。"我抢着说："这对你来说就算是一个'处女会'吧。"大家不由得笑了出来。她很感兴趣地问："谈什么呢？"我说："随便，自由谈。比如此刻你在想什么？"这个少妇用眼光扫了下周围的人，一个戴眼镜的老先生用鼓励的口吻说："那你就开个头吧！"

少妇说："我此刻正在想，在这特区的女性，腿长的好，就露腿；胸部丰满的，尽量穿比较露的上衣；眼睛美的，就滴溜溜转，想把万种风情洒向人间；而什么都一般化的，就玩整体感觉。"还没等大家对她的发言给予反应，一位三十岁左右，穿西装而没有系领带的男士插进来一句话："我在想，钱在哪里？我每天早晨醒来，看着天花板，第一个念头就是想，到什么地方能赚到钱。于是，一天便到处奔忙。"

那位戴眼镜的老先生按奈不住了："我刚才脑子里一片空白。我可以说开了一生的会，我愿意给大家讲一个有关会议的故事，不知你们是否有兴趣听？"也真怪，这个临时拼凑起来的集体，竟然轻轻地鼓起掌来。老先生摘下眼镜，略有些激动："两千年以后，在地球某个区域，正在建筑一个接受外星飞碟的基地。在掘土时，发现了一个长条桌形状的化石。开掘者小心翼翼地挖掘，终于出现一位坐在桌后的人。继续开掘，竟然露出一个长形桌子，有二十多米长。桌子后面坐着各种人的化石。表情明显：有的在倾听，有的在沉思，有的在瞌睡，有的瞪大惊奇的眼睛，有的两个人在交头接耳，有的拿着笔在记录。经过多日的奋战，完整地掘出了二十多排化石。科学家们用多种考古的办法进行判断，出土的究竟是什么？后来又邀请了宇宙各国的考古学者们一道'会诊'。最后，大家一致确认：

这是二千年前，地球上有个叫中华人民共和国的国家，现在出土的这长条桌及桌后坐的人，就是这个国家的'会议俑'！"

老者特别在念"会议俑"这三个字时，加上浓重的男低音。听者又惊奇，又想笑，但还一下子笑不出来。其实作为恶作剧发起人的我，又何尝不想笑，但还是控制了自己，说了句："这是幽默，也许过一个月，你们再想起来，会突发大笑。"没等我说完，大家已笑出声来。那位少妇竟用手捂住嘴巴，看得出她笑得最厉害。

这时，坐在我右侧的他终于发言了："既然开会，总得说几句。我最近经常想，我每天都在释放自己的积累，特别是知识的积累，深感到有种透支。如果光释放不充实，就要像汽车没油一样熄火了。唉！"他无限感慨地说不下去了。作为会议发起人，此时我才注意到服务台工作人员在不解地看着我们，而保安人员也以警惕地目光注视着我们。在我身旁一位带墨镜的中年人举起手，意思是要发言。我感到再继续下去可能不好收场，便果断地宣布："各位，这是一次非常别致的特殊会议，以后还有机会，这就算是第一届的特殊会议吧，如果想起个会议的名字，就叫做第一届'会议佣'大会吧，现在闭幕！"

我心里一直在笑，说完站起身来，拉着与我一起来的他，快步地走向电梯门口。

几天以后，我一个人在江西南昌机场的候机室静坐。突然一位戴着墨镜的中年男子走到我身边问到："您还认识我吗？"我审视了一下对方，在记忆中很难找到他的印象。中年男子很严肃地说："您还记得您在深圳市主持的第一届'会议佣'大会吗？"我忙说："记得！"中年男子道："我就是那次会议最后举手，而没有得到发言机会的人。"我怔住。他又追问我："咱们第二届'会议佣'大会什么时候召开？"我此时突然想起老者讲的"会议俑"的故事，便说："等我们也变成会议佣时再开吧！"

我实在忍不住，竟肆无忌惮地哈哈大笑起来。这位中年男子也紧跟着大笑起来。两人越笑越狂，笑声响彻候机大厅……

一个避孕套的故事

张生和梅华这对同居生活者是我的邻居。他们虽然人到中年,可是双方都没有小孩。张生是个木匠,梅华是做直销的,收入还不错。他们之间的感情很好,搬到我家旁边快两年了,还没有看见过他们吵架或有什么不合。可是,就在这一天夜里,快12点了,突然响起紧急救护车的鸣笛声,救护车就停在我的隔壁。我出于好奇,爬了起来,从窗户看出去,原来是张生被担架抬到了救护车上。而更奇怪的是,梅华没有一同上车,自己留了下来。救护车开走了,这时有人敲响了门,我太太起身开了门,只见梅华站在门外。

梅华:不好意思,这么晚打扰你们了。

李太太:没关系,进来吧。

梅华:你先生被吵醒了吧。

李先生:喔,张生不舒服吗?

梅华:对不起,我能单独和李太太谈谈吗?

李太太:好,那好,来,到客厅吧。

李先生:(独白)我好奇地站在那里,也想听听,因为平时我和张生经常下棋,相处得很好。

梅华:李先生,对不起,我不希望您知道这些烦人的事。

李太太：嘿，你个大老爷们的，去睡觉吧。

李先生：好好。

我回到了卧室，关起了门，心想：反正我老婆会告诉我的。

李太太：梅华，出了什么事？

梅华：真不好开口。

李太太：我能帮你什么吗？

梅华：我们俩都不想要孩子，所以一直都在避孕。

李太太：这……这……

梅华：我们家张生，是个特别细心的人，他今天晚上忽然发现盒里的避孕套少了一个。

李太太：那……

梅华：他是文武并进，非要找到这个避孕套，要不就要我老实交待。

李太太：那……

梅华：李太太，真是不好意思，我想问一下……

李太太：说吧。

梅华：你们用避孕套吗？

李太太：有时也用。

梅华急切地说：能给我看看，用的是什么牌子的吗？

李太太为难地说：我真地没有看过是什么牌子的。

梅华：能给我看一下吗？

李太太：好，我去找找。

李先生：怎么回事？

李太太：快，快把咱们用的避孕套拿给我。

李先生：这和避孕套有什么关系？

李太太：相信我吧。

李先生：（独白）我不解地拿了出来，递给了我太太。

李太太数着避孕套：1，2，3，4，5，6，嗯，对，一个也不少。

李太太笑着，满意地亲了一下自己的丈夫。

李太太：看，就是这个牌子的。

说着，递给了梅华。梅华一看大失所望。

梅华：不对，不是这个牌子的。

李太太：那怎么办？

梅华：都怪我！

李太太：到底怎么回事？

梅华：家丑不可外扬，李太太，我们也相处好几年了。

李太太：说吧，看我能不能帮帮你。

梅华：张生原来是个很棒的男人，我们的夫妻生活一直很好。可是近半年，他为了快些还上贷款，在加班加点，体力透支，那个事越来越不行了。

李太太：那……

梅华：李太太，我比他小10岁，我需要啊。

李太太：那你有情人啦？

梅华：唉，还没有，追我的不少，我怕对不起张生，他拼命干活也是为了家。

李太太：那你……

梅华：不怕你笑话，我实在难耐，把那个避孕套套在手指上自慰用了。

李太太：咳，你就跟张生直说了吧。

梅华：他说什么也不信，硬逼着我说是不是在外面有人了。

李太太：清官难断家务事，你应该陪着他去医院的。

梅华：他恨我呀！突然心跳加速，要晕倒了，我才叫了救护车。

正在这时，梅华的手机响了。原来是医院打来的，说张生是生气过急，心跳加速，现在一切正常，可以接他回家了。

梅华：不行，不行，他看着我就生气，你们帮帮忙吧，或者我叫李先生帮我接一下。

李太太：好，那我去吧，老李明天还要上早班。

梅华：谢谢您了。

李太太：你跟我一块去吧。

梅华：有你陪着，会好些。

就这样，两个女人半夜三更开着车把张生接回了家，李太太说了几句安慰的话，就走开了。

张生：我不想再跟你吵了，你有情人也好，自己用了也好。看来，我们的缘分是到头了。

梅华：我能理解你发火，是我做得不好。

张生：可我心里不平衡，我到现在也不能相信是你自己用了，我又经常上夜班，不在家……

梅华：可你想想，我们一个月连一次爱都不做……

张生：看来，我也要面对现实。

梅华：张生……

张生：这房子是我买的，这在我们同居前就写好了合约的，你明天先回你妈妈家吧。

梅华：我，我真地没有情人！

张生：我在医院冷静地想了许多。

梅华此时拿来一杯热水给张生。

张生：你年轻，我是未老先衰，不能叫你得不到满足，我硬是把你留住，那我也太自私了。你去建立自己的生活吧……

梅华感动又激动地扑在张生的怀里，她哭了。

梅华：张生，你是个好人，我对不起你，我，我是有了一个情人，我不能再欺骗你了。

张生：是呀，我判断得没有错，你去建立自己的生活吧。

梅华：我对不起你，我错了……

是呀，此时，不是说一句对不起，或者我错了，就能把这个矛盾解决了。这对同居者，就这样分手了。看来，分手的核心问题是性……

给自己制定规矩

最大的问题是：问题解决之后，如何对待解决问题的人。

多吃些粗粮。

记住你所爱的人的生活习惯。

熟记你喜欢的诗歌，我最近反复沉吟的是印度大诗人泰戈尔的一首诗：

每个人都想寻求欢乐，

而往往得到的是痛苦，

只有在痛苦当中——

你才会发现和得到最大的欢乐！

不要轻信你听到的每件事，不要花光你的所有，不要想睡多久就睡多久。

无论何时说"我爱你"，请真心实意。

无论何时说"对不起"，请看着对方的眼睛。

相信一见钟情。

永远不要忽视别人的梦想。

深情热烈地爱，也许你会受伤，但这是使人生完整的唯一方法。

用一种明确的方法解决争议，不要冒犯。

永远不要以貌取人。慢慢地说，但要迅速地想。

当别人问你不想回答的问题时，笑着说"你为什么想知道？"

记住，那些敢于承担最大风险的人，才能得到最深的爱和最大的成就。

给妈妈打电话。如果不行，至少在心里想着她。

当别人打喷嚏时，说一声"祝你健康"。

如果你失败了，千万不要忘记汲取教训。

记住三个"尊"：尊重你自己；尊重别人；保持尊严，对自己的行为负责。

不要让小小的争端损毁了一段伟大的友谊。

无论何时你发现自己做错了，竭尽所能去弥补。动作要快！

无论什么时候打电话，摘起话筒的时候请微笑，因为对方能感觉到！

找一个你爱聊的人结婚，因为当年龄大了以后，你会发觉喜欢聊天是一个人最大的优点。

找点时间，单独呆会儿。

欣然接收改变，但是不要摒弃你的个人理念。

记住，沉默是金。

多看点书，少看点电视。

过一种高尚而诚实的生活。当你年老时回想起过去，你就能再一次享受人生。

相信社会祥和，但是别忘了锁门。

家庭的融洽氛围是难能可贵的，要学会去营造！

尽你的全力让家庭平顺和谐。

当你和你亲近的人吵嘴的时候，试着就事论事，不要扯出那些陈芝麻、烂谷子的事。

不要摆脱不了昨天。

多注意言下之意。

和别人分享你的知识，那才是永恒之道！

善待我们的地球。

不要愚弄自然母亲。

忙自己该做的事，别忘了每周要去和你的爱人制造一次浪漫的情调！

不要相信接吻时从不闭眼的伴侣。

每年至少去一个你从没去过的地方。

如果你赚了很多钱，在用钱的时候你应该感到坦然，要弄明白什么是生存？什么是生活？你是处在生存状态，还是处在生活状态？

记住，有时候不是最好的收获也是一种好运。

记住：最好的关系存在于对别人的爱，要胜于对别人的索求之上。

回头看看你发誓取得的目标，然后评判你到底有多成功。

无论是烹调还是爱情，都要用百分之百的负责态度对待，但是不要期望太多的回报。

真正的智者和勇者，是在他弥留之前，还会和亲人和朋友说个笑话……

一个人开车到海边、山冈、森林、湖边去独处，静静地思考会给你带来健康和财富。

伪幸福

中国两会闭幕那天，我们几个老友，边品着铁观音，边看温家宝总理的记者招待会，当总理讲到："公平正义比太阳还要有光辉"的时候，我们不约而同地鼓起掌来，而且是热烈的、长时间的，然后举起茶杯、一饮而尽。

温总理这句话引起我们很多的思考。这些年我们也经常讲起那些套话："高举邓小平的思想理论；江泽民的三个代表；胡锦涛的科学发展观。"听了温家宝这句"公平正义比太阳还要有光辉"后，有了新的认识，没有这个三段式套话的发展，我们想温家宝是很难讲出这样令人民振奋的话来！

前几年在北京，听一个出租汽车司机和我说："你知道北京百姓是怎样来评论红太阳的吗？"我说不知道，他直率地说："没有红太阳就不会有新中国；没有红太阳也不会有穷中国！"

当然，对历史和对历史人物的评价，总会还原于历史的本来面目。

令我们激动的是，温家宝总理把公平正义说成比太阳还有光辉！我们这几个在那个天天喊贯了万岁年代走过来的人；多想为温家宝总理的这句话，高喊声万岁！

在毛泽东时代，有一句老套话："九个手指头和一个手指头的关系。"

意思是说成绩和形势大好是九个指头，不足和缺点是一个指头。现在的总理务实，让各国记者多去西北走走、看看，不要老盯着北京和上海，这是伟大的进步，敢于正视我们的不足，我们还注意到，"高举马克思列宁主义和毛泽东思想的伟大旗帜"，这些年的两会不提了，这真是与时俱进！

两会闭幕后，我在网上发现了伪幸福这个词，是说我们经济连年增长，人民仍然在生活、在精神上存在着伪幸福的现象。回到国内，在朋友聚会的茶余饭后，经常听到对下面几个方面的议论：1. 房产改革，工薪阶层永远买不起房。2. 医疗改革，弄不好就要提前死亡。3. 教育改革，弄得父母供不起学费，两眼泪汪汪。

我在网上看到一份《中产家庭幸福白皮书》于近日发布。根据调查结果，江苏、四川、福建、重庆四地幸福指数最高，有近半数的被调查者对家庭生活现状表示满意。而经济最为发达的深圳、北京、上海、浙江幸福指数最低，成为中产家庭心中"不够幸福"的城市，或者称为"伪幸福"城市。

深圳等城市之所以幸福感指数低下，是由于家庭经济压力较大，尤其是高昂沉重的房价负担，加上工作竞争激烈、交通拥挤、子女教育成本高等因素。不难发现，每次关于城市幸福感的排名中，都很难找到深圳的名字。一方面，深圳的快速发展吸引了许多人来到深圳就业、生活；另一方面，深圳生活的高压力、低幸福感又使得许多人不得不放弃深圳。这难道就是"深圳病"？

这份《中产家庭幸福白皮书》是通过对全国 10 个城市 7 万余名 20 岁~40 岁中产收入人群发放关于"中国中产家庭幸福指数调查"的问卷统计结果所得，选择中产家庭的标准为年收入在 5 万元以上。

调查发现，从收入看，家庭年收入在 11 万~20 万的人群幸福感最强；从年龄看，30 岁~35 岁的人群家庭幸福感最强；从地区看，生活在二线城市中产家庭的幸福感较一线城市强。

我以前曾在深圳工作过，去年又在深圳呆了一段时间，深圳人的不幸福感通过各种形式表现出来，而网络是最好的发泄方式。早在七年前，一篇《深圳，你被谁抛弃》的网文引起全国轩然大波，那是人们第一次正视深圳人的失落感和危机感。政府官员、专家、市民们开始站出来正视和探讨深圳社会经济快速发展背后的种种问题，开展探讨"什么才是深圳人的幸福？"

"你知道为什么深圳夜生活这么丰富，酒吧里人山人海么？"

"这都是因为生活压力！"国贸附近某酒吧老板这样告诉记者，他曾在国内5个城市开过酒吧。经他观察，与其他城市不同的是，大部分深圳人来酒吧不仅是为了休闲，更多是为了释放压力和不满，为了买醉。

几年前，深圳市精神疾病流行病学调查项目组对深圳全市户籍登记系统进行多阶段分层随机抽样调查，结果让人咋舌：深圳居民精神疾病总患病率达21.19%，也就是说，深圳5个人中就有1个人有精神疾病，这个结果是10年前患病率的4.4倍！

与近年国内其他地区的相关调查相比，深圳精神病患病率和发病率都是全国最高的。即使在经济发达的浙江地区，调查结果也只有17%。"简单举个例子，我们医院的心理救援热线每天都能接到40多个心理咨询电话，其中年轻人、有学历、收入高的人群占了绝大多数。"不仅精神病发病率高，深圳康宁医院曾做的一次调查统计显示，深圳每年自杀人数在2000人左右，已超过每年的交通死亡人数，这个数字在全国都算是非常之高的。

深圳工作压力大、生活节奏快。"此外，亲情薄弱也是一个重要原因。与其他城市相比较，'家'的概念在深圳比较缺失，许多人的精神压力得不到亲人的慰藉，无处宣泄。"

我认识一对夫妻、在深圳安家四年了，有车有房有孩子，家庭年收入在20万元左右，拼搏在这座竞争异常激烈的移民城市也让这对夫妇感到压力。他们说沉重的房贷、孩子日后的学习经费以及父辈养老问题让他们觉得难以松懈，"在别人看来，我们夫妻俩生活在大城市，似乎什么都有了，却不知道我们承担着怎样的压力,有时觉得透不过气来。"

他们 2007 年买了一间 90 平方米的小高层,目前还欠银行近 80 万元。她给记者算了每月的支出,儿子上幼儿园要 2500 元,养车大概在 2000 元左右,房贷每个月 4500 元,再加上平时日常开销大概 3000 元,如果请客、吃饭、聚会,一次动辄千元左右。"我们还是想尽早将房贷还完,这样算下来每个月结余真的不多。"

他们的忧虑除了现实问题,还有将来的长远负担。由于他们所买的房子附近的学校不是重点小学,将来孩子读小学可能还涉及一笔高昂的择校费。

此外,两人均来自农村家庭,双方父母医保都比较低,老人年事已高,一笔用于将来抵御疾病风险的钱也需要存下来。冯珞说:"父亲年纪大了,有高血压。婆婆身体也比较弱,最怕的就是他们生病。"

深圳大学管理学院一位教授认为,这些现象符合实际,深圳确实存在住房、工作以及缺少与家人相处的问题,难以拥有幸福感,或者说看似幸福,实际是生活在伪幸福当中。

经济飞快的发展,也会造成很多的不和谐,口袋里的钱多了,不一定就是幸福多了。

而从社会层面而言,不幸福更多的是社会公平感的缺乏,这需要社会和政府营造一个宽松有温情的环境。

说到这里,耳边又响起了温家宝总理的一句话:"要让人们过上公平有尊严的生活。"

让国人活出公平有尊严,也就是要把伪幸福变成幸福的过程!

关于主人和主流社会的思考

从小学政治，有共产主义世界大同之说。现在又有地球村的概念，所以举这个概念，是为了呼应《我们什么时候才是澳洲的主人》这篇文章的讨论。

国家的形成，是由一个民族或在一个国家疆域内多个民族组成的。其中最大的民族，就自然成为这个国家的主流，包括他们的语言、文化、宗教、习俗等。随着世界的发展与演变，特别是在经济全球化的迅速发展中，在第一世界和第二世界的富裕国家中，涌进了来自第三世界发展中国家的大量移民，这些新移民，为他们的居住国作出了很多贡献并繁衍子孙后代。于是就出现了一个问题——融入主流社会，要成为所居住国的主人。

首先，要界定主人和主流社会的定义。为此，作者是百思不得其解。于是，便想把思路打开，何不去做些社会的广泛调查……

我东奔西跑，面对面的对

在香港

话、电话的访谈、网上的交流，现把一些有趣的观点陈列出来。

先从我的左邻右舍开始。右舍是一家阿富汗移民，到澳洲二十多年了，全家自然都是澳藉。

男主人：我从来没有考虑过是不是澳大利亚国家主人这个问题，我只知道，这里比阿富汗好多了。我要好好工作，赚更多的钱，全家更幸福。

女主人：要说主人，我想，我还是阿富汗的主人，可惜我的祖国伤痕累累。现在，我们只是寄住在这美丽和宽容的澳大利亚。

我左边住的是一家香港来的移民，也快二十年了。

香港佬：我在香港土生土长，从来就没有主人的概念。更谈不上什么主流社会。我只能说自己是中华民族的后代，要说是主人，我只能是我这个家庭的主人。

太太：我是我孩子的主人，当不当主人或者进不进这个国家的主流社会和我没有关系，关键是用自己的智能和劳动使全家致富，过上安康快乐的日子。

我打电话给一个西人律师。

律师：外来移民入了国藉，在法律上是这个国家的公民，是否是这个国家的主人，这要看这个国家的执政党的政策来定。在工党惠特拉姆执政以前，澳洲有白澳政策，外来的民族是不可能被认为是主人的。现在是工党和保守党不断轮流执政，又有多元文化之说。但是不是外来移民加入国藉后，就自然成为这个国家的主人。在法律上可以说是主人，但在执政者的理念里和主宰这个国家的主体民族的意识中，未必承认这些移民是主人。

政治家怎么说和怎么做是两回事，而怎么想和怎么说更是两回事。

在游泳池里，我把这个问题提给一个来自中国经商的新移民。

商人：我所以移民，只是为了把我的活动空间加大，特别是换了澳洲护照，到世界各地都方便。当然，我每年会给这个国家打很多税，并给这个国家的滞销产品找到很好的市场。可我不可能是这个国家的主人，我也不想成为主人。我是商人，以利益和金钱去衡量一切！

这些回答仍然使我无法得出一个满意的结论。

于是，我又找到一个西人教授，他可以说是正宗的英国来的，快100年了，是这个国家的真正主人。

教授：我必须坦白地告诉你，虽然有些华人当了议员、市长，得了主流社会的奖，并且有着太平绅士等头衔，但我只能说他们是优秀的、杰出的。请你别介意，虽然他们拥有国藉，用我们的行话来说：仍然是客座教授，或者荣誉公民。当然，他们作出了贡献，应该得到更丰富的回报。

这个"客座教授"的称呼使我的心情有些苦涩，但这种直白、真实，又使我很感动！

我通过一个朋友，认识了一位西人参议员。我很不客气地问他："你认为华人当了议员或市长，是不是已经溶入了澳大利亚的主流社会？"

参议员：（哈哈大笑起来）一个国家根本就没有主流和次流之分，只有国家的利益高于一切。请原谅，这可能与你们伟大的中华民族的观念有关系。

我问他是什么观念？

参议员：不是有两句谚语吗？"学而优则仕，官而优则民"。可能是大概的意思吧。

这是个批评或者说是带有些嘲讽，我的脸有些红……

参议员：我现在是参议员，下台后，我仍然是平民百姓。用好听的词是参议员，实际上我是个政客，在国会声嘶力竭地去辩论，是为了我的政党利益。当然，也是为我自己的利益。如果我期满下台，你可以聘我为顾问，我愿意为你打工，可工资不能少于我现在的水平。他笑了，伸出了他的手……

他的这种自我解嘲与调侃，使我轻松了许多，我也伸出了手。

分别后，我一直想他说的那句"学而优则仕，官而优则民"。我想起了我的同胞，经常拿华人议员、市长、专员、太平绅士引以为豪的说法。

顿时，我的脸又红又热……

看来，这个主人的话题，真的不是一下子就能得出结论。我又去找了一个华人记者。

华人记者：我当然是主人，我在澳洲主流媒体工作十多年了，我一直生活在主流社会。

我：什么是主流社会？

华人记者：说英语的，当然是指白人。不，现在还要加上像我这样黄皮肤的。

我：那你已经是主流社会的一分子，那主流的反面也就是次流和非主流，是哪些人呢？

华人记者：嗯……（他有些语塞）

我：记者先生，你是否指有一些社会地位的，参与一定的政治生活的人是主流？

华人记者：也可以这么说。

我：那就是说，我们经常在华人社团等场合听到的"我们要努力融入主流社会"，就是要号召华人努力出人头地，在澳洲社会的政治生活中，占有一定的地位，而其他平民百姓永远是非主流和次流？

华人记者：噢，你还真提出个令人深思的问题。

我：（有些讽刺的说）主流记者先生，非主流的我和您告别了。

我又找到了一家土生土长在这里的土著长者。

长者：我们当之无愧的是这块土地上的主人。可我们不是这个国家的主流，我们仍然受歧视。

看，这些开发澳洲的原始土著，理直气壮地说自己是这块土地的主人，可仍然受歧视！

亲爱的，自我感觉已经融入主流社会的华人精英们，你们面对这个长者质朴的自白，会如何感觉呢？

我的一个犹太朋友，知道我探讨这个问题，主动找我来阐述他的观点，还带来他的妻子。

犹太朋友：我没有祖国，但有主人的意识。更向往我能成为居住国主流社会的一员。你会看到，我们犹太人在许多国家，特别是在号称移民国家的美国。已经有许多犹太人在政界中，地位显赫，甚至进入了决策阶层，这可以说是融入居住国的典范。你们华人，或者来自其他国家的移民，都可以在我们这些没有祖国的犹太人的理念中去观察和思考，至于借鉴与否，那是你们自己的事情。

他的妻子：纵观世界移民的潮流，都是由下而上，很少看到有澳洲、美国、日本、法国、德国向越南、阿富汗、非洲，甚至向中国去移民的。相反，都是这些国家向上述发达国家去移民，他们所以接受，这里有政治和经济的因素，一方面说明接受这些移民的国家的开明和宽容。一方面也说明这些国家有着他们经济和政治上的需要，他们也并不是救世主。这些移民在居住国里，也带来互补的作用，随着历史的发展，也会有一定的融合。但在国家概念和民族意识存在的今天，外来民族，不是一下子就能和一个国家的主体民族融合起来的。

犹太朋友：也许我们没有国家惯了。我在澳洲，我就应该以这个国家和这个国家主体民族利益为出发点，去观察，去思考，去决定该做什么，不该做什么。不是以我是犹太人或者我们犹太人的小集团利益去决定做什么。

我：啊，很精辟！（他又接着说下去）

犹太朋友：我可以告诉你一个不是秘密的秘密，我现在的职务，是澳洲执政总理的私人顾问。我不知道我是不是这个国家的主人？算不算是身在主流社会？

他的妻子：其实，自己去界定是不是主人，是不是融入主流社会不重要，重要的是你的居住国承认不承认你！这才是最关键。

犹太朋友：对不起，你们华人有个强大的中华民族，有与日俱进的中华人民共和国，你们可能嘲笑我们夫妻的观点，甚至说我们是背叛。（他

也温柔地笑了起来）

他的妻子：甚至可用奴隶相来形容我们的观点和做法。可是我们懂得，要背叛首先得投靠！（她也爽朗地笑了起来）

在他们夫妇温柔，爽朗的笑声中，引起了我更深层的思考。是啊，这个关于主人和主流社会可是个大题目。真正找到一个令人信服的答案很不容易，甚至是不可能的事情。我思考着，还应该找哪种类型的人来探讨。

喔，对，要找个专门研究政治的学者。

学者：好，谢谢你给我提供一个表达我对这个问题看法的机会。

所谓主流社会，在有国家和民族存在的今天。它永远属于这个国家占有统治地位的民族，和代表这个民族利益的国家统治者。

你们会经常抱怨澳洲把移民的大门关得越来越紧，所以这样，说白了，是一千多万的澳洲主人，他们担心和害怕外来民族多了，对他们所构成的异化和同化……

也许，你们认为我是个有白澳意识的学者，那么你就到世界各地主权国家去考察一下吧，在地球村没有实现之前，任何一个政策性的决定，都是维护一个主权国家和这个国家主体民族利益为出发点来决定的。除此，还有什么可以做为出发点呢？

是啊，可以责备我是民族主义、民族歧视、甚至极端的狭隘的民族主义。我只承认现实，当外来移民的国家和民族，和你所居住的国家，没有什么利害冲突时，其关系显然是和谐的。而一旦居住国和外来移民国家和民族有了利害冲突时，关系必然紧张。像印度尼西亚对华人，像悉尼海滩事件。其实，真正的融入，要真正的放弃才行。这是多么难啊。当然我是针对双方来说的（即接收方和移民方）。

而真正的融合，是要经过长期的阵痛、折磨，接收移民方与移民方，双方是要互相都承认才能实现。只有在互相利益都需要互补的时候，大家才能慢慢走向融合。无庸置疑，来自世界各地的移民，为澳洲繁荣和发展确实做出了巨大的贡献，至于主人和主流社会的问题，用中国报纸社论中经常说的一句话：前途是光明的，道路是曲折的……

听了这位政治学者的发言，好像是听了一篇总统竞选演说。我正在消化的时候，那位华人记者来电话，他让我发表一下对这个问题的看法。

我：我是个国际流浪汉，我有祖国。我当然是中国的主人，是中华民族一分子。我还有个居住国，我不敢去想如何成为主人，当然更谈不上融入主流社会啦。所以我彷徨、徘徊，无奈甚至痛苦。因此，我才选择在国际间流浪，好在流浪中排除无奈，化解痛苦！

别为爱情结婚

"别为爱情结婚",这是一个澳洲西人和我说的,当时,我真的不以为然,事过几年后,我的一些朋友们,经常对此话题进行探讨。我也观察过不同年龄段的人的婚姻状况,现在,我不仅认同了他的说法,而且我愿意劝告更多的人,千万别为了爱情而结婚!

如果为爱情而结婚,是一件相当不理智的事。爱情是每分钟都在变化的,就像天空中漂浮的云,像大海里的波涛,来时可以汹涌澎湃,天崩地裂,去时可以无影无踪,若是为了爱情而结婚,然后又离婚,是何等的烦恼和痛苦,太多太多的人在结婚的同时,就起草了离婚书啦!不信,你去生活里观察一下,或者你本人就正在经历着婚变。

现代社会的人们,正在破坏着传统的婚姻观念和模式,在充分追求个性化,展现自我价值的过程中去寻觅爱情。

在澳洲电影节

有爱情,又何必一

定要去结婚？有爱情的男女共同生活，和结了婚拿到一张纸，又有什么不同？是有爱情的男女生活在一起而不结婚正常，还是没有爱情的男女在结婚下生活正常？这实在是一个非常值得认真思考的问题。

不要为爱情而结婚，是二十一世纪人类重新检讨婚姻制度的先声和重要行动。

随着人类越来越懂得爱情的可贵和难得，随着人类越来越感到男女之间的爱情那么容易变化，随着人类越来越明白男女之间爱情的种种快乐，随着人类越来越知道在社会的各种压力下，人的快乐迅速在减少，人们就会越来越清楚婚姻是婚姻、爱情是爱情，并且两者是很难兼得的。而婚姻的对象就如同商业伙伴一样了。

鲜活的爱情，呼唤着男女之间更快乐更互补的生活态势。

鲜活的爱情，缔造着男女之间更丰富更甜蜜的结合方式。

代　沟

——理智与情感

人物：

欧阳秋——父亲，文学评论家，58岁

欧阳立伟——儿子，艺术院校大学生，22岁

时间：现代，也可以说现在

地点：北京

秋天，枫叶正红的季节。在香山饭店开会的欧阳秋，会议休息时，突然接到儿子的老师从学院打来的电话。老师是欧阳秋的老同学，平时很少联络，这个电话可以说是紧急电话，是友情，是关照。电话内容主要是说，其子欧阳立伟学习和纪律一直都不错。特别是到了大三之后，很多同学晚自习时，经不住社会上的各种诱惑，在老师不准请假的情况下，偷偷跳过学院的高墙外出（学院有个门岗，没有老师的批准假条，是不能出去的）。最近，竟然发现欧阳立伟也跳墙了。老师的意图非常明确，是叫父亲给儿子做做工作。

这是欧阳秋在儿子读大学后，第一次接到举报，他有些意外，也有些

生气。但平静下来之后，又觉得好笑，便决定找儿子谈谈。于是，他先给老师打个电话，替儿子请了假。得到老师的支援后，又和儿子通了电话。

"立伟。"

"老爸，有什么吩咐？"

"今天晚上我请你吃晚饭。"

儿子觉得很奇怪，今天既非星期天，又不是假日，老爸这是怎么啦？话筒里又传来父亲的声音："我已经替你在老师那里请了假，地点在'大三元'，时间是晚上六点半。"

"老爸，有什么事您在电话里说吧，我作业很多。"儿子一边说着话，一边脑子里直翻腾。他知道老师是爸爸的同学，预感到事情有些不妙。

"出来轻松一下，爸爸也想看到你。"

儿子终于忍不住了，直截了当地说："是不是老师告了我的状了？"父亲一下笑起来："好样的，反映很快，不愧是我儿子。来吧，爸爸不会责备你的。我们可以讨论一下！"

儿子深知父亲的脾气，这个约会是躲不过的，便有气无力地说："那好吧，'大三元'，晚上六点半。"放下电话，他觉得很委屈，觉得没有人能理解年青人，更找不到一个能理解自己的人。就算是赴一次"鸿门宴"吧，欧阳立伟很快给这次的父子聚餐定了一个基调：来个一问三不知，老爸说什么都点头，最多说个"是"，再不就说声"对"。

在"大三元"餐厅一个比较安静的角落，欧阳父子已经坐了一阵子，小菜和酒都上来了，儿子有备而来，坐在父亲对面，像犯了什么大错似的，一言不发。父亲也不甘示弱，"金口"不轻易张开，这对父子用沉默来较量。

半个小时过去了，菜是一点没动，酒是一口没喝。当服务员上第一道菜时，看到这二位的肃穆表情，既感到紧张，又觉得好笑，放下菜便快步离去，其实这中间不乏短暂的交流。父亲抬眼看着儿子，儿子也不时扫一眼父亲，但眼神迅速地闪过。父亲用眼睛一直盯着儿子，等着他和自己对视。儿子似乎猜到父亲这一招，就是死不抬眼。

父亲忍不住了，越发觉得儿子可爱，几乎要笑出来，但还要控制住，拿起已打开的啤酒瓶，给儿子倒上一杯，又给自己满上："是我请你来的，你今天是客人，来，先喝一杯。"父亲把杯子举起。儿子既不举杯，也不抬头，闷声闷气地说："你说吧！"父亲丝毫不介意："叫我说什么？"儿子就是不出声，僵局很难打破。父亲自己干了一大口，也实在饿了，便吃起菜来。儿子仍然是坚持不说的战术。父亲开始进攻了："你老师电话中告诉我，你最近也跳墙了，是吗？""是"儿子马上回答。"立伟，你知道当老师说你也跳墙的时候，我是怎么回答的吗？"儿子刚想问，又切记自己只说"是"或"对"的方式，便漫不经心地摇摇头。

"我说你们学校管得有些太严了，一周应有两个晚上可以允许学生出去一下！"

儿子被突如其来的"进攻"打乱了自己的思绪，终于抬起头来，用疑惑的眼光看着爸爸。

父亲喝了一大口："我告诉你的老师，说如果是我，就不是一周跳一次，可能跳三次。"

儿子那疑惑的眼睛有些发亮了，他盯着父亲。

欧阳秋又喝了一口酒："因为不跳墙的学生，不一定就是好学生。而跳墙的学生，也不一定就是个坏学生！"

儿子终于忍不住了："您真是这么说的？"父亲点着头。儿子又追问："您真是持这种观点？"父亲斩钉截铁地回答："真的！"

儿子为老爸斟好酒，把自己的酒杯举起来："为老爸的真实干杯！"父亲毫不犹豫地举杯，两个杯子碰撞后，父子俩一饮而尽。

儿子开口了："您应该当我们的院长！"

"如果我是院长，就会把墙拆掉！"

儿子激动了："这才是我老爸！"又把杯子举起。父子俩畅饮起来，服务员上菜时不解地看了看这一老一少。

"还有，但是，"

儿子兴高采烈的表情顿时怔住。

"人有两条神经，一条是'情感'，一条是'理智'。'情感'是匹脱缰的野马，不愿受任何束缚，永远想自由自在地奔腾。"讲到这，他观察了一下儿子。儿子大有上当之感，似乎被父亲骗了，又低下头。父亲接着说："当'情感'肆无忌惮的时候，'理智'就会跑出来，大吼一声'站住'！"儿子此时抬头，用一种挑战的眼光盯着父亲。欧阳秋不慌不忙地继续说："'理智'很强大，有社会的、家庭的、传统的、道德的、经济的各种因素。它告诉'情感'，不能再任性了。于是，'情感'妥协了，听了'理智'的话，又乖乖地和'理智'平行前进。但过了一阵子，'情感'觉得无比压抑，它又离开'理智'的约束，自由自在地翱翔。"

儿子开始反攻了："您是在写论文吗？"

父亲不理会儿子的反问，接着说下去："'情感'没走多远，'理智'又挡在它的前面，说'不可以这样！'"

儿子丝毫不让步，死死地盯着父亲。欧阳秋此时好像诗兴大发："这是我们的现实！"

儿子反问道："现实并不是一成不变的！"

"对，关键是怎么变，如何去变！"

儿子暂时停顿了。父亲把话锋一转："你现在这个年龄，正是打知识基础的时候。"

儿子不服气地顶了一句："那又怎么样？"

"草率地或经常的让'情感'领先，或多或少会影响你的知识积累。没有足够的知识，就将没有足够的能力。那时，将会使你的'情感'变得单调、乏味！"父亲的语气有些严厉。此时的儿子已被吸引，很关注地倾听着。父亲有些激昂地说："用最简单的话说，一个没有知识、没有能力的人，将不会玩得太久，也不会玩得高级！"

儿子被这句话打动了，眼睛睁得大大的："老爸，有道理，就像您一样!"

"对,可以这么说!"

欧阳父子终于开始沟通了,第一次开怀大笑起来,接着又畅饮了一大杯啤酒。

父亲兴奋地说:"你以后照样可以跳墙,我不会责备你、骂你,或者不再给你经济支持来惩罚你。"儿子服气地听着,"我只是提醒你,把'理智'和'情感'的关系处理好,摆正它。儿子,你永远是自由的,来,干杯!"

两个杯子碰在一起,两个人的脸红红的,眼睛都亮亮的。

啊,理智与情感!

一张照片引起的思考

面对这张被篡改的历史照片，真是遐想万千。

我是在网上看到的，无法考究出处或者是哪一位高手所为，看来，类似胡戈的人，在网上大有人在。

这张照片的内容是：1945年初，战争形势更加明朗，德日法西斯的失败已为期不远，这时苏美英各大国都面临着一个战争胜利果实的分配问题。德国法西斯却妄图与美英单独媾和，挑拨苏联与美英的关系，因而使苏联与美英之间的矛盾和互不信任日益明显。为了取得谅解、协调关系、研究与解决面临的一些重大国际问题，争取反法西斯战争的最后胜利，1945年2月4日至11日，苏联人民委员会主席斯大林，美国总统罗斯福和英国首相丘吉尔，在苏联克里米亚半岛的雅尔塔举行了会议，因此，被称为克里米亚会议，也叫雅尔塔会议。这是一次了不起的会议，它影响了战后的国

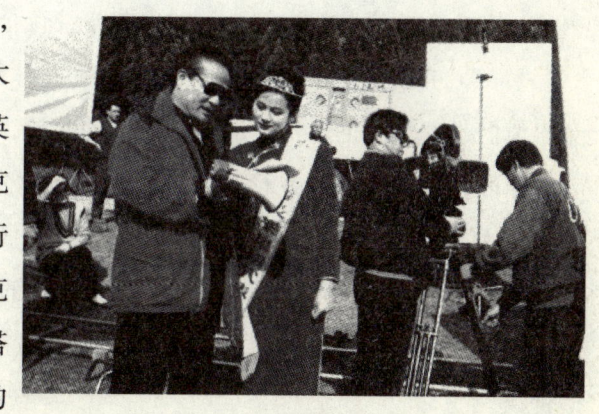

广告拍摄现场

际格局。

现在，德国已经统一，华沙条约组织已不存在，苏联十月革命一声炮响打出来的社会主义，没有通过历史的检验，两大阵营变成美国独霸称雄，当时各国的风云人物，也都离开这个世界了，可是这张照片，却再现了当日斯达林、罗斯福、丘吉尔的风采，而上面被篡改的那张照片，作者极有想象力地加进去性感的美女，这就会引起很有趣的议论。

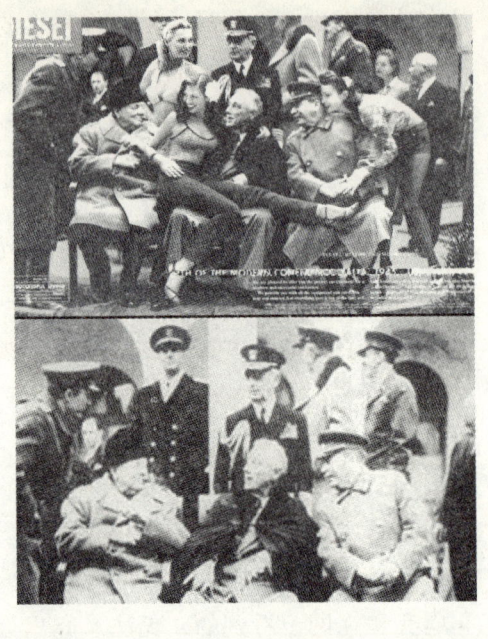

我不知道这张照片作者的年龄以及他是哪国人（可以肯定他不是那个时代的人）。

但我们可以推敲一下，制作这张照片的人，是怀着一种什么心态和目的？

第一，标新立异，制作新闻，为了出名。

第二，他觉得三大巨头和德国作战好几年，胜利在握，开雅尔塔会议很累，有几个性感女郎慰问一下，也非常符合今天的逻辑。

第三，可能这个作者看过人民公仆斯大林等人的传记和传闻的书籍，觉得他们也都是有七情六欲的人，这样的照片，才符合历史的真实。

第四，也许这个作者看到今天那些个别的公仆坐着高级轿车，带着秘书和情人，穿着名牌服装，夹着装满钞票的公文包，挺着肥得流油的大肚子，风度翩翩的招摇过市。他想那时的照片也理应有美女相伴。

第五，也许他有意引起一场官司，等着这三个领导人的后代，来起诉他侵权。

第六，也许什么目的都没有，就是拿这张照片来练练自己制作照片的基本功，当成一件作品，好去投考大的广告公司。

第七，也许就是随便玩玩儿。

这就是现实中的网络，胡戈惹怒了陈凯歌，陈一怒之下告上法庭，可最后还是无奈地撤诉，不了了之，但胡戈名声大震。

在网上，何止这张照片被篡改，有太多太多的类似。

秩序和法律在迎接着网络的挑战。

网络上真是人才辈出，也在与时俱进。

也许很快就会制作出最新版本的《红楼梦》，林妹妹穿的是露很多洞洞的牛仔裤，而贾宝玉身着太空服，可是照样演绎他们的悲欢离合，主题歌竟是周杰伦演唱的摇滚歌曲。

其实，这没有什么新鲜。君不见，《无极》的胡编乱造，《英雄》的漫无边际。

很多大师级导演拍出的电影，要靠评论家的解释和引导，哈哈，观众还是看不懂。

对胡戈，或者出现像这张被篡改的历史照片现象，千万不要大惊小怪，这些小手笔，比起花几亿的大制作，就显得微不足道了。

我们以前的文化部大部长，对千百万人民群众喜欢的超女，横加指责，大有把婴儿扼杀在摇篮之势，为何不去批一批像《无极》这样浪费资金并且破坏旅游环境的烂片。

在市场的大潮中，好的，坏的，都在与时俱进，政治家权利再大也会力不从心。但历史是无情的，在假、丑、恶与真、善、美的角逐中，真正的、公允的裁判是人民！

艺术与金钱（一）

在墨尔本的一个海滩，一个春光明媚的下午，我正在做着我自己编制的一套健身操。一个四十岁左右的男子，他从我身边走过，似乎看到我很眼熟，便转身又仔细地看看我。

他问我："很熟悉的面孔，好像在哪里见过。"

我笑着说："如果你能叫出我的名字，你可以交好运啦。"

他走近了我："你演过电影。"

我也笑了："你猜对了，我是达奇。"

他伸出手："《吉鸿昌》、《封神榜》啊，好多，好多。"

我们就这样认识了，我问他的名字和在哪儿高就。

他很风趣地回答我："我叫史蒂文，已经不用中国的名字啦，我是个玩金钱的人，买卖美金、澳币和黄金，我是个金钱的艺术家。"干净，利落，口气不小地回答。

我仔细打量一下，他比我还高，衣着虽然休闲，简洁，但都是名牌，是个与众不同的小子。

他坐在木制的栏杆上："都说人生是门艺术，真正的投资大师也说投资是门艺术，科学与艺术的界限在于科学可以用数据，逻辑去表达事物，而艺术则不能，艺术是在变化的动态中表现人与事的美。"

我笑着回应他:"看来,你是个合格的金钱艺术家,有理念,而且懂得艺术。"

他又继续阐述:"全世界最美的纸张,应该是各国面值最大的钞票,这是各国政府和艺术家智慧的结晶。"

我也直率地回答他:"我不会玩金钱,但我懂得,可以把艺术变为金钱,哈哈!"

他直截了当:"那你首先得有金钱,有制作的费用。"

我笑着说:"看来,我真的遇见玩钱的大师了。"

他没有反对我这种评价:"如果我们在两周前相遇,你会从我的长发上(现在剪短了),认为我是你的同行。"

我爽快的说:"我还是愿意认识你这个金钱的玩家。"

他站起来:"这样吧,有时间,我们可以一起讨论艺术,你也可以了解我的玩钱艺术。"

我们在握手告别的时候他又意犹未尽地说:"你知道印一张百元的澳币需要多长时间吗?"我摇摇头。

他继续说:"要1.5秒,我有一台比印钞机还快的机器,有空的话,给我电话,我会告诉你如何操作这台机器!"说完,他让站在他身边的一个年轻女子给我留了电话,也记下了我的电话。

我问他:"这位是?"他回答:"我的助手,是莫那什大学金融硕士生。"那女孩微笑点点头,仍然一句话没说,他们俩转身就走了,好像这世界就他说了算。

我抬头望着天空中的蓝天白云,心里想着,这世界的"怪物"就是多。

看着他们离去的背影,耳边又响起了他的声音:"我有一台比印钞机还快的机器,有空的话,给我电话,我会告诉你如何操作这台机器!"

钱追钱的游戏——金融（二）

玩艺术的达奇和金钱的玩主史蒂文，可能由于互相都抱有好奇心，他们自邂逅之后，每隔两三天就在海边聚会一次。

澳大利亚的大自然很美，这可能得益于她的工业不发达，没有太大的人类对于环境的污染和破坏。自然的美给社会，给人类的精神带来了享受，这是一笔多大的财富啊！

昨天是中国的中秋节，史蒂文说他已经没有过中国传统节日的习惯了。他是一个文化上的叛逆者。但是，昨天是他二十年在澳洲第一次带着他的一位女朋友去中国食品店买了红豆沙的月饼。他们在车上吃了一块，很甜，吃完之后要不停地喝水。他还告诉我，他不会再和中国的女人生活，对于中国女人，他现在也像对中国一样，既爱又怕！

我们的话题还是回到金融，做了一辈子表演艺术的我，对于金融是个门外汉。但是，史蒂文说，每个人其实天生都有金融的细胞，只是中国人的金融细胞没有得到后天的锻炼，所以不发达，甚至退化死亡了。

"那么，什么是金融呢？"我好奇地问。

"我曾经问过不下十个金融系的学生，问他们什么是金融，没有一个人能够用一种别人听得懂的语言表达清楚。我告诉他们，金融就是钱追钱、钱生钱的游戏！"他的话题又开始了。

"我们看看资本主义发展的历史,就很清楚今天中国所处的历史位置。十七世纪英国的圈地运动以后,资本主义进入了工业化的时代。这个时代,就是马克思痛恨的'资本剥削劳动力'的时代。还好马克思死得早,他这个人要是看到今天的美国和西方的资本主义,怎么用'资本剥削资本',肯定会得出'这世界是资本的天堂,有钱人的天堂,穷人的地狱!'这样的结论。一个人靠劳动力劳动一辈子,对于有钱人来说,就是一分钟,或是一个小时的价值。他们一个单位的收益就是几百万美元。"

在我们的前上方,有一架直升飞机在海滩上方航行;我仿佛看到天空中飘着无数的美元,就像进入到一个美元和蝴蝶飞扬的世界。

史蒂文还在他的金融世界里。他接着说。

"不是说中国人现在都患了红眼病吗?其实,这是因为政府患了红眼病,传染给人民。改革开放二十几年,我们的观念发生了一些变化。但是,对于资本主义来说,这一些变化只是刚刚开始,就像现在中国女人的性观念一样。"

"等等,您怎么把钱、金融和性弄到一块呢?"我打断了他的话。

"金钱和性有着非常紧密的关系,以后我再告诉你,现在我们只能先把金钱、金融的问题搞清楚。"

看来,他是有备而来,我只能顺着他的思路往前走。

"我们经历了金钱在个人生活中地位被确认的启蒙后,中国人开始做生意了。这也叫做买卖,用钱去买东西,再卖出去,从中获得利润。后来,生意人发现这样做来钱太慢,他们开始生产,自己完成了从原

达奇在塔克拉玛干沙漠

材料到产品的过程。这个时候,国家引进外资,开始了 Made in China 的年代。后来,生意人又发现这样来钱还是慢,他们开始玩股票,玩房地产,这个时候的一个口号是'关系就是生产力'。"

史蒂文的表情从轻松变得严肃起来了,他看看头上的天空,若有感触地说下去。

"到了中国人以股票、房地产圈钱时代,金融的时代开始了。这才是中国的社会主义与资本主义决战的分水岭。目前的情况是,政府用手中的权力,一个党派,垄断了国家的资源和资产,不是说'炒股要听党的话'么?因为政府知道'资本'的厉害。所以,这个时候,才是政府日夜研究、面对的问题。外汇储备,人民的个人存款屡创新高,没有金融产品,怎么办?"

"达奇,我的一个经济学的博士哥们昨天还在问我。史蒂文,你告诉他们,现在中国的流动性问题,就像你眼前看到的海湾一样,整个大海的海水都往一二个海湾里涌。你说,股市、房地产能不暴涨么?"

我听着斯蒂文说好像是有道理,但是怎么发家致富,对个人来说,可能还要花时间一步一步地来。

"你来说说个人吧!我想知道个人怎么有一台你说的印钞机。"

"你还不明白我的意思,个人就像现在外国资本家一样,去找金融产品啊。不管什么金融产品,房地产,股票,人民币,只要是'资产',买,不停地买。不要卖,拿着等着,等到明天太阳出来的时候,政府会出来说,我们知道人民币的资产被严重低估,我们要抓紧开发人民币金融产品,我们可以让一部分'资产'先富起来!这个时候,你手中的资产就是100%、200%甚至300%的增值。"这幅图画很美,真的很美,让我陶醉。

晚上,史蒂文打电话问我,"当你看到很美很美的景象的时候,你能忘掉金钱么?"

我说:"可以!"他说:"你忘掉是暂时的,但你不能不去追求金钱。"

股票与赌博（三）

今天是周末，海边的风很大。风中飘荡着孩子们的欢笑声。在离我们不远的地方，有一块专门为孩子游乐的 playground（游乐场）；周末，父母们就带着他们的孩子在玩。孩子们并没有因为风大而兴趣减少；人们是随着年级的增大，对周围环境的感觉和影响开始变得敏感起来的。

童年真是人生黄金般的快乐时期。我感慨地说：世界上只有一种爱是永恒不变的，那就是母爱。

史蒂文接着谈他的股票，还有他的印钞机。

"前一次说到股票是一台印钞机。我们来看一看中国股市二十年的历史吧！前五年，原始股是印钞机；那个时候，花一块钱，有的根本就没有花钱的派发、赠发，上市之后，手里的纸就变成钱了。而且，面值是眼看着增长。从二十元到五十元。现在是一百元。后来的十年，股市成了上市公司的印钞机（也有人说是提款机）；只要想一种花样，什么互相担保，什么母公司为子公司担保等等，只要你能想得出来，就可以从股市或者银行拿到钱。美其名曰：资本运作。现在，股市成了机构和基金的印钞机，基金今年又翻翻了吧！这就是中国的股市。"

"那么，股市和赌博又有什么关系呢？"我的帽子被风吹走了，和史蒂文一起来的一位博士帮我捡起来后，我马上又戴上，接着问。

"没有做股票的人认为股票和赌博有太多相同之处，主要是因为股票和赌博都有来钱快、去得也快的特点。但是，这是股市的初级阶段，就像现在的中国股市，不是投资，而且投机。"他停顿了一下，看了一眼他那正在玩耍的三岁的小女儿。

"美国有个在股市上挣到上千万的富翁，专门研究过股票和赌博的区别。他得出结论说：股票的上涨和下跌并不是50%对50%，他还分析了扔硬币，正反两面连续出现的概率。他认为赌博的人永远是输的，因为赌场和庄家靠的就是5%的抽水，而且赌场使用筹码，你是用有限的真金实钱跟他赌，所以永远也赌不过他。"

"在股市，投资股票的人有经济数据和历史上的技术图形可以分析，所以股票和赌博是完全不同的两个领域。"

"那么，现在的中国股民怎么能挣钱呢？"我想这是我们所关心的问题。

史蒂文笑了，他笑起来的时候，有一点像孩子一样，带着三分玩世不恭的样子。

"现在股票上了5400点，我原来只是跟国内的朋友说今年年底会上5000点。现在，美国鬼子都跑到中国去了，有一个叫罗杰斯的人，说他要移民到中国去炒股。第一，我要告诉中国的股民，一般人和他比，不是一个重量级的，千万要小心。

他说他永远不卖中国股票，那是因为中国的股票在他的投资组合里面可能只占不到5%，所以，它可以赌。他在用中国股市的收益率对冲美国或其他国家的收益。第二，现在中国的股市太简单了，他说的1000点，多少回调。我说得比他更准，我上次说4200的支撑。你可以去看一看，这根本没什么功夫。而且他们现在在中国股市上挣钱就像是捡来的似的。中国的股市，哪里有他们这班人说话的权利。我可以拿出一百个证据来，他们在任何其他国家投机股票都要亏本，只有在中国挣钱。"

"为什么呢？你这不是在说中国股市现在是送钱给他们吗？"我被他

说得越来越糊涂了。

"不但中国股市在送钱，楼市也在送钱。人民币更是送钱。如果你有我的本事的话，我可以告诉你，中国在未来的十年、二十年内，金融市场是一台名副其实的印钞机。"

他从座位上站起来，看了一眼眼前的大海，加重语气说："这一帮金钱的玩家，他们在全世界的金融市场都玩遍了。现在找到了一台自动印钞机，他们什么都不要做，就是赚钱嘛！达奇，你看到眼前的海水了么？如果你能站在金融市场的高度看中国，现在的中国，是处在有钱花不出去，钱就像海水一样多的时期。"

我的眼睛睁大了，但是我还想知道更多关于钱和这个有些神秘的史蒂文的更多情况。

什么人适合投资股票（四）

中国的国庆节到了，接下来就是外国的圣诞节。好像去年的圣诞节没有过去几天，今年的圣诞节过几天又到了。这就是人的一生。从童年、少年、青年的期盼过节，到中年、老年的一年比一年过得快。这时，可能才能悟到"光阴似箭"的滋味。

我们继续股票的话题。今年的国庆对于炒股的人来说，应该是一个丰收年，他们可以持股过节。而且，海外的股票都不错。美国虽然经济不景气，股市却屡创新高。我想进一步听史蒂文对股市的看法。

"节后股市会怎么走呢？这个问题可能很吸引人。"我先问。

"从前期的涨幅来看。股指在高位，技术上的调整随时可能出现。但是，从这几天亚洲和美国股市的走势看，中国的股市节后应该也不会表现太差。再加上十七大要召开。现在市场应该处在'买进传言，卖出事实'的时期。只要不出现政府要在十七大后打压股市的传言，应该不会出现像春节开始第二天那种崩盘的情况。"史蒂文如数家珍地说。

"达奇，你可能很奇怪我为什么对股市说得这么多？而且你可能还想知道更多，尤其是你想知道到底我在股市里怎么挣钱？对于这一些问题来说，我们必须从最基本的问题，一个一个来解决。我今天先告诉你，什么人适合投资股票。"

人生，大海，还有股票或股市，我在想我和股市之间，可能就是隔着大海。

"是啊，我很想听这样的故事，什么人适合投资股市？如果你能告诉我有钱人和穷人到底有什么不同？那就更好。"我说。

"我把第一个问题给你回答了，你就自然明白第二个问题。你看，现在我们中国人还停留在'人人都做生意'的阶段，是人就想做老板。其实，这是很愚昧的一种状态。这是因为不知道什么是做生意。做股票，做金融，也一样。不是人人都可以做。我可以很有把握地说，和 Bill Gates，巴菲特，同一时间做电脑和股票的人，在美国或世界各地，最少不下 100 人。他们后来可能都改名字了，不叫 Bill 或巴菲特，叫做什么 Bob，Bredon 啊。就是说 100 个比尔开始做同样的事情，最后，只有一个比尔成功了，被人知道。"

"做股票比做生意更难，更高一级吧！我很高兴这一次牛市中，应该是前几年的熊市始终坚持下来的人挣钱了。美国一个做股票的亿万富翁就说过'只要你是做股票的，你就不能希望像普通人那样，每一年的 12 月 25 日都能过圣诞节'。像中国现在的牛市，可能是十年有一次。而这种机会，只是给那些'有准备的人'。莎士比亚说'机会的头发长在前额'就是这个道理。很少有人能够忍住几年的寂寞，一朝发财。所以很少人发财。更多的人可能是花几年的时间去上大学读书，最后当个白领打工去了。而让一个人心甘情愿地忍几年寂寞，一朝成为金领却很不容易。"

史蒂文的话题进到他的领域之后，就没有我说话的余地了，我这也是心甘情愿的寂寞吧！

"我读过包括巴菲特在内很多亿万富翁的传记或自传，这些书很有意思。他们告诉你他们是怎么成为亿万富翁的。但是，你永远买不到一本书，是为你写的，教你怎么成为亿万富翁。我想这就是人与人不同的地方。在这些书里面，有一个共同点，那就是他们身上都有天生的成功的条件。你要想积累巨大的财富，就必须具备超人的勇气和格外的小心谨慎。

要做到把大胆和谨小慎微、坚韧不拔和瞬息万变、耐力和果断等等等等，非常矛盾的东西集中在一个人身上。这些是基本素质，是天生的，后天无法学习。"

"然后，你后天还要努力不懈，我们的祖宗不是说'天降大任于斯人也，必先苦其心志，劳其筋骨'吗？这就是后天的磨练。最后，还要天时、地利和人和，这一切都加在一起，最后就看你的命、你的运气了。这叫做'生死由命，富贵在天'。"

他说的这一番话有点玄乎了，但听起来不无道理。

"达奇，毛泽东要是活到今天能干什么呢？我看不是被抓就是当乞丐。现在股市里有两个境界的人。一个境界是为人吃饭，没办法，天天要跟自己斗，要生存。另一个境界是要发财，不怕死，不要命，但是最后没有死！后面这种人，已经到了'以出世的精神，做入世的事情'他们有一天可能会一鸣惊人，也可能被海里的哪条鱼当午餐，就是这样。"

"你可能还不明白什么人适合做股票，我已经回答你了。现在还在做股票的人里面，可能有人适合做股票。那些挣钱的人适合做股票。等到海水干了，你还在里面，说明你真会游泳。你如果在岸上，永远也学不会游泳！"

这一次，我看到他狡猾的笑容，他笑起来的时候，是那么可爱，有时真的又是那样地难以捉摸。

"我要走了，昨天我就在前面一点的海水里游了一会。第一次下去的时候，是跟小女孩打赌澳币是涨还是跌。我输了，走下海，走到大腿的深处，觉得有点冷，就上来了。后来我又问她，我要下去游泳会病吗？她说会，我就直接下去游了。后来，晚上做了一个很好的梦。梦真的很好，第二天我跟她说，梦是真的，或许，生活是假的。"

他没有说完就走了，他开着一辆银灰色的7系列的BMW大车，他的车牌是CN（中国）008。这个神秘的男人，在展现他的包装。我期待着下次的会晤。

抢劫不如去炒股（五）

——股市是一台印钞机

没想到自上次在海边邂逅，我们有了电话联系，我们双方出自好奇心，又继续约会。

我们的谈话都在（Brighton）布莱顿的海边进行。墨尔本的气候是多变的，就像一位情窦初开的少女，不喜欢墨尔本的人抱怨她的天气，一天里面就要经历春夏秋冬四个季节，但是喜欢墨尔本的人，也是因为她的多变爱她；就像您不能用少妇的标准去衡量一位少女一样。

我当然急着了解史蒂文的印钞机。我想，到我这样的年纪，如果有一台印钞机的话，我不但可以自己享受，我还有机会帮助我身边的人。甚至我们国内的同胞，他们现在正处在全世界最需要钱的时代。"股市是一台印钞机吗？"我问史蒂文。

"股市当然是一台印钞机，想一想全世界最有钱的人，比尔·盖茨，巴菲特，索罗斯……他们一天在股市上的交易就是几个亿美元，他们个人和你我没什么区别，都是人。但是，他们所代表的财富，可以敌得过一个国家的央行。"

"等一等，我对他们不感兴趣，我感兴趣的是我们普通的百姓，我们怎么在股市里挣钱，让股市成为我们的印钞机？"我急着打断他的思路。

"我当然可以告诉你普通百姓怎么能在股市里挣钱，这对我来说太简单了，我现在要告诉你的是比股票更快、更大、更好的印钞机。"他停顿了一会，看了看周围那些悠闲地忙着锻炼身体的澳洲人。"全世界的股市的市值加在一起，也只是货币市场的一半都不到，现在全世界一天货币的交易额大约是2万亿美元左右。而且，这个数量还在以每年30%左右递增。一个国家的货币在外汇市场上交易，也就是国家的股票；比如现在的人民币，如果人民币升值300%，这个世界是什么颜色啊？"

我看得出来，眼前的这位年轻人，灵魂又回到了他的世界里面去了。不是么？对于普通的百姓来说，每天都花手里的人民币。但是，他们今天花的是100元，明天可能是110元，也可能是90元。这里面的奥妙可能就是他所说的印钞机的一部分吧。

"小弟，我们还是一步一步来，我们回到股市，你能不能教我怎么把股市变成一台印钞机。然后我们再说货币，再说黄金，"我尽力把他拉回到现实的世界。"在股市里当然可以挣钱。今年中国的股市翻了一翻，现在是傻瓜都挣钱，不是说'抢银行不如炒股票么'？不是把国歌都改成股票歌了么？但是，我们中国人太聪明了，所以，很多聪明的人在股票上赚不到钱。因为，如果把国际歌也改一改的话，会更适合股票市场。'从来就没有什么救世主，一切全靠我们自己'。"

"股票上发财不是可以教，也不是可以学的，我并不是说你不要学，当然要学，学的越多越好；但是在学习之外，只有你'悟'出道理了，你才可以发财，1000个人、10000个人里面只有一个人可以成为亿万富翁。"

我听着他在说，心想可能又碰上一位骗子了，他先告诉我有印钞机，又说一般的人做不到，这是什么圈套呢？

"现在中国人炒股，还在赌博的阶段。我并不是说不能赌，人生不就是一场赌博么？但我要说的是你应该怎么赌，怎么在赌局中胜出，这就是人与人之间的区别。"

我们的讲话就在这里结束了。

他又要离开了。刚迈步，又忽然想起了什么，回头对我说："赌博也是一种艺术，下一次我告诉你怎么在股市里赌博。"

散户如何在大牛市中挣钱（六）

这两天，墨尔本的天气又恢复了它的本性；一会儿是阳光明媚，一会儿又风雨交加。

大海依然很美。风平浪静的时候，它像一位窈窕淑女，海面上泛着金色的光芒，给人无穷的想象。浪花滚滚的时候，它又像一位膘壮的硬汉，展现出它的力量和蕴藏的大自然的狂野。

我们在谈话的时候，史蒂文的心里还在想着中国的股市。他说他从今年初开始，关注着几支中国的股票，现在他的账户，从三十万增长到了五十几万。做了两支股票，一支是华夏银行，另一支是东方航空。

"有人说，想要知道自己是吃几两饭的，就让他试一试股票。当你进入股市的时候，你就真正地面对自己的人生了。每天你可能都要与自己的贪婪和恐惧做斗争。要想在股市中生存下来，你非得比普通人高一筹。请注意我首先说的是生存，不是发财。我可以给你划一条明确的界限，生存的原则在于保护自己的资本，继续玩下去。有人把股票投资的原则定为两条：'第一条是保护自己的资本，第二条是牢记第一条，'这说起来简单，但是95%以上的人做不到。所以，玩着玩着就变成赌徒了。"

史蒂文把他的镜头拉到最近也就是最现实的中国股市。我喜欢这个聚焦，特写的画面。

前几天，中国媒体又在为罗杰斯做免费的广告。说什么选股票就像选美女，这种话是股票的 ABC，他在愚弄中国的粉丝们哩。开始的时候，选股票确实就像选美女，看哪一只股票表现最出色。但是，现在西方的股票已经退出了选美女的时期，这叫第三度、第四度甚至第五度空间。现在选股票，不是选美女，不是选你心中认为谁最美，而是"猜"，猜你隔壁的邻居会选谁，这就是资本的魅力。

"散户永远是股市的牺牲品，他们永远也斗不过券商、机构和基金。这里的原因很简单，散户的资源、资金都很有限。在信息和技术上就处在劣势，再加上一个人，自己还要受很多因素的影响和制约，也不可能做到'专注'。所以即使是大牛市，亏损的仍然是散户。他们很容易受到诱惑，买'天花板'股票。如果说股市是一场零和游戏的话，散户和新手就是为机构、券商和基金买单的人。"

"你的意思是说散户没有机会吗？我想，这么多人都挣钱了，散户也应该挣钱才对。"

"散户当然可以挣钱，但是，在大牛市，散户一定不要贪婪。比如说，大市今年的收益是 100%，机构和基金的收益应该可以达到 161.8%。但是，散户的收益能够达到 61.8% 就算不错。对于新手和聪明的散户来说，安全的边界应该在 31.2% 的收益，再聪明一点的话，你算一下中国现在的存款利息，贷款利息和 10 年期国债的收益率。如果现在的情况，一年用人民币投资能够保证达到 15% 的收益，就没有人去做其他的生意了。"

"你的这种目标太低了，我做股票的朋友现在最少都要求翻番。"我说出了我的想法。

"这就是散户'翻船'的原因。达奇，我告诉你，现在中国的散户是金融的白痴，即使是机构和基金经理，我看也仅仅比白痴好一点。可能是自己会吃饭和穿衣服的白痴。在股市上，风险和回报是一对孪生兄弟。你想 100% 回报，可能就要冒 100% 的风险，就像赌场里押红黑和大小一样。五次里面，你可能有一次会赢。但是你必须准备三次倾家荡产。"

他的投资哲学现在开始了。我在倾听着海浪和他对金钱的声音。

"中国政府现在担心股民成为暴民，股市如果崩盘，社会就会动荡。股民也在骂政府，一会儿一个政策，搞得股民没有方向，找不到北。他们在猜政府这一次到底要让他们挣多少钱？不是说市场经济吗？如果我们按市场经济的规则来玩，股票崩了，关政府什么事。你不想当奴隶，就别抱怨没人管；对政府来说，你管那么多干嘛，狗抓耗子，最后两头不讨好。"

"现在中国股市就是市场经济中的供需问题，大盘当然会涨，涨到人民币不增值，劳动力不增值，利息的收益、国债的收益和股市的收益平衡为止。有人担心市盈率太高，股市出现泡沫，中国的股市如果不创造出一个特色来，那怎么叫做中国！全世界的股市到了连老大妈和清洁工都买股票的时候，人人都成为股神的时候，也就是崩盘的前一个晚上了。但是中国不同，中国的牛市可以继续，因为中国的股市里有一把神秘的钥匙，我知道在谁的手里——"

他的神秘在这个时候得到了显现，看来我们今天的谈话又要结束了。我这一次不打断他，看他怎么收场。

"达奇啊，我告诉你散户怎么在大牛市里挣钱吧！现在是叫做'用庄家的钱赌的时候'。如果你前一段挣钱了，把本钱收好，用挣的钱，轻仓紧跟趋势，回调的时候，补仓。突破前期高点，再补仓，快进快出，保护收益。我再送你一句话，再高的树也长不到天上去！但是你记住，一列高速前进的火车，你要它停下来，也需要一定的时间。"

他看了一看时间，又走了，这个神秘的男子，不知道他下次会谈什么？

股票投资是艺术也是哲学（七）

澳大利亚的夏天终于到了，日子变长了，鸟儿起得早，落日的余晖变得更加多彩多姿。夏天在澳大利亚比冬天有意思，你可以在街头看到各种各样喝咖啡的人，如果你去海滩的话，欣赏欣赏金发美女的体型，西方女人的体型真像西方的雕塑，非常美！这一点上，东方再美的美女也比不上，因为东方没有很好的体型雕塑。

今天的史蒂文神采飞扬，他一定又在哪里得到什么。一个人能够从失败和不愉快的心情中快速解脱出来，能够保持成功和快乐的心态比什么都好。

"我们继续你的印钞机的问题吧！"我说。

"我准备再花二三次的时间，结束中国股市的话题。因为，很快我想进入我要告诉你的印钞机。"他停了一会，接着他的中国股市的高论。

"中国股票的牛市还可以继续下去，至于说这个牛市会走多久，我只能为那些辛苦付出劳动的股民们祈祷！达奇，你要对股票感兴趣，你一辈子都不会寂寞，你知道吗？在大牛市里，挣钱的人没什么功夫，傻瓜都挣钱，这个时候亏钱的人功夫很大。除了金融之外，我对艺术和哲学感兴趣。再过几年，等我对物质上的享乐、对年轻女孩子不感兴趣了，我就回去研究艺术和哲学。现在还不行，现在金钱和美女对我的诱惑太大，我的修养还不够。"他又笑了。

"投资股票是艺术，也是哲学。前一段时间，我的很多中国的股票市场的朋友把巴菲特当时髦，挂在嘴边。我心里笑他们，中国目前的股市根本就出不了巴菲特，就像在海外，在澳洲吃不到好的中餐一样的道理。什么价值投资，什么风险教育，说透了，现在，以至于将来十年、二十年，中国的股票还是投机。但是，要注意，投机也要讲艺术和哲学，不要盲目地赌博。"

"我还是想听你关于股票是艺术也是哲学的观点。"我看了看他身边的那位女硕士说。

"我们慢慢来，我来告诉你投机的艺术和哲学。股票市场上，永远没有一套固定的、可以用一些公式计算出来的盈利方式。对于机构来说，他们可以用一些公式或手段来控制风险，他们比普通的散户有优势。市场是动态的，每一只个股也是动态的，消息是动的，股民的心理也是动的。所以，你必须有你自己的一套动态的盈利模式。就目前的情况来说，市场在横向、纵向二度空间没有问题。问题在第三度，股民的心理，就是逆向思维。第四度逆向再逆向。这个时候，你就要看政府的政策了。第五度，中国的股民现在要注意国际市场，还要看流动性和人民币升值的步伐。"

"我说艺术性地投机，就是说在上市公司的质地改善、政府的政策法规完善、在股民的素质得到提高之前，你不要太认真。你应该像张艺谋玩电影一样，张艺谋被很多人认为'艺术水平太低'，但是，他就是张艺谋，别人还是别人，只要中国观众会骂他，他就是艺术家，就这么简单。现在唯一的标准就是挣钱，在股市里，你就跟着大户进场，但是，你绝对不要贪，你要有自己的'艺术的眼光'！绝对不要等到他们出场的时候你在里面傻等。你应该像艺术家一样，自得其乐，挣到一定程度，自己出来，找下一只刚进场的股票，不停地换，找感觉，找新鲜的东西。有时候，你要找没有人注意的东西。这些东西可能就是明天的明星！标新立异，这就是艺术的灵魂。当然，你的这种'创作'，必须迎合市场，迎合观众，否则你就完蛋！"

"很有意思，就这么简单么？"我好奇地问。

"当然，光是艺术家还不够，你还要成为一个哲学家——资金管理。每个人都有自己的人生哲学，大部分人认为自己的哲学是对的，其实他们之所以是他们，是因为他们的哲学是几十年，甚至几百年前别人就证明是失败的哲学。他们自己不知道而已，股票挣钱的哲学就是你自己先想清楚亏多少，然后再说挣多少。不想亏钱的人永远都是穷光蛋。但是，只会亏钱的人就玩不下去。有两种情况，一种是随波逐流，大盘走，你跟着走，绝对不要怕；另一种是逆流而上，在大盘调整的时候操底！后面一种人需要勇气，是铁血性格的赌徒。这两种人都有机会成功，关键在时间！"

"时间怎么把握呢？"我说。

"哈哈，这就是哲学的秘密。我有一套计算时间的方法。如果掌握了这一套方法，你就知道什么时候该做什么事，正确的时间做正确的事情。现在大盘在涨，如果哪一天跌了，一天不算，三天你就要注意了。连续五天问题就出来了。八天的时候补仓，十三天再补仓。星期，月都一样。用1，3，5，8，13去算。"

"从哲学的角度去看一个人，你会很清楚大部分人天生就是穷人。因为，他们使用自己的劳动和时间去挣今天的钱。然后用今天的钱去打发明天的开销，或者节约今天的钱去对付明天。所以，他们永远追钱的屁股，永远是落后的。"

"达奇，我们的对话还要继续下去么？我在继续之前，告诉你我身边发生的几个故事。你会感到很好玩。我有两个朋友，这两个朋友喜欢赌博，一有机会就赌，从二十岁赌到五十岁，二十几年，我就没见过他们赢过一次。但是，他们有时讨女孩子喜欢，因为女孩子分不出深沉、成熟和天生的穷人的苦相有什么不同。我还有一个朋友，做股票做了十几年，从来就没有挣过钱，我唯一一次让他挣钱了，他不相信，他说是我运气比他好！你觉得好玩么？这就像现在的女孩子，她们每天都告诉自己男人是坏蛋，是坏蛋，最后是找的男人一个比一个坏，最后，下决心不理男人了，过了一段时间，最后试一试，肯定找到一个最坏的男人！"

天空飘着云彩，大地上每一个人都留下自己的脚印，时间在流淌……

与 90 后 的 对 话

最近在网上接触了几个90后的小网友（有男有女）。由于网络的虚幻，谁也不认识谁，交流起来随意，可以直来直去。就我关心和好奇的一些问题，我得到了非常直率的回答。摘录如下。我们共同分享。

问：你们关注中国的两会吗？

答：当然关注，最使我有些生气或有些愤怒的是有一位体育官员，说我们90后夺得温哥华冬奥会冠军的周洋姐姐，应该先感谢国家，不应该说先感谢父母，这真是没有水平，典型的假话、套话。我看过实况，当周洋姐姐被采访时激动地说："我要让我爸爸妈妈生活过得好些"的时候，我都感动得哭了！天天喊"以人为本"，周洋姐姐才是以人为本的榜样、是我们祖国的大英雄！

问：你是怎样理解代沟？

答：代沟是永远存在的，和我爷爷奶奶有，和我爸爸妈妈有，就是和80后也有；如果没有代沟，说明我们没有与时俱进，我们90后可以说更加弘扬个性、更加逆反，我爷爷奶奶、爸爸妈妈经常看不惯我，他们说什么，我都不去反对，也不争辩，你说你的、我做我的，哈哈！

问：你认为长辈哪些是对的？你认为你自己有哪些是不对的？

答：长辈经常认为他们以不逾越规矩为荣，我则认为以不逾越规矩为憾，也许这就是长辈和我们代沟的所在吧。

问：你用纸写过情书吗？

答：哈哈，千万别像我老爸一样老土，戴着眼镜用纸写情书。现在有互联网，方便快捷。

问：你谈过朋友或者谈过恋爱吗？

答：我在小学5年级就谈过了。过去谈朋友是先问别人有朋友没有，现在得问别人是不是同性恋？哈哈！晕死。

问：你对金钱怎么看？

答：钱从什么地方来，不用我管，老爸老妈都还年轻呢。这就是我们这一代的优势。谁为"钱"途操心，还不如把心思花在每天到哪家迪厅去HIGH上。

问：你怎么看待性？

答：性有什么了不起，陌生人见了面，不都要首先问你性什么吗？哈哈！如果确定不了到底爱谁，那就先恋爱，如果确定不了是否恋爱，那就先同居。爱与床是可以分开的。前提多了上床动机就不单纯了。

问：你对工作和男朋友怎么看？

答：工作难找，但男朋友不难找。靠工作养活不了人，就换个思维让男人养活。

问：你对责任怎么看？

答：责任是父母的事，作为新一代，我们的责任就是放弃责任，活出轻松。

问：你对是非对错怎么看？

答：世上本没有对与错，是因为说对与错的人多了，便有了对与错。

问：如果你以后结婚，会要孩子吗？

答：那太遥远了，结婚生子，注定自己是傻子。

问：你对历史怎么看？

答：历史无法后退，因为历史沿着的是单行道。连红灯都不能让它停住。

问：喜欢你的老师吗？

答：不喜欢老师的教条，他自己最喜欢做的事，偏偏对我们讲说不好，很虚伪。课本必须考过就丢，考过了还提起绝对是书呆子。这个时代爱傻子都可以，千万别爱书呆子。因为傻子可能是某方面的天才，但书呆子绝对是傻子。

问：你觉得你自己有理想吗？

答：理想可能是上个世纪最时髦的东西，父辈们为了理想历尽苦难，我看还是随想吧。

问：你每天的心情如何？

答：每天的心情，与明星的行踪和新闻有关，这绝对是我们90后活得更有品味的表现，在日常生活中，规规矩矩穿衣的人不可交。

这只是一部分对话，我没有去分析或谈我自己的观点，当然，这些对话不能代表所有的90后，但毕竟可以代表一部分。

我想这些90后的直言，很多有90后的父母是听不到的。啊！是代沟所致？还是社会所致？还是……？该由谁来回答呢？

情绪的钥匙在自己手中

"请把你的麻烦、痛苦、无奈、失落,放在一个破了洞的口袋里。"

这是婷的一个好友,知道她的情绪不好,发给她的一则短信。

婷的生活中遇到了好多好多的障碍。丈夫在澳洲无法发展,回国去当他的教授。两个人每到假期才能得到短暂的团聚。工作上更是矛盾重重。只有三个人的科研小组,有两人联合起来,天天挑婷的毛病。而只有16岁的女儿,竟然跟一个比她大十多岁的老师谈恋爱。而且竟肆无忌惮地留他的情人在家过夜。那疯狂的叫喊声,撕裂着当妈妈的心肺。

而婷正在经历着更年期的困扰。生活变得乏味,沉闷。工作热情尽失。空荡荡的房子,死气沉沉,心情抑郁极了。

这一天早晨。婷的内心在挣扎,在痛苦。

婷:我的情绪低潮在我工作上造成的影响是很可怕的。今天,我的生活,一定要恢复正常。一定要摆脱这极坏的心情!

可是这种暗淡的日子一直持续着。

婷:我的生活和心情已经濒临瘫痪。我知道,我应该找人帮助了。

我求帮助的对象是一个医生,他不是精神科的专家,但朋友告诉我,他的年龄比较大,外表看起来很粗,很壮,可是他的内心却隐藏着过人的智慧和他不平常的人生阅历。我痛苦的告诉他:"我觉得快不行了,你能够帮助我吗?"

医生:我怎么样帮助你哪?你在什么地方需要我的帮助?

婷:我真切地,毫无隐瞒地把我的生活情况、心理现状全盘托出。足足说了一个小时。

医生听了这个特殊患者的真情倾诉,他十指交叉抱在胸前。若有所思的看了我很久。然后,他突然问我。

医生:你小时候最快乐的时光是在哪里度过的?

婷:小时候?

医生:是。

婷:我是个渔民的女儿,当然在海边度过的。我喜欢那个地方。

医生没有马上回答。起身踱步到窗前,他看着窗外那郁郁葱葱的绿树,在凝思着。而婷也不敢马上打扰医生的思考,耐心地等待着。

医生:你能不能按着我的指示去做?

婷:当然。

医生:只要一天就行了!

婷:我想可以的。

医生:好吧,那你听我说。你要选择情绪极端不好的一天。

婷:我每天都不好。一天比一天更糟。

医生:你要一个人开车到一个僻静的海滩去,而且要在早上九点之前到达。

婷:我一定做到。

医生:你可以吃午饭,不可以看书,不可以吃零食,更不能听音乐。也不能跟任何人讲话。

婷:好。

医生:请你重复我这几个不可以,这是为了帮助你牢记这些。

婷:我可以吃午饭,不可以看书,不可以吃零食,更不能听音乐。也不能和任何人讲话。

医生：你有很好的记忆力。你是可以好起来的。

婷：谢谢。

医生：我开一个处方给你。你每隔三小时看一次。

婷：好，我一定遵守。

医生拿出了四张空白的处方签，在每个处方上面都写了几句话，然后把它们折起来，装进了小信封，并认真地封好，而且在上面编了号码：1234，然后很郑重地交给婷。

医生：这四张处方，你要严格按着上面的号码顺序，在上午九点十五分，中午十二点，下午三点，晚上6点的时候分别打开。这上边我已经把时间写清楚了，你不必再复述。他不由得笑了，我也觉得很好笑。

婷：医生，你不是在开玩笑吧？

医生：这是我开出的最有分量的处方。去执行吧。你会好起来的！

婷：谢谢。

医生：大自然还有春夏秋冬哪。你所有的情绪都可以转化。

第二天恰好是周六，婷被这四个神秘的处方激励着，很早就起来了。可是她心里想，要怎样去度过这空虚的一天？她还是想，心诚则灵。于是开车来到了海边。

她看着手表。在九点三十分的时候，她打开了第一个信封。上面只有三个字——仔细听！

此时，她心里想：这医生一定是疯了。他不准我听音乐。不许我和别人说话。那么，我要去细听什么哪？

婷坐在海边的礁石上。抬起头，闭上眼睛。仔细聆听。四周一片寂静，只有持续不断的浪涛声。还有海鸥低沉的鸣叫。还有头顶的天空中，传来隐约的直升飞机的声音。这些，都是她熟悉的声音。

她突然萌生一种冲动……她趴在海边的沙滩上，把头贴在一团海藻上。这个时候，她发现，那温和的潮水上来下去，节奏柔柔的声音。她闭上眼睛。有那么一刹那，她觉得整个世界都静止了。仿佛在等待什么。就在这静止的思绪中，她所有的愁思都停止了。心也平静了下来。

婷的情绪和思考在平静的聆听中感受着。她慢慢地走回自己的车上，静静地坐着，又仔细去听。

婷：当我又一次听到大海低沉的咆哮声，我忽然联想起狂风暴雨的情景，此时我忽然明白大海是多么的浩瀚，而自己是多么的渺小。顿时，我的心情轻松了起来。

到了中午，天空里的云已经被风扫得一干二净，海面上闪闪发光，蓝天、绿水，看起来真是叫人心旷神怡，时间正好到了中午十二点整，婷打开了第二个处方，上面写了四个字——努力回想。

婷：回想什么？当然是回想过去，可是，我所担心的是现在和未来，我为什么要回想过去呢？

我离开车子，沿着海滩慢慢地走，陷入沉思，这个时候，潮水渐渐地开始退了，我的回忆把我带到少年时光，和我的弟弟一起去海边钓鱼，我家门口的海湾如象牙一样的白净，夕阳的余晖染红了西方的天空，霞光万道，此时，我走在退潮的海水中，又有了和弟弟在海边追逐的感觉，我仿佛又看到弟弟钓到鱼时，拉起鱼竿在空中划出一道弧线，他那兴奋的胜利的呼喊声历历在目。

是啊，婷被这愉快的回忆所鼓舞，她兴奋地在水中慢跑起来。然后，她走回来，一下子躺倒在沙滩上仰望着蔚蓝的天空。

婷：我这时想起了我的丈夫，我们分居生活快两年了，那种寂寞、孤独、荒凉……

而且我的身边一直不乏仰慕和追求者，都被我拒绝。而我在难耐的夜晚，也不知道多少次怀疑我丈夫身边会有另一个女人。

是啊，记得我们恋爱的第一次约会，就是在这个海滩上，而且每当他回来，我们都要来这里怀旧，重温那热恋的日日夜夜。啊，是去年的八月中秋，我和我丈夫就躺在这海滩上。

我们几乎同时向对方发问：你有情人吗？——我们沈默了许久，最后是用拥抱和长吻回答了对方。

　　是啊，当双方一旦提起热恋的海滩，还是那么激动，还是那么神往。这说明，爱情和婚姻还没有走到尽头……快了，再努力一两年。把供房子和车的钱还完了，我们再也不分开了。

　　想到这里，一种温暖的感觉席卷而来。我终于明白，过去的美好并没有彻底遗忘，而就在这极其失落的生活中，还是有许许多多的叫人快乐的浪花会不断地冲向你。这要看你会不会捕捉它……

　　下午三点的时候。潮水已经完全退了，海浪的声音越来越轻微。婷怀着一种颇有收获的心情打开了第三个处方。当她看完这个处方后。她的脸上顿时凝重起来。这个处方上写的是——反省你的动机！

　　婷：读完这句话，我的第一个反映是自我防卫。我对自己说我的动机没有什么问题，我一生想做的就是要做一个成功的人。这有谁不会这样想呢？我希望得到更多人的认同。每个人不都是这么想吗。我希望有爱，有安全感，这些动机，有什么不对呢？

　　这个时候，我听到自己内心有一个小小的声音在说：也许这些动机还不够好，也许，就是这些动机造成了我情绪的低落和痛苦。

　　看得出来，这句"反省你的动机"，就像大海奔来的一个大浪，重重地打在婷的心上。

　　婷：这时，我情不自禁地抓起一把沙子，让他们从我手指缝中慢慢地流下去。是啊，过去，每当我工作进行很顺利时，事情总是自然而然地就成功了，不需要刻意去经营。最近，不管我做什么事情都要耗费很多心思，去跟别人竞争，而结果常常还是失败。为什么呢？因为我的得失心态越来越重，对工作的成果期待太高，工作本身的乐趣已经消失了，成为了纯粹的赚钱手段。那种付出的感觉，帮助别人的感觉和奉献的感觉越来越被自己是吃了大亏的感觉所淹没。所以，自己觉得失望，甚至愤怒。

　　她想到这里，觉得自己的胸腔在沸腾，她的脸色通红，大口喘着粗气。

婷：这个时候，我恍然大悟。如果一开始的动机是错误的，就不可能会有好的结果。不论从事什么工作，只要你觉得自己是在服务人群，你就会把工作做得很好。如果你满脑子想的尽是自己的得失。什么都斤斤计较，你一定觉得工作是一种沉重的负担。

婷静静的坐在那里。坐了很久，此时，落日的余晖染红了整个海面。

婷：我在海滩的这一天，就要接近尾声了。我不得不佩服这个医生和他精心开出的处方。他是给我开出一种心理治疗的流程：

第一个处方：仔细聆听。去看外面的世界。让大自然的声音抚慰我狂乱的心灵，让心灵和缓下来，暂时忘掉内心的困扰。

第二个处方：努力回想。当你回想往日的快乐，回想往日的深情时，你现在的困扰就会消失，不平衡的心态可以得到很好的调整。

第三个处方：反省你的动机。这是医生心灵处方的重点。

你觉得最困扰的地方在于你必须重新评估自己。先衡量自己的能力和良知，再修正自己的动机。必须要有纯洁开阔的心灵，才能更好地给自己做出正确的评估。

这个时候，西方的天空只剩下一抹残红，婷心态平和地打开第四个处方。上面写着十个字——把你的烦恼留在沙滩上。

此时的婷笑了，她张开手，让那张纸片随风吹进大海。

婷：我跪下来，在沙滩上。我写着：失落，孤独，无奈，痛苦，绝望。

然后，我轻松地向我停车的地方走去，头也不回。

起风了，浪来了，潮水把我写的失落，孤独，无奈，痛苦，绝望都无情地卷走了。

是啊，这医生的药方并不是灵丹妙药，也不是对每个人都有效。我们可以悟出一个道理，就是人类本身要学会对自己的心灵进行调整：

情绪的钥匙在自己手中……

在生活的海洋中拾贝

——演员手记摘抄

在海滩上——那些五颜六色、各种形状的贝壳,总是吸引着游人涉取。有些贝壳能珍藏许多年,每次拿出来欣赏,都会令人产生一种奇异的思绪。

我很喜欢在大自然的海滩上拾贝,但我更喜欢在生活之海中拾到的"贝壳"。它比那有形的贝壳,更令人深思,给人启迪。

每当我投入创作时,总要到我的"贝壳库"中去寻觅一翻,久而久之,这些在生活海洋中拾到的"贝壳",竟成了我不可缺少的"良师益友"了。下面摘抄的,就是最近一个月来,在姑苏城拾到的——

"阻力"与"反作用力"

工人文化宫的游泳池里,一个中学的游泳队在集训。他们年龄、身高、素质都基本相同,而成绩却不一样,我在池旁观察着——从入水、蹬水、划水、呼吸、转身,在他们的动作中,我悟到一个道理:那就是"阻力"与"反作用力"。

看！那个姑娘抬头呼吸时，只用脖子发力，迅速而敏捷。而另一个，却把整个肩都抬起来。

看！那个小伙子蹬水时，两只脚掌就像船桨的断面，几乎百分之百地对准水，而另一个就蹬得不那么实在。

速度快的，无疑是属于会减少阻力而又能增强反作用力者。

生活何尝不如此，一个民族，一个家庭，一件工作，一件事情，无不是关系到克服阻力，增强反作用力的。

那些在凯歌声中——把冠军奖杯高高举起的佼佼者，为了克服和减少阻力，为了把力量变成更大的反作用力——花费了多少心血，用尽了多少气力啊！

每当看到一篇打开禁区、突破一格、令人深思、令人猛省的好作品时——作家该冲破多少阻力，经过多少个不眠之夜的巧思啊。

"沉思"与"鬼脸"

你问我逛苏州园林最深刻的印象是什么？我的回答恐怕不会使你满足，因为我既不是画家，又不是诗人，园林的诗情画意，我是只能欣赏、意会，而写不出来，但我还是愿意把最深刻的印象告诉你。

逛拙政园时，我看到这样一出小喜剧——一个姑娘在垂柳下，手扶桥栏杆，对着水面沉思着。待摄影者对好焦点后，叫她"笑"时，她仍然沉思着；那位摄影者习惯的举起手："请笑一笑！"那姑娘实在忍不住了："我不想笑！"此时，我真不知怎样去描写那位摄影者的尊容。

在狮子林，一对恋人对着一只狮子做着鬼脸，自拍响之后，他俩相视而笑，笑的是那么甜美、幸福！而刚才他们拍照时的表情，又是那么俏皮、生动。

生活是丰富多彩的，人物性格也是多种多样的。

我喜欢笑，更不反对笑！我只是没想到，在我们的创作中应该把想象的天窗开得更大些，对人物挖掘更深些，把感情表现得更丰富和更细腻些。

"个人奋斗！"

梅雨连绵，不能拍摄，晚上便常去图书馆转转，我既喜欢看书报，也喜欢观察人。

一个戴眼镜的、很文静的小伙子，几乎每天晚上都去，这倒不是我特别留心他，而是我这个傻大黑粗的电影演员，每次去总会引起人们的注目和议论，而唯有他——好像什么事也没有发生，因此，他就成了我观察的对象了。

一天晚上，我悄悄地坐在他身边，看他正在阅读一本物理学书籍，汗水不停地从他额头流下，他时而看，时而记，时而思考。

"小伙子，请原谅！我很想和你谈谈。"我实在忍不住了。

他抬起头看看我："你是记者？"

"我不是记者，是演员。"他没有回答我，而是打量我。我开门见山地问他："是什么动力，促使你这样专心致志地学习？"

他笑了，很坦然和自信地告诉我："个人奋斗！"他很俏皮地和我说："我没有电影人物那种境界。"

他和往日一样，总是到闭馆时才离去，我看着他留在桌上的汗水，耳边回响着他的声音："个人奋斗"！

我在细雨中走着，雨水这样轻盈，我突然觉得，打在脸上的雨点，好像那小伙子的汗滴——那么真挚，那么亲切。

老语录

在过去的年代里,语录大流行,被称为"最高指示"。

我的工作经历,大部分时间是在别人的领导下,也就是说在执行领导的语录中进行工作。后来,自己也成了个领导,新官上任三把火,总得有些动作,承上启下,也起草了自己的语录,贴在自己的办公室里,我的下属看了,大加赞扬,也抄了去。

在那些个发号施令的日子里,这些自己写的语录还真地起了相当好的作用,在整理过去的资料时,发现了这尘封已久的东西:

如果自己没有在平时严格地约束自己而影响了自己和他人,就不能拿这种因为缺乏平日的约束而形成的日积月累的错误来怪罪别人。

如果自己做不到哪一样事情,就不能拿那样的事情来要求别人办到。

如果自己快乐的时候总是想到要有人来分享,那么痛苦的时候也会有人来分担。

如果自己高兴的时候可以原谅别人的一种过失,就不能在自己烦躁的时候拿这样的过失找人家的麻烦。

上司与下属之间的关系是可以有多种形式的,但如果做不到以身作则就不可能是好上司,如果做不到令行禁止也不能称为好下属。

工作的时候能记得一个词"诚惶诚恐",管理的时候能记得一个词

"以身作则",与人交往能记得一个词"胸襟坦荡",面对困难能记得一个词"坚持不懈",出现了诱惑就要想起"无欲则刚",出现了分歧就应该想起"顾全大局"。

管理者不要因为其对生意的所有权来发号施令,因为不是每个财主都很聪明。工作人员不能因为自己的一技之长妄自尊大,因为已经有人为你的技能付了工资。

做到敬业了吗?管理有没有越来越好,看看销售记录便一目了然。技能有没有创新和提高,问问自己和客户便全都知道。

既然大家都能看到别人的不足,为何不各自在自己身上发现毛病?你们每天生活和工作的这个小屋子就是你们每个人的一切,告诉自己好好做人,好好做事。

有没有暗地里问问自己:"要是我离开这里还能干什么?"答案已经吓了自己一跳。

而在这个屋子里做不到这一切的人,早晚会从这里灰头土脸地离去。

世界上唯一不能储存的东西,就是时间,现在我既不是领导者也不是被领导者,而是一个自由自在的"国际流浪汉",但这些语录却留了下来,重读过后,仍然很亲切,因为它伴随我走过一段叱咤风云和成功的路。

逝去的轨迹

好久好久不乘火车了，前天从南京回上海坐了几个小时的火车，激动得不得了。独自一个人跑到列车最后一节车厢，去观赏那飞逝的景物和铁轨……隆隆的车轮声，像一首乐曲，把我带入久远的回忆……

啊，我的初恋，那是在

电影《车轮滚滚》

哈尔滨去莫斯科的特快列车上，当暮色浸染天空的时候，我和她依偎在列车的尾部，我拉着手风琴，她哼唱着《莫斯科郊外的晚上》，世界似乎只有两个人，我们陶醉着，热吻着……

人们常说，初恋永远是失败的，可那种感觉将会伴随你一生……失去的恋人啊，你现在在哪里？当你乘火车时，你也会跑到车厢的最后一节，搜索那令人荡气回肠的热恋吗？

我还清楚地记得，当我们欣赏那晚霞过后，你柔情地对我说：

"如果我的心是一个相框，那么里面装的照片就是你。"

后来你被遣返回俄罗斯。

是的，我有很多很多你的照片，可是在文化大革命的烈火中，都被燃烧成灰烬啦，可是在我心中，永远装着你的照片。

历史不会被遗忘，但是会褪色，我们并不曾失去往事的记忆。我们失去的是激情！

啊，只要有机会，我永远愿意跑到列车最后一节，去看晚霞，去听轰鸣的车轮声，去看那飞逝的轨迹……

呼唤男子汉

——难忘的海明威

在现代的女孩中,我经常听到她们说,真正的男子汉越来越少啦,是啊,你在国内外的街头巷尾或娱乐场所去看看,那些纤细的,穿着近女性化的服装,头发也染成各种颜色的男孩到处都是。

他们既没有男性有力的肌肉,也没有那种刚强的意志,更缺乏男人的顽强进取心。

那么到哪里去寻找男子汉?什么样才是男子汉?这还真是个难以回答的问题,因为任何人去制定一个标准,都是难以叫人信服或者令人能接受的。还是从我自己的感受出发,去谈谈我的理解和看法吧。

我在想,当男人的骨子里缺少一点什么的时候,就自然会想到海明威。我清楚地记得,开始读海明威的时候,那份新奇和惊异,至今想来,仍令我心旌荡漾。从此,海明威进入了我的阅读视野,且常读常新。多年来，阅读的渴求始终挥之不去。

　　最先读的是《老人与海》，它如海明威自己所说，"是这一辈子所能写的最好的一部作品了"。书未及读完，主人公桑提亚哥的形象就镌刻在头脑里。这是一部描写人与大自然搏斗的小说。老人在海上拼斗了两天两夜，最后仅仅赢得了一具空空的鱼架。作品的寓意是象征性的，老人虽败犹荣。正如老人所说："人生来就不是为了被打败的，人能够被毁灭，但是不能够被打败"。

　　我一直将这句话看作是海明威的自白，看作是海明威硬汉精神的一种标志。多少年来，这似乎成了一句至理名言。

　　曾经读过几种版本的海明威传记，便知道，这是一个酷爱打猎、钓鱼的作家。他到过第一、第二次世界大战的战场。他的身上中过237片弹片。他的头上缝过57针。他曾在非洲两度飞机失事，严重的脑震荡使他的视力和健康每况愈下。

　　这就是海明威。他的经历，孕育出他那硬汉的性格。在他的小说中，反复出现了拳击、斗牛、狩猎、捕鱼、战争等题材。这些都是力量的象征。当然，还夹杂着暴力、性、孤独和死亡。

　　海明威让我知道，人的经历是何等的重要，这是无价的财富。谁都无法轻视自己的经历。

　　今天的男人，对于海明威的那种生活，自然是无缘也无法企及的。

　　所以，人们曾经发出"寻找男子汉"的呼唤。一种男性的强悍、坚韧的阳刚之气，已变得越来越稀有。人生的意义就在于一种精神，敢于承受痛苦，蔑视死亡。

　　我想，一个作家的成名，不在于他写了多少，而是他有什么独特的创造。海明威以其富有传奇色彩的一生，以其塑造的一系列硬汉形象，奠定了他在世界文学中的地位。而且，人们极易在文学大师的群像中辨别出他的声音。

　　无法否认，与海明威硬汉精神相吻合的是，他那具有鲜明个人特点的写作风格，那就是简洁利索。他放弃了无关的素材，技巧的花招，感情的泛滥，蹩脚的形容。

我仿佛看见他，提着一把锋利的板斧，砍掉了整座森林的冗言赘词，砍掉了一切花花绿绿的修饰。正如英国作家欧·贝茨所说："他以谁也不曾有过的勇气，把英语中附着于文学的乱毛剪了个干净"。据说，《永别了，武器》的结尾他重写了39次。《老人与海》他校改了两百多次，本来可以写成一千多页长，最终只剩下几十页的一个短中篇。假如仍是一千多页，那就不是海明威了。

我无法理喻的是，被海明威所摒弃的，却被时下我们的一些文人当宝贝似地捡回，乐此不疲地制造着成堆的文字垃圾。

海明威的魅力在于，他净化了当时的文风，掀起了一场"文学革命"。也因此，他被同时代及后来的许多作家奉为典范，并且吸引了世界上一代又一代读者的目光，其春风化雨般的影响，经久不衰。

我的书橱中，排列着有关海明威的书，其数量远远超过任何一个作家。《海明威文集》、《海明威短篇小说》、《海明威研究》、《海明威与海》等等。难怪有很多女孩和男孩跟我说：这位海叔叔的书可真多，他是不是讲海的故事呀？！

川人魏志远，一到上海即下海，可显著的收获却是翻译了海明威的长篇《获而一无所获》。书中写了硬汉哈里。这是海明威极富冒险精神的一次创作。译书出版了，魏志远将样书第一个送我，且在我最需要力量的时候。他知道我崇拜海明威，和他一样的崇拜。

近读介绍海明威生平的一份译稿，看他魁梧、结实、胡须丛生的照片，嘴角还漾出一丝微笑。看他的年表，心头倏然一颤：海明威生于1899年7月21日。我恍然感悟，海明威已经一百多岁了，如果他还活着的话。

哦，海明威是不朽的。

我想，很难再有像海明威这样的作家，他的经历与作品，让我一读再读。因为，海明威是一个无法穷尽的话题。

写到这里,我得感谢我的俄罗斯爷爷,是他给我经常讲海明威的故事,他说:"塑造男人,就叫他去多读海明威吧!"

男子汉不是生下来就造就的,应该是可以培养和雕塑的!

什么是男子汉,是各种优秀素质的综合,但最核心的,就是应该具备海明威的个性和灵魂。

朋友们,不论你是男还是女,来读读海明威吧!

从性饥渴到性饥饿

大洋广场上淫风荡雨，这是由一个女人的小口引起的，本记者早就注意到了这"腥风淫雨"快要到来了，前些天，《华厦周报》又把毫无新闻价值的施国英二八论拿出来，当成巨石，结果没有引起任何涟漪，接着《大洋广场》召开了一如作品研讨会，我一看，这是有备而来。想要炒作，就得有靶子，果然，海洛英首先开炮了，把老戴维和一如的情人关系揭发出来，使"战火"开始炽烈，既然是大洋广场，应该既有唱主角的，也应该有广场上众多的参观人加入，互动起来，这才叫精彩，笔者不怕辛苦，采访了很多旁观者，有些言论具有相当水平。（既不代表本记者的观点，更不代表本报的观点，如实记录如下）。

退休的老西医：一如利害，她已经超越了用身体写作的美女作家群，而是用一个半老徐娘的生殖器，直接向海洛英叫阵了，尽管她用一只并不怎么管用的笔，把她那个禾田还没有干涸的"小口"描写得如何如何的美，但不论怎么包装，小口就是小口，就像在手术台上，把周围都用白布蒙上，只剩下那个小口时：都是一样的，可能只有肤色不同而已，悲哀呀，一个文学的广场，竟变成淫男荡女的平台！

小约翰：我是大洋广场的老客人，在"老丑之吻"的炒作时，我曾写了一篇叫"性饥渴"的文章，看来我对老戴维的描写没有错，这家伙可能西餐吃得多，保养得好，几年后，由性饥渴上升到性饥饿了，上下一块吃。这次我不想再写文章了，赠一幅对联吧：淫男荡女呼风唤雨，"才子""佳人"故作文思。横批是：糟蹋文坛。

新郎：我结婚度蜜月刚回来，看到这几期的文章，评价只有八个字：无聊文人，无病呻吟。

新娘：都说三十如狼、四十如虎，一如和老戴维可能是40~50这个年龄段的吧，祝他们性福。

婚介所主管：广场吗，就应该是五花八门，百花齐放，饭后茶余，看看热闹，老戴维和一如，为性爱写了好多语言，互相挑逗、刺激、并上升到"文学"的高度。可我不解的是，如果他们两个人在做爱的时候，口中念念有词说他们文章里的语言，会达到高潮吗？啊，对了，他们再想幽会找不到地方时，我们婚介所为了支持他们写出更多、更好、更生动的性爱文章，免费为他们提供床位，免得他们再遭受野外那蚊子和苍蝇之扰。可拨打我的电话：000888，我叫中介。

男大学生：最可怜的是那位文坛老将陆扬烈老先生，不明事理，写了长篇文章赞扬一如，批判海洛英，如果你现在知道一如和老戴维是情人关系，那些你认为美妙之处的描写也只不过是二人谈情说爱的一种文字沟通和抒怀而已，你会如何想呢？也许像你这样的老者，看到这对猛男浪女的疯狂，你也会情不自禁地把你的手放在你的裆下，哈哈……

女大学生：过去成名靠努力，现在成名靠传媒，老戴维已经有名，或者说成名，为自己的情妇炒一炒，无可非议，关键是一如要有水平，或者是提高水平，报纸炒作，只能给她一个机会，一个新的起跑点，能不能跑出成绩，就看你的实力了。成名者有两种，一是好的名气，二是坏的名气，好的名气可以流芳百世，坏的名气当然是遗臭万年。你的年龄还够用，希望你有好的作品出现，把自己的心态从情人移到人类，把自己的情思从江河连到海洋，这也是一个女性对你的一点同情心和期待吧。

性工作者：我是女性，所以自报家门，因为在澳洲也有男的性工作者，我也喜欢文学，我也在写东西（只不过还没有发表），我看过一如的东西，她还是只停留在一个小女人的狭小天地，只不过有些悟性罢了。我也是个挣扎过的人，一如说是文学挽留了她（没有当妓女），谁知道哪！也许她是羞于出口吧，我不隐晦自己，我不以为当妓女可耻，这也是三百六十行嘛。我有两个灵魂，一个是真正的自我，一个是虚伪的自我，是的，我也在写作，我的钱是用血汗挣来的，而我的素材是用牺牲我的灵魂索取的。大约有30多万字了吧，我现在不想发表，因为我还年轻（还不到30岁），一如说她设计了自己的死：到八十岁时，还因为情敌的决斗，从背后被一把利剑刺死。我没有一如这种勇气，但我有我自己的理性，我的理性告诉我，在我的两个灵魂之间，有着一个广阔的天地，可以说从地球到宇宙，我卖淫快五个年头了，我接触过来自五大洲的各种人物，政客、议员、律师、医生、官员、运动员、留学生，形形色色的人、形形色色的心态，有的像流星一样，一闪而逝，有的已经成为我的好友，或者是知心者，多年来，有许多心和心的碰撞，我的情感升华了，世界在我的心中缩小，当我们彼此敞开心扉后，就是人与人的情感和灵魂的展现，这已经远远超过了性的饥渴或饥饿，我在感受着各种现代人的脉动，这就是我正在写的东西，也许是一部当代妓女回忆录，也许，啊，也许会出现一部史诗……我从不因为自己是个妓女而鄙视自己，我也是个人，是个堂堂正正的女人，当妓女是我目前的一个选择，一个定位。最后，我要奉劝一如和老戴维，你们一定要备好避孕套。因为你们都存在交叉感染的可能性，要爱护自己啊！

嫖客：这是个很不好听的词，更是一个男人从来不愿意承认的，刚才我的性伴侣，谈得很好，我觉得她比一如有水平，一如和老戴维的文章，只不过是一对野合的男女，玩些文字游戏，谈不到水平，更上升不到文学。我是个嫖客，我当然是性饥渴，可我现在很怪，我和这位美丽的性工作者，好了有三年多了，我们有时不全是性关系，我们去世界旅游过，探讨过很多事件：比如美伊战争、中日、中美、海峡两岸等关系；我们分析过阿拉法特、沙龙、探讨过毛泽东、蒋介石，也研究过霍华德为何能执政这么多年而不败，啊，很有意思，她是妓女，我是嫖客，我们远远超越了这种关系，现在也可以说是情人，或者知己，因为我有妻子。

女读者：在广场上我熟悉很多作家（老戴维虽然没见过，但读过他很多好的文章），我能理解，当一个作家和自己的情人热恋时，会激发出巨大的激情，所以才产生一如和老戴维在文章里互相倾诉和描写的场景，不管文笔多美，也只不过是那么一点点个人的情怀罢了。当我看到陆扬烈老先生也出来吹捧一如时，我觉得他也有些性饥渴了。我真是由衷希望大洋广场上能出现深刻、隽永、幽默、华丽、抒情的女性文章。

男读者：我喜欢过老戴维，我曾经把他比作话剧《茶馆》的作者老舍。最近看到他在澳华笔会和其他报刊上的一些文章，特别是吹捧这个一如的文章，叫我大失所望，老戴维，你如果再这样走下去，就不是老舍了，而只不过是茶馆中经常出现的一个普通茶客而已！悲哉！

教授：这就是我们墨尔本华文报纸的现状，淫男荡女大出风头，当然，报纸老板看到发行量可能上升，看到那些认真笔耕的作者，还有那些开心、欢快、觉得好笑好玩的傻读者，他会在咖啡厅，欣赏着轻柔的音乐，心中暗暗欢笑：这个筹划不错，成功了……心里又计划着下一个行动。

浪涛：我访谈了近三十个人，现在写了一部分，确实还有更精彩的，留到下一期吧。

我要告诉一如，等你八十岁时，如挑起情感或性的决斗，有一方可能就是我浪涛。

老友重逢话当年

很久很久以前，经常写日记，也经常写些读书札记，当然，每次创作也会写些手记之类，可在那十年浩劫的岁月里，这些不成文稿的东西，竟然成了罪证。打那以后，下定决心再也不写日记了。忘掉了的东西，应该说大都是一些没有价值的，而能在记忆中保存下来，又经久不忘的，虽然不都有价值，但起码都是很精彩的。有时，这些精彩的东西会突然涌现。

墨尔本已是冬季，而北京是春天。晚上应老友之约，到他家小酌。我们俩是同年生，他老伴已去世，只有一个儿子，又在大学里住校，他只身一人在家，难耐寂寞。凡是好友来京，他都会请到家里畅谈一番。如果他得知你路过他家门而不通知他，就会给你写一封既生气又愤怒、既友好又讽刺，既怀念又无限感慨的 E - Mail。

我们哥俩虽说不常见，但每年总有机会聚上一两次。我到他家时，饭桌上的菜已摆好，很丰富。见景生情，突然想起我这位老友在三年自然灾害期间，因为工作积极，被评选为先进时，每月奖励他三斤粮票的事。我问他还记得吗，他一边给我斟酒，一边笑着说："今非昔比，陈年往事啦！"我越想越乐，把他弄得有些不知所措，用好奇的眼光看着我。"你知道我为什么要笑吗？"我乐不可支地问他。他摇摇头："我不认为这有什么好笑！"那时候，每月增加三斤的粮票定量，是件了不起的奖励。我要笑的不是奖励本身，而是我这位老友在获奖时的表现。这时，老友举起杯："算了，让那三斤粮票见鬼去吧。来，为我们的健康，为多活些年干杯！"两个好友一饮而尽。我还是揪住三斤粮票的话题不放："你还记得当年宣布得奖名单，喊到你名字时，你是如何表现的吗？"说到这儿，他也笑了："算了，算了，喝酒！"我站起来，给他表演他当时的精彩片段。

那时会场很安静，共有一百多人，只有六个人获此殊荣。当领导念到我这位好友的名字时，只见他激动地站起来，脸涨得很红，右手垂在腰下，五个手指紧紧地握成拳头，从底下突然举起，举得很高，大声喊到："毛主席万岁！"说也怪，就像是排练似的，先是那得奖的人，然后是与会的人，都一起跟着三呼"毛主席万岁，万岁，万万岁！"

我站在老友对面，用电影里慢镜头的速度，给他表演当初这种情景。

像决口的堤坝，他终于控制不住自己，哈哈大笑起来。我更是无法自控，两人越笑越厉害，可以说到了狂笑的地步，前仰后合，眼泪都出来了，真是无比的痛快，无比的开心，如果毛主席在天有灵，得知为了三斤粮票高呼万岁，万万岁，不知他老人家如何感想？遗憾的是他没有活到万岁！

慢慢地安静下来，又陷入了一种近乎沉重的忧思。静静地品着酒，这次是轮到他说我了："你还记得我半夜送你去急诊的事吗？"我马上说："你是哪壶不开提哪壶。"

我不但记得，而且当我的小孩狼吞虎咽吃饭时，我总要给他讲述这段因贪吃而住院的故事。那是在我老友得三斤粮票大奖后的第二天，我们文工团排练的话剧《三千里江山》，将在人民大会堂演出，演出时有一顿招待饭。当时人民大会堂有个宴会，所谓招待，就是把宴会吃剩下的饭菜再重新热一下，给我们参加演出的人员"啜"一顿。在那困难时期，这是很难得的机会。别看吃这么一顿，当时还只有主要演员才有份，也算是一种地位的象征。

下午六时许，我们像一群"饿狼"似的，冲进了宴会厅。听不见任何语言，只有每个人的咀嚼声。我平时吃饭的速度就是快，这种场合对我更有利。我是边吃边用眼睛扫荡。拿着一只大盘子，也顾不上任何羞耻，先把大鱼大肉放在自己的盘中。我以为就我自己这么"聪明"呢！我团的女同胞有好几位比我捷足先登。我用嘲讽的眼光看着一个女演员，她以一种胜利的姿态说："这样做，就是治你这种人的！"我笑着回她一句："真是天外有天"，顾不上跟她开玩笑，还是以吃为本。偌大的宴会厅，只有吃的声音。当时来不及看表，好像没多久桌子上已是光光的了。准确地说，是盘子里光光的，更不用说"打包"了。我记不清吃了多少，如果形容一下，可以和北京的填鸭媲美。

演出时，觉得底气十足，台词铿锵有力。可好景不长，到最后一幕，就开始恶心，自知不妙，心想，就是死，也不能在台上出丑，总算坚持到大幕降下。

还没等卸妆，我就赶到洗手间，真是上吐下泻，一发不可收拾。

后来，就是我这位好友，把身穿志愿军戏装的我，送去急诊，并陪我在医院度过了一个不眠之夜。

以前在团友相聚时也经常谈论这些往事，大家都狂笑一番，我们俩都笑不出来，只是无限感慨地碰杯！

话题越来越多，古今中外，想到哪儿说到哪儿，真痛快！又说到一些同事、好友都陆陆续续到另外一个"世界"去了。他还特意拿出几张新近收到的讣告函给我看，我说我也不断收到，他突然眼睛一亮，从身后的柜子中拿出一包未启封的香烟："怎么样，今天破个例吧？"我拿过来一看，在玻璃包装的夹层中，还有我写的字条，上面的字句是："真正的男子汉，不做香烟的奴隶！"而签名是我们两人。我一下子想到了去年，他老伴刚去世，他的烟抽得很凶。也是在他家小酌时拿出的这包烟。我规劝他，而且写下了这句话，两人都签了名。想不到他保管得这么好，我真是肃然起敬。看他红红的脸庞，再看他那有血色的嘴唇，我拿起葡萄酒瓶，把两个杯都斟满。两个人高高地举起酒杯，不约而同地说出："真正的男子汉，不做香烟的奴隶！"

我们用一首俄罗斯古老民歌旋律，哼唱着这两句话：

"真正的男子汉，不做香烟的奴隶！"

唱着唱着，不知怎么又转到这首民歌的另一句歌词：

"过去的事情就叫它过去，我们并不惋惜。"

夜深了，人静了。

我问他此时此刻在想着什么？

他也问我此时此刻在想着什么？

我们提议将各自的想法写在纸上，并将其封存，下次见面时再启封。

像两个老小孩，像在考试场上，写得那么认真。他拿出一个信封，把叠好的两张纸装进去，用胶水封好，并互相签上名字和日期：2006年5月28日。

分手了，又各自在人海中去奔忙，去操劳。等待着，期盼着那令人激动的启封之日早些到来！

好心情是最好的补药

心理学家告诉我们，人的心情是起伏波动、时好时坏的。有时如高涨的潮头，有时如跌落的低谷；有时高涨亢奋，有时低落消沉。加上外界的干扰和影响，要能一直保持好的心态实属不易。

然而，笔者还是要提醒大家每天都应有个好心情。好心情便是阳光心情，它能让人面带微笑，精神抖擞地迎接每一天。人生苦短，草木一秋，短短几十年，活着就该多些快乐和幸福，少些痛苦和忧伤。当代著名女作家毕淑敏有篇文章叫《提醒幸福》，它提醒人们要注意幸福、抓住幸福、享受幸福，不要让幸福擦肩而过。笔者认为好心情也同样需要提醒。每天早上起来，当你准备上班或做事前，就在心中默默地提醒自己，我今天要有个好心情，快快乐乐度过这一天。有了好心情才能有好的心态，在工作中与人为善，宽容冷静，不刻薄待人；回到家里，夫唱妻和，携手处理家务，不互相抱怨；对孩子和蔼可亲，以鼓励为主，不压制、不棒喝；对他人的误解一笑而过，让自己的不快随风而逝，不以自己的坏情绪去影响别人。

当遇到挫折和不幸时，那就到大自然中去走走吧，蓝天白云、青山绿水定能化解你心中的块垒，重新点燃你生活的热情；或者回到家里，双亲的嘘寒问暖，朋友的知心话语，让你懂得友情和关爱的珍贵，懂得你的生命维系着许多人，你的快乐便是他们的快乐，你只有快乐地活着，才对得起他们。

每天有个好心情，并不是掩耳盗铃，在虚幻中自慰，回避现实的严峻。我们抹不去社会上阴暗的东西，自己也会有许多不顺心的事，甚至会遇到灾难、病魔的侵袭。但只要心胸开阔，依然保持着乐观、自信，保存着对生命、生活的热情，心就能像筛检程序一样，滤出痛苦、烦恼的渣滓，流下甜美芬芳的液汁。

我欣赏"与其诅咒黑暗，不如点亮一支蜡烛"，心中要有一盏引领自己前行的明灯；我坚信"乌云是遮不住太阳的"，痛苦和忧伤都只是暂时的，失去的欢乐和幸福又会重来；我崇尚"我还有半杯水"的乐观精神，永远微笑着坦然地面对一切。

每天都有一个好心情，你才会生活充实，觉得每天都是崭新的，每天有每一天的乐趣和魅力。人也才活得自在轻松，心永远是年轻、充满朝气的，啊！好心情是最好的补药。

祝愿大家每天都有一个好心情。

渴望爱

想想炊烟在绿色山谷中缓缓上升的迷人景象吧,这正是我们在爱情的情思缥渺中渴望的形象。在爱的特殊氛围中,一种全新的只有你与我才体会得到并共用的感情像炊烟般升起来,使我们思绪激荡,泪眼朦胧,灵魂陶醉……那就是人人渴望爱情的意象呵。

太刻意的生活使人疲累,太平庸的日子使人麻木,这使人一生都需要爱这种意象,因为这种意象与自由和幻想同在。在这种意象的氛围中,我们就不会太执著于我们的社会角色和现实纷争,就可能在某些时刻超越身边的琐屑麻木,回到小溪边葱茏的丛林中,让那些似乎已逝的青春朦胧情怀慢慢地围拢过来……生活中所有的沉重和失意悄悄地消失,消失得无影无踪。

费尔巴哈写道:对于恋爱物件来说,最大的幸福就在于爱情以自身的存在而使他(她)感到快乐,就在于爱情能够让人直观它。爱情怀着要面对面地看到无形的恩赐者这一热切愿望……只消瞥一眼心爱的人,我们就会心醉。目光是爱情的保证……

爱是一种意象,在情爱体验时会产生许多生动的感奋的联想。爱情世界是在激动的情人们之间产生的半是现实半是幻想的令人陶醉的意象世界。

爱是一种意象，可以找到充足的心理学证明。正如美国性心理学家莱克（T. Reik）在《一位性心理学家看爱情》一书中所说：爱情是一种幻想；为了追求人的完美性，它还是一种必不可少的幻想。从人的最深层的心理动机上可以找到爱情的形而上根源。爱情与性爱是密不可分的；但又是必须分清的。与性爱交织在一起的爱情是爱情的经验层次、生活层次、感性层次，是一切爱情的基础。而超越了性爱、升华了性爱的爱情是爱情的精神层次、理想层次、意志层次。经验层次的爱情终不能满足人形而上的冲动。生命有限，青春易逝，欲望很容易麻木。真正悠长的、绵绵不绝的、永远令人神往、心跳、抹去一切俗尘污染的爱情，是理想层次的爱情，是幻想中、梦中、艺术作品中的爱情。每一个处于现实爱情生活中的人，都既是清醒的，又总是在幻想中的。对于那些执意追求完美的人来说，就更是经常处于幻想的意象氛围中——其中一些人用梦来幻想，另一些人则用诗、音乐与小说来幻想。

从本源的意义上说，爱情拥有的缠绵、焦渴、惆怅和沉醉，都具有强烈的自感觉和梦境意义。我们可以把爱情当作一首诗来读，一首乐曲来听，却难以构成一个坚固的现实图像。正因为她是意象，所以就必然因人而异，且必然为涉及爱的双方所歧异。人们生存的现实与心灵深处的期盼之间，有很长很长的距离。书中读到的世界和梦中的爱情，尽管精美绝伦，荡气回肠，却只能凭自己的幻想来证实，这种伤感何堪言说！灵犀相通、心心相印、红颜知己、如影随形、如梦似幻，恐怕可遇可求于一时，却难以始终（这当然不是从表面或仅从形式上说的）。

爱这种意象，毕生的努力也许只能换成一种枉然的寻觅或昙花一现。因此，拥有爱，即拥有这种意象的时候，是人最富有的时候。

爱是一件极奢侈的事，因此没有人能达到随意挥霍的程度。

当人拥有爱的意象的时候，他就拥有了人间至宝，那是他进入人生最高境界的时候——除此之外，那就是平淡无奇，庸凡琐碎，鸡毛蒜皮，心存疑虑，心猿意马，磨拳擦掌，哭哭啼啼，甚至似乎变成人间的炼狱。当然，这是就他的个人生活与私人领域而言的，非指他与社会、事业的关系而论。

情人们感觉自己飘飘欲仙，一点不错。那是心理和生理在共同营造爱情意象的仙境。一个人遇到心上人时，血液中陡然增加种种特殊的物质，如苯乙胺、多巴宁、新肾上线素和 PEA，于是全心身都如晕眩般地振奋起来，世界便都是向他微笑的美丽意象了。

处于爱情中的人是喜欢做梦的人，没有任何一件事像恋爱中的人那般执著地沉浸在一种诗意的状态中不可自拔。人生的困境、人性的失常、现实的残忍，即使这些东西真地存在，也都被恋人们的诗意融化消解了。

现实中的普通人，在恋爱状态中都是精神上的诗人。他为自己在爱中的那份幻想与诗意折服，为恋爱对象的诗意的光茫折服。他们诗意的幻象连绵不绝，简直是一部充满了曲折叙述的作品，而其中种种在旁人看来十分琐屑平常的细节，在他们却光彩夺目，哪怕是爱情中的那份歧意与暧昧，也不过是通向他们憧憬的精神家园的片片诗意的象征性工具。因此，这个世界上只要有爱，就永远会有诗意存在。前一代诗人苍白了，后一代诗人会应运而生。毋庸置疑，每一个人都会拼命去追寻自己的爱情梦想，每一个人都会在自己陷入爱的漩窝、爱的意象时充当一次热狂的诗人。

当然爱情是个谜局，很多人终其身也没追上，追上的未尝看清，未尝细品，却幻象已失，烟消云散，好一片大地白茫茫。但人类失去幻想，爱情便不可想象。爱的意象是人类不可或缺的恒常需要。

没有哪种爱情故事是我们没有听过的，没有哪种爱情的经过与结局是我们未曾料到的。但任何当事者，都不可能没有经过幻想、做梦与诗意阶段的。想想自己吧，你不得不承认，是的，我们就是这样过来的，我们没有忘记，爱是忘记不了的：因为人人渴望爱！

享受暧昧

人的一生，所有的付出都是为了享受，政治家的付出：是为了享受自己设定目标的开花结果。商人的付出：是为了享受丰厚的利润。女性的精心打扮：除着为了完善自我外，是想赢得更多人的青睐。男人的献殷勤，是为了获得女人的好感和芳心。并不是所有的付出，都会得到预期的效果，甚至相反，得到很多的反效果：烦恼，痛苦，无奈接踵而来，造成心态的极大不平衡。但人追求享受的欲望，从来不会因为遭受挫折而熄灭，为了享受，真是继往开来，不折不挠。

电视连续剧《绝情》

看，享受美食，享受天伦之乐，享受音乐，享受旅游，享受爱情，享受美酒加咖啡，享受大自然，享受孤独和寂寞等等。太多的享受，吸引着人们去奋斗去竞争。

随着年龄的增长，身后的影子越来越长，

回顾自己的种种享受中，最能令自己难忘的享受是什么？不是爱情，不是美食，也不是天伦之乐，更不是自己塑造的各种角色，当然也不是鲜花和掌声，我愿意悄悄地告诉你：是暧昧！

哈哈，暧昧是什么？

暧昧是，你会不时去她的 BLOG 看看有没有更新；而且你会留意字里行间，她对你有没有什么暗示。暧昧是，有感觉，然而，这种感觉不足以叫你们切切实实地发展一段正式的关系。暧昧是，明白人生有太多的无奈，现实有太多的限制。你知道没有可能，但又舍不得放手。暧昧是，有进一步的冲动，却没有进一步的勇气。暧昧是，她不是你的情人，但似乎她比你的情人更关心你和了解你。暧昧是，你会买一条围巾给她，但大家从没有开始过。暧昧是，虽然她不是你的情人，但她却会对你说：你对我是十分重要。暧昧是，你感冒时有一个会在晚上打电话来，特意提醒你服药，叫你盖好被子早点睡的普通的她。暧昧是，当你遇到问题解决不了的时候，你找不到你的男（女）朋友，你第一个便会想起他（她）。暧昧是，每当她提及她的另一半时，你会万箭穿心。暧昧是，为了逃避背叛的罪恶感。暧昧是，甜津津又同时酸溜溜的那种独特的感觉，往往从未开始，就已叫人不安，患得患失。暧昧是，别人以为你们在搞地下情时，你会沾沾自喜。暧昧是，别人问你们是否恋爱中，你张口结舌。暧昧是，常常挣扎表不表白，你怕表白之后，你既得不到一个情人，却又失去了一个知心好友甚至你的家庭。暧昧是，你会经常在性幻想中见到她，你会心跳。见不到她时，你会挂念她。暧昧是，两个人都会互相猜想。是不是已经暗示了什么？我是不是自作多情？暧昧是，每天大家都会聊 QQ 或 MSN，会互传手机短信，无规律地偶然约会。暧昧是，除了情人节之外，其他的节日，大家都交换礼物。暧昧是，你很想多走一步，但又会怕吓了她。你会很小心流露自己的感情。暧昧是，两个人没有承诺过什么。但虽然如此，你愿意付出的，比有承诺的情侣更多。没有责任，但你却很渴望去承担，不问回报。暧昧是一扇门，你可以停留在门外，也可以踏进房子里面，然后你不可以停留在门下面。门——永不是终点站。

　　暧昧是无孔不入的，在你热恋时，在你的办公室里，在你的婚姻还处在温暖期时，在一个聚会中的一种挑逗的眼神里，在长途的飞行中，你身边的一个异性的独特吸引：两个人的胳膊在触动的细微感觉里。

　　暧昧是火辣辣的，在你空虚的时候，你内心深处有了寄托和安慰。在你不顺的时候，你会有个备用的港湾和码头。和妻子吵架时，你有了一个倾诉的和宣泄的对象。在你灰心丧气时，她会把你激活。在你和妻子已经厌倦没有激情时，她会把你重新点燃！

　　暧昧，经常让你的情感在自拔中燃烧，这种温柔的折磨，会使你活蹦乱跳地活着。人的一生中，如果没有了暧昧，才是真正的孤独和寂寞。不要怕暧昧，更要学会去制造暧昧。朋友，你有过暧昧吗？你享受过暧昧吗？

夜

　　夜，我记着答应你走进梦乡。天亮了，我仍记得答应你走出梦境。只是我不小心迷了眼，泪水又流了出来。别生气好吗？我记得你要我学会坚强。知道吗？我一直记得，只是想你的时候总有一份思念萦绕，那四季的更迭，总会把一份浓浓的牵挂凝结于心海。也许今生我永远也走不出有你的相思之海。但我会记得学会坚强。

　　寂寞如风，思念如雨。无论黎明、黄昏，你总是行走于我的心田。你的言行牵引着我的思绪在地图上找来找去。多少个黎明我把朝阳裁成思念的树，企盼着开出美丽的花，再由风把一份馨香捎给远方的你。然而什么也无法代替心底那种难言情愫，感受着风从指间过，仰望着云在天上走，我的心只能在想你的世界里流浪。

　　心之旋转总会让昨日的情景重现，时光却无法漂洗出那些欢乐的影像。很想把相逢裱成一道风景，藉以装饰我孤独的心境，然而打开岁月的影集，那束随风摇动的百合却成了我今生快乐的绝版。曾经的彩虹，镶嵌在雨后的天空，只是我再也无法扬起笑脸去描绘彩虹的绚丽。窗前那串你送的紫风铃又在叮咚作响，我知道，这响声告诉我：与你相识真得只能成为我人生旅途中一首难忘的歌。

　　从来没问过你会在哪一处风景驻足，也从来不知道你会在哪一方水域靠岸，只要你依然在前行，那我的祝福就会绕你旋转！没有了你，我关闭了所有通向我的窗口，让心灵更加纯净静谧。从此我的世界不会再有诱人的色彩，我把所有的快乐和幸福都追随着你和我那曾经的梦留在夜的深处，没有人知道。平淡的日子里，我静静地过着那仰首是春、低头是秋、月圆是画、月缺是诗的生活。

　　人生真的是聚少散多吗？未来那些漫长的日子，我只能在等待和回忆中渡过吗？有一首歌自耳畔响起，《一生爱你千百回》，不知道你是不是听过。无法诉说的心事，在心灵积淀凝成两个字：守望。无论多久，都有心香一瓣开在眼前。不问重逢是何期，不论相见永难言，一切皆因守望留一份美好给未来。

　　半开的花蕾绽放着笑容，那是春的序曲。在这春风得意、春潮滚滚的季节里，我的心事谁能读懂。我一次次把你的笑语托在掌心，你的声音成为我追忆的波涛，你的眼睛璀璨了我孤寂的心情。当牵挂已成为我生命里的经典时，我把祝福和问候捧读在暮鼓晨钟里，只要你依然前行。

　　等你也这样打开心窗，静静与我对话。盼你也这样伸出手与我相牵。那样也许就永远没有风凄雨迷。斟一杯思念的酒，只想大醉；沏一壶温馨的茶，只想落泪；燃起一支流泪的烛，只想轻轻的告诉你：想你！吻你。

如果……

好多年前，经常在心中幻想着一种很独特的恋情，在整理过去的笔记时，觉得很好玩，那种对爱的期盼，对爱的默许，尽管是想象出来的，可我现在多想有机会去实现这种内心深处的遐想：

如果我爱你，正巧你也爱我……生病的时候，我会去照顾你，陪着你到好；你骑车的时候，我会要你小心一点，还要你打个电话跟我说；你忘了吃晚餐的时候，我会装作很生气，然后说："你这样会让我担心耶！"你头发乱了的时候，我会笑笑地替你拨一拨，然后，手还留恋在你发上多呆几秒；你想哭，我会陪你掉眼泪，尽管前一刻我的心情其实是雀跃的；你要笑，我会陪你笑出声，不管我上一秒其实是沮丧的；我在空闲的时候，会念念你的名字，想想你的声音；我在逛街的时候，会想到"啊，你正好缺了这个"；我在发现了好东西的时候，一定马上想到"一定要你来看看"；我失眠之后，听到你也失了眠，会在心里偷偷地不舍；我在熬夜的时候，接到你只为了说声："不要太累，早点睡了"的电话会甜甜地笑着，而且乖乖地去睡。我在想着你的时候，知道你也在想着我……如果我爱你，而不巧你不爱我……那你生病的时候，我只会打通电话安慰你，不敢奢求待在你身边；你骑车的时候，我只会暗暗地在心中希望你安全；你忘了吃晚餐的时候，我只会笑笑地说："为什么不吃啊"；你头发乱了的时候，我只能轻轻地告诉你"头发乱了喔"；你想哭，我只能在旁边无奈地轻轻叹气着；你要笑，我只能微微地对你笑着；我在空闲的时候，还会念念你的名字，想想你的声音；我在逛街的时候，会想到"是谁帮你买了这个呢"；我在发现了好东西的时候，会无奈地想着"会是谁告诉你这个好消息呢"；我失眠之后，会躲着不让你看见我的黑眼圈；我在熬夜的时候，不敢期待会有电话声响起来；我在想着你的时候，会想到，这时候的你是想着谁呢？

从不知风往哪个方向吹，从不知蓝天何时出现，只愿云与海之间，肩让你靠，共笑说家常，一辈子恋爱。爱你，却要无欲无求，好难！爱你，却要偷偷摸摸，好累！爱你，却让自己心碎，好惨！但竟然心甘情愿，好傻！！！爱一个人就是在拨通电话时，忽然不知道说什么好，原来只是想听听那熟悉的声音，原来真正想拨通的只是自己心底的一根弦，爱是缘分，爱是感动，爱是习惯，爱是宽容，爱是牺牲，爱是体谅，爱是一辈子的承诺。

曾经沧海难为水

很久没有为自己的心情倾诉一些什么，也许是太多的无聊勾起了我曾经伤感的心绪，总在这样平静的日子，心中的伤楚像潮水般向我压来。

难道伤心的往事真地无法从心头抹去？难道脆弱的心真地无法坚强？总以为把自己伪装成一个快乐的男子便真的不再忧伤，总是觉得也许一个人孤独地走在街头心情真会放宽，只是黑夜再次向我淹没。当孤独再次向我袭来，当伤心的往事一幕幕展现眼前，为什么我无法接受？是伪装让我变得脆弱亦或是往事的记忆已成为心中最重要的一个伤痕？只在起飞的日子渭然伤感，只是在飘起笛声的季节黯然伤神，也许往事已伤透我的心，也许现实打碎了我的梦。只是不懂，这样的季节为何这样想你，为何依然为你祈求一片无雨的天空。这样的日子为何忘不了你？何苦给自己增加痛苦的折磨？如果分手真的是最好的选择，如果往事真的只是回忆，为什么总在伤怀的日子里忆起你的一语一行？为什么在想起你的日子，胸口更加疼痛？曾经以为分手会是更好的选择，却为何在分手多日后我更加伤痕累累？

"曾经沧海难为水，除却巫山不是云"，往事只是记忆中愈加伤痛的场景，不敢忆及，却又偏偏将它铭刻心头，只是，当昔日的欢笑只在梦中拥有，曾经拥有却已成空，问自己，得到了什么？失去了什么？也许是"为赋新词强说愁"，也许是爱上自己独特的孤独形象。只是，为什么份份伤痛像潮水将我击溃，为什么叶叶尘封的日记触痛撕碎的伤口？

爱无错，恨亦无错，喜怒哀乐都是歌，忘记你，也许是最好的选择，只是这样的夜晚，这种声声笛声宛转悠扬的日子，谁能告诉我，叫我如何忘记你？或许有一天，我会忘记你的样子，但永远抹煞不了的是曾经爱你的感觉。

再见了，梦中的你。

没有你陪伴的日子

　　没有你陪伴的日子,就没有细心装扮的欢喜;那强装于脸的灿烂,掩隐着痛苦的记忆。我像是一个游魂,只能走进早有人安排好的命运,无法逃出自己心灵的藩篱。没有人能读懂我欢颜背后沉淀的悲伤,没有人能理解我舞姿背后辛酸的哀唱;我又何尝不懂你对我痴心的眷恋,然而你总是躲在人潮身后凝望,让我觉得你和我像在两个世界里,那么遥远,无法企及。当又一天过去,你早已绝尘而去,细雨飞扬里,你可曾感受得到我无声的泪滴已经滑落……

　　我,闭上眼睛,努力地平息不定的心序,记忆里,有一个掩不下的身影,此时,思念已开始在疯狂;失落,溅起一汪暮色似水,远远近近的时间,不再支离破碎。

　　是否这一切都是命运注定的轮回?多少亲切的耳语消散,你已走远,你从远处走来,寂静的心灵被你全部打破,那落日来得太快,而黄昏重重的叠影让我发冷;寂寞是如此的凄迷,日子突然变得难过,我回头去,看到了什么?好像是你向我走来,又好像不是,只有巨大的空旷。我好像在害怕,时间的门从此紧闭,害怕风吹过我的内心就像吹过空荡荡的废墟,满屋子都是期待,多想把失散的心情牢牢拴住,你的一切都在我脑海里面,忘不了你留在我记忆深处的那抹温情;于是,我便像是到了梦中,梦中的迷雾迷住了我的眼睛，我努力想要醒来，只为不要忘记你的面容，不要忘记你看我的那一刹那凝视，不知你是否也一样？

我以为告别了你，没有什么，可是在今天我才知道，我的心依然沉重，我的心依然很稚嫩……我找不到我，心不属于心，多么害怕被你遗忘在黑暗的角落里。我走在细雨飞扬的大街上，路旁的一切都仿佛与我无关，我生命中，来了又走，空了又实的人，在天涯的另一边生活着。我不知道在我的生命中还将有谁？我也不知道在他的生命中也还会有谁？只知我们都在遥远的远方。灯光在雨中摇晃，无解的心情，惘然得没有知觉，凄迷的心里，渴望有一场大雪，洗刷我心灵的沉渍，能换取那又一次的离别与相逢！

明知道爱上你是个错误，可我还是像飞蛾扑火一样，奋不顾身地陷入这场感情漩涡，我现在好后悔，好后悔没有好好把握这份情，也许我还是不够决断，没有慧剑斩情丝的魅力，所以才会有现在的这种痛苦。千万次回想你的样子！不知道我的样子你是否还记得起？我很害怕，害怕你真的不想再记得我，那次我在你的签名中，看到你说：新的一年，要忘记那些不愉快的往事。当时，我真地很受伤，原来你把我们的以前当成了不开心的经历。可能你说的也对啊，是啊，以前的一切，确实让你痛苦不堪，带给你的是苦色的回忆，你爱上了一个不值得爱也不单纯的男人，是我让你曾经满腔热情地投入，到头来得到的却是透心的冰凉。

有时候我想，如果一切可以重新来过，那该多好啊。我一定学会好好去珍惜，好好去爱。让你不会心灰意冷。

我知道这一次你已经离我远走，已经离我很遥远，不知道还会不会有牵手的机会？你的影子已经留在我的心底，成为这一生永不会磨灭的记忆，我想祈求上天，让我能够有再见你的机会，哪怕只有一分钟也好。这样，我的心才多少会有点慰藉啊，哪怕你在那一刻既看不到也听不到，我也会把想你的心为你保存下来，因为那是你的。

我 爱 你

"我爱你,……这是古老而又永远年轻的一句话……这样的话是永垂不朽的。太阳也许什么时候会熄灭,但这句话却永远不会熄灭。"前苏联作家柯切托夫在《青春常在》中说的这句话,似乎为艺术所要表现的主题规定了永恒的责任。

人生活于世上,主要面临什么问题?

孟子说得好:"好色,人之所欲也","食色,性也"。除了生存即食物的问题,就是爱以及由爱所衍生的人类生命的延续问题了。如果说组织起来进行物质生产是对生存问题的回答,那么艺术可以是对人类爱情问题的回答。

世上只要有男人和女人,就一定会有爱情。只要有爱情,就需要描写爱情的艺术作品。不依靠艺术,而靠别的什么东西,能否回答以致解决人类的爱情问题?

不能。其他的任何手段,都不能如艺术那样,当人的本能性欲意识和性欲活动大张时,用艺术手段,让人采取类似于"做梦"这种迂回的途径,以求得自我的变相的象征的满足。这种解答是弗洛伊德的解答。迄今为止,还没有别的解答能如弗洛伊德的解答更为有用。当然,弗洛伊德的解答还不只此。他在人的"本我"和"自我"之外,还用"超我"来体现良心和自我理想，体现社会道德标准，压制本能冲动。

用弗洛伊德的理论来看艺术，艺术创作就是通过"性欲"的升华，来解决人类的爱情问题。弗洛伊德认为，做爱、搞文学、搞艺术乃至行为变态和做梦，都是为了排遣性欲，释放里比多。艺术家其实跟医生所做的工作异曲同工，都是为了解决人类身上的问题。

那么艺术怎样来解决这个问题？

弗洛伊德曾说艺术家从事艺术创作进行艺术构想，是一种帮助人们"做白日梦（人达不到的欲望只有在梦中达到）"一样的工作。哦，对了。我们要说的正是这样。艺术家正是这样——用爱情意象，即用种种的"白日梦"，来帮助人们，来拯救人们渡过爱情的难关。

艺术作品因其所创造的爱情意象而具有重要的补偿和宣泄功能。现实生活中有几个人能长期保有荡气回肠的浪漫的令人向往的爱情生活？有几个人的爱情不是在琐碎的现实生活中失去其温馨浪漫色彩的？这个时候，艺术作品的补偿宣泄功能就显现出来了。人们在现实生活中无法实现的愿望、不可能得到的美好姻缘，在艺术作品中得到替代性的满足了。人们在现实生活中体验到的幸福或痛苦之情，可以宣泄出来了。

爱在这个世界的自然构成中确实显得没有力量。安徒生为了想象中理想的爱而失落了现实中的爱，因为现实中的爱最经受不住摧残。他曾说：只有在想象中爱情才能天长地久，才能永远围有一圈闪闪发亮的诗的光环。看来，我虚构爱情的本领要比在现实中去经受爱情的本领大得多。

《安娜·卡列尼娜》中安娜与渥伦斯基在莫斯科车站相遇时的一见钟情，是世界文学中描写爱情最精彩的场面之一。渥伦斯基去车站接从彼得堡回来的母亲，刚准备进车厢，遇到了一位下车的太太。渥伦斯基凭着他丰富的社交经验，"一眼就从这位太太的外表上看出"她是一位上流社会的妇女。"他道歉了一声，正要走进车厢，忽然觉得必须再看她一眼"，因为这位太太身上有一种特殊的美使他感到震惊。就在这短促的一瞥中，渥伦斯基发现她脸上有一股被压抑着的生气，从她那双亮晶晶的眼睛和笑盈盈的樱唇中掠过，仿佛她身上洋溢着过剩的青春，不由自主地忽而从眼睛的闪光里，忽而从微笑中透露出来。她故意收起眼睛里的光辉，但它违反她的意志，又在她那隐隐约约的笑意中闪烁着……

这两人目光交流的一刹那间的爱情意象，在读者的心中定格了。如果他也曾有过这"一刹那间"爆发的爱，那么他会对安娜与渥伦斯基的一见钟情会心一笑；如果他沉闷古板的婚姻空无所有，那么他如能通过小说来做他邂逅美人并为他在精神上所占有的白日梦，岂不妙哉！而又有多少人，在憧憬着与他（她）的理想情人一见钟情的邂逅！

同样是一见钟情，在《西厢记》中别有一番天地。张生与莺莺相遇，在古代封闭的社交生活中奇迹般的青年男女之间的爱情滋润了张生，使他感到自己"畅奇哉，浑身通泰，不知春从何处来"——这不仅是张生的感受，这是所有爱情感受中的男子的感受；使莺莺也更为美丽："春意透酥胸，春色懂眉黛，贱却人间玉帛。杏脸桃腮，乘着月色，娇滴滴越显得红白。"——这并不仅仅是一个漂亮的女子所能有的美，这是所有渴望爱情的男子对心上人所能感受到的美。

艺术中的爱情之所以给人以美感，不是现实中的爱情如何美感，而是现实中的爱情以意象的形式进入人们的审美，恋人的感性外观早已抛弃了令人生厌的社会角色，摒除了人格面具，排除了人生烦恼，显露出纯粹爱情完美的本真状态的原因。

严格说来，现实中的爱是非常短暂、充满瑕疵、毫不惊天动地的。要找轰轰烈烈完美无缺的爱么？到艺术中去找吧！因为真正美的，不是爱本身而是它的意象。是艺术使爱情充满热狂。艺术提供的精神与想象的元素是独一无二的。惊心动魄的爱情是有的，但那些细微的个案是散在的、瞬间的，稍纵即逝的，只有艺术中的爱情，才能恒久地惊天动地。实在地说，世象纷纭，只有人类中很少的一部分人，即艺术家、作家们在自己的作品中一直执著地寻找并创造着一种理想化的爱情遭遇。而在好些作家、艺术家来说，其间生命体验的意义是大过所谓文学成就的意义的。他们通过文学艺术拯救自己的生命，同时把生命自身的痛苦、快乐和各种滋味熔铸在文学中。

爱情是一种意象，犹如艺术是一种意象。为何一些伟大的文学家、艺术家的重要作品，总是与他们的罗曼史交织在一起？这是一个艺术之谜，也是一个哲学之谜。谜底在于：诗人、艺术家在创作的理想中追求完美；然而完美不能光靠玄想，他们必须到一个幻想的世界中，找到一个可以表征其完美的理想物件。这理想的物件，包容了经验世界的一切美，且又遮住了世俗社会的庸碌丑陋。顺理成章地，她自然就只能是伴生着最强烈感情的、最主观化的爱情对象了。这种追求一旦痴迷，便会使诗人艺术家分不清幻想与现实，使他们忘记礼法与规范，甚至使他们精神狂乱。然而正是在这种狂乱的精神状态中，造就了其他许多人也可以从中去幻想、去追求完美的不朽作品。

在艺术中最重要的因素是相遇（用美学术语讲叫"意象组接"或"情节"）；在人生中最重要的同样是相遇，和生死、和爱情相遇。当生活艰难，爱情让人充满信心；当日子单调，爱情激起波澜；当心灵脆弱，爱情带来力量。当我们守护艺术，爱情便守护我们……这一切的爱情到哪里去找？到现实中找，你会很失望的，因为现实中的爱无法具备如此巨大与持久的力量——只能到艺术中去找。艺术中的爱情意象将拯救你，给你莫大的慰藉。

艺术采用象征、意象来表达人的爱情的主观情绪，从而伸张人性；艺术借用意象来表现人的主观心态，而主要的是人对爱的主观心态。

例如月这种爱情意象。月是情绪的，"月上柳梢"有缠绕，"晓风残月"有悲凉，"月照高楼"有孤寂，情到深处，月便自然与情爱相连了。月是爱的见证。大凡诗人，都拒绝不了月光的见证，在月光的抚慰下，还原出人的本真。骚客的失落，才子的多情，都一一呈示在纤尘不染的月光下……倾听爱情的下落和心音。中国古诗中咏月的名篇佳句特别多，因为中国古人对月寄托了尤其多样的情思。

又设想一同泛舟吧,听潺潺的水声拍击轻灵的船体,饮一口葡萄美酒,在微醉中体味从古至今那些诗人哲人所钟情的风花雪月,并尝试跟他们一样把自我体验到的爱情意象写进书里。那时,苦役就会变成一种幸福的心旅。那些美丽的意象将会如何如痴如醉地超拨你渴望抚慰的灵魂呵……

假定生活是一出悲剧,你愿意沉溺于它天天受苦受难,还是在艺术的氛围爱情的意象中使自己的精神陶醉升华?

相濡以沫

也许世界上只有两种可以称之为浪漫的情感,一种叫相濡以沫,另一种叫相忘于江湖。我们要做的是争取和最爱的人相濡以沫,和次爱的人相忘于江湖,也许不是不曾心动,不是没有可能,只是有缘无分,情深缘浅……

回首往事的时候,想起那些如流星般划过生命的爱情,我们常常会把彼此的错过归咎为缘分,其实说到底,缘分是那么虚幻抽象的一个概念……

真正影响我们的,往往就是那一时三刻相遇与相爱的时机,男女之间的交往,充满了犹疑忐忑的不确定与欲言又止的矜持,一个小小的变数,就可以完全改变选择的方向。如果彼此出现早一点,也许就不会和另一个人十指紧扣,又或者相遇得再晚一点,晚到两个人在各自的爱情经历中慢慢地学会了包容与体谅、善待和妥协。

也许走到一起的时候,就不会那么轻易地放弃,任性地转身,放走了爱情,在你最最有激情的时候,你遇见了谁?在你深爱一个人的时候,谁又陪在你身边?爱情到底给了你多少时间?去相遇与分离?去选择与后悔?不是不心动,不是不后悔,但已经没有时间再去相拥。

如果爱一个人而无法在一起,爱却无法在适当的时候相遇,爱了却爱在不对的时候，除了珍藏那一滴心底的泪，无言地走远，又能有什么选择？要在时间的荒野，没有早一步也没有晚一步，于千万人之中，去邂逅自己的爱人，那是太难得的缘分。

更多的时候，我们只是在彼此不断地错过，错过杨花飘风的春，又错过了枫叶瑟索的秋，直到漫天白雪，年华不再，在一次次的心酸感叹之后，才能终于了解……既使真挚，既使亲密，既使两个人都已是心有戚戚，我们的爱，依然需要时间来成全和考验。这世界有着太多的这样那样的限制与隐秘的禁忌，又有太多难以预测的变故和身不由己的离合，一个转身，也许就已经一辈子错过。要到很多年以后，才会参透所有的争取与努力，也许还抵不过命运开的一个玩笑，上帝只在云端眨了一眨眼，所有的结局，就都已经完全改变。

在错的时间，遇见错的人，是一种荒唐；在错的时间，遇到对的人，是一声叹息；在对的时间，遇到错的人，是一场伤心；在对的时间，遇到对的人，是一生幸福！回忆的花瓣掠过心湖，泛起片片涟漪，爱不是千言万语，也不是朝朝暮暮。

爱是奄奄一息的时候，满足地想着你，爱是每当寂寞的时候，眼前浮现的是你，爱是每当兴奋的时候，第一个想到的是你，爱是每当午夜梦醒时，发现内心牵挂的依然是远方的你。

静心，让你的一生幸福快乐；静心，让你能够得到深沉而平静的心态。

不同人眼中的世界是不一样的，透过不同的眼睛看到的世界也是不一样的。但希望每一个女人眼中看到的都是一个美丽的世界，在心中都拥有一份澄澈如水的安宁！

什么样的女人是最美丽的？真正美丽的女人应该是外表精致清爽，内涵丰富，聪明有灵气，优雅成熟，时尚而不时髦，风韵而不风情，古典而不古板，随和而不随便，内敛而不内向，从容而淡定的女人。

可是，这些均离不开"智慧"。智慧必须途经修炼，而且需静心修炼。

唯有静心，才能给你带来活力与动力。因此，静心可以将你带入你的本性，它可以帮助你祛除所有的性格异常；可以使你聪明；可以使你充满爱心；可以使你负责任。除了静心之外，没有其他方法有如此贴切的帮助。

顺其自然，即可得静心，宁静而致远。现实之中，能够超越纯功利的追求，在杂乱中求静，繁纷中求无，乃是人的纯朴精神的真实体现。学会平静自己，无论在什么情况下，都要保持心境的平和与意志的坚定，做任何事情，都要拿得起放得下，这才堪称悟透了人生，这才堪称是拥有大智慧的最美丽的女人！

希望每一个女人有机会重新评估自己的生活方式，让自己变作一朵静静地散发着幽香的栀子花，修炼成一个静心的美丽的女人！

在生命长戏的某一折子里，时间是暂且藏在幕后的，岁月流转与光阴变迁也几乎无迹可遁循，小时候我们听故事，识字后我们看故事，到年轻时就不知不觉地活到故事里去。因为年轻，我们都需要故事，一如我们需要爱情……

爱情是一种强烈的意愿，一种幻想，是人与人之间的中意和喜欢，因此女人对自己将来爱情的想象，大概多为浪漫美妙，但恋爱却现实得很，就像是变化莫测的四月天，太阳刚露脸，忽然又涌来一片乌云。

上苍有眼，也许真地会有一个人在哪里等着我呢！也许就在某个并不遥远的季节里，当我倚窗读书，抑或黄昏漫步，一抬眼，就看见了他，他正轻松地向我走来，他的稳健和卓而不凡的气质向我传递着无限的信赖和安全，就像一种离别久远的重逢，那刻，我的心会突然跳动起来吗？也许会轻轻地想，他就是我梦中也是生命中与之携手的爱人吧！

不管是与不是，我想自己已经打心里，因他的到来而发出欢迎的声音了，文字是流淌在纸上的思想，语言是空气里不倦的精灵，我表达是为了触摸自己连同他的灵魂。

啊，写了这许多，其实一句话就可以表达：对爱的渴望！

爱情的迷失

我一向反对"拿名人说事儿",但是面对娱乐界不断更新换代让人眼花缭乱的爱情,我还是忍不住想说点什么。

这是一个活力四射的时代,在它的感染下我们的人生观、价值观、事业观、爱情观、甚至亲情观都在悄悄发生着一场质的变化,在我们还没有察觉的时候它们就已经面目全非得让人无法接受了。面对这样的变化我们忍不住质疑:在这个世界上还有什么可以是永恒的?爱情,这个古老而又永远年轻的东西,在这个时代里已经日渐成为人们感情的速食食品,如速食面和汉堡包一样填充着那些惶惶不安而又饥饿不堪的心灵。

曾几何时,我们尚且陶醉在"上邪,我欲与君相知,长命无绝衰"的铿锵誓言中,流连于"君当作磐石,妾当作蒲苇"的传统爱情模式里,梁祝,罗密欧与茱丽叶,魂断蓝桥,泰坦尼克号的经典爱情故事让我们感动不已,

在澳洲电影节

蝴蝶飞舞连理并结鸳鸯双影、人鬼不了情的美好憧憬让我们荡气回肠。爱情，曾经是一个多么纯洁、只可远观而不可亵玩的名词，它曾经那样地让我们体会过思念、焦灼、甜蜜、痛苦、魂不守舍、辗转反侧的滋味。但是，随着速配时代的到来，这样的爱情已经离我们越来越远了。

这个时代的爱情是物质社会的特产。有人说，没有物质基础的爱情是艰苦的爱情。在这个物欲横流的时代，爱情已经失去它清纯朴素的本色，如一个刚刚被城市改造过的村姑，庸俗而带着些许风尘的味道。我们现在来衡量爱情，不再以情人间脉脉绵绵的凝视、鸿雁传书的誓词、心有灵犀的震荡、细致入微的挂牵，而是以那些大到身世背景、财富价值，小到工作家庭、存款房子等触手可及的东西。在市场上很少有人愿意问津那些没有做过广告色彩、平淡包装的商品，和这个时代的爱情观其实是一样的道理。一秒钟爱上一个人在今天已经不是神话了，丰满的胸脯，修长的大腿和含金量高的征婚广告，具有同样大的杀伤力。

这个时代的爱情迷失在媒体和舆论导向的风暴里。过去，我们的思想所能接触的，多是那些政治和道义许可范围内的严肃的文字和声音，影像产品的普及让这个世界一下变得五彩斑斓，所以我们的眼睛看到的一切比以往任何一个时代都要热闹喧哗，都要酣畅淋漓，原来那些曾被我们唾弃的第三者、包二奶、婚外恋、脚踩几只船，那些肥皂泡泡般的爱情故事，那些铺天盖地的交友电话和联络方式，那些非常男女、玫瑰之约，就如同今天的天气，不管你躲不躲避，它都会以炎热的形式出现。当偶然出现的频率过高，我们会不由自主地认为它是必然，所以，我们曾经排斥，我们曾经抗拒，我们最终接受。

这个时代的生活方式挑战爱情。在越来越都市化的今天，日出而作日落而息的传统生活方式受到冷落，白天我们是工作的奴隶，晚上我们是自己的主人，夜生活成为我们享受生活的一种重要方式，那种网路里纵情的冲浪、那种灯红酒绿的迷醉、那种来自高雅与低俗混合物的诱惑、那种来自心灵寂寞与空虚的强烈冲击让我们厌恶自己一成不变的生活和感情方式，生活和工作的压力引发感情的缺失，我们迫切需要一些更新鲜更简单的东西不断丰富我们日复一日苍白的内心世界。所以，灯火阑珊之后，我们躺在爱人的怀抱里，回味的却可能是另外一个人的滋味；所以，今天我爱着身边的你，不要问明天我又会爱上别处的谁。

当我置身于钢筋水泥的城市森林，在空调凉风的吹拂下敲出这些无聊的文字时，在我的内心，其实是多么向往那曾经的田园牧歌式的家庭生活，多么渴望那上古时期"执子之手与子偕老"的恒久爱情啊。

激情与夜思

激 情

"有一只鸟,从空中飞过。须臾,又返回来。但已不是前面的那只鸟了。这,就是日子。日子是那只一去不复返的鸟,日子也是那一只只相似的小鸟。"像这样简单的、重复的日子让许多人的生命中剩下的只是日子。曾经的"激扬文字,指点江山",曾经的意气风发,曾经的激情在平淡的生活中磨灭。

其实生命需要激情。所谓"生命不息,战斗不止"。约翰·克利斯朵夫这样说过,"上当受骗并不可怕,挫折失败也不可怕,被人误解也不可怕,可怕的是失去了斗争的勇气,从而根本上失去了实现生命价值的机会。"我很难想象没有激情的世界,更难理解没有激情的生命。没有了激情,世界会不会像一潭死水寂寥无声?没有了激情,生命会不会像行尸走肉木讷前行?如果生命没有激情,人生还会有什么意义?没有激情的人生一定是没有理想,没有目标的人生!

激情是一种生命的力量,激情更是一种生活的动力!有了激情才有奋斗不息的干劲和追求不止的热情。工作需要激情,有了工作热情才能豪情满怀地投入工作当中,才能把工作做好;恋爱需要激情,没有激情就无法恋爱。只有面对你喜欢的人才能产生激情,才能产生你想和他(她)恋爱的冲动,有了冲动才能产生感情的浪花;写作需要激情,只有当你身处在波澜壮阔汹涌澎湃的生活中时,看到了错综复杂的人生场面,才能触发你的感情,激发你的创作热情,才能写出感人的作品。

不要让岁月打磨掉你的激情,不要让迷雾遮住你的眼睛,生命属于每个人只有一次,每个人都希望自己短暂的生命风光发亮。把握生命的每一分钟,将对工作的敬业之情、同事的手足之情、父母的感恩之情、爱人的宽容之情、朋友的真诚之情、子女的呵护培育之情融入我们的生命中,学会在平淡的生活中寻找快乐,做个快乐的我,让自己成为别人的一道风景!

只有激情的生命,才会拥有一个彩色的人生,只有激情的生命,才会营造一个绚丽的天空!留住一份激情,让生活灿烂!留住一份激情,让生命丰盈!

夜 思

夜,起风了,黑黑的,远方只有几盏昏黄的灯在风中摇曳。

在这样孤独的夜里,我独坐在窗前,伴着孤影,望着窗外漆黑的夜空,我周围的空气也似乎漂浮着隐隐约约的凄楚与忧伤。就是这样的夜晚,又让我深深地想起了你。想知道你在做什么,想知道你是否和我一样地在想着我,想知道在你的梦境里是否看到我在你梦的路口深情地等待。

就这样静静地想你,静静地在心底呼唤你,尽管我知道漆黑的夜无法将我的心声传得很远,但我相信你一定能感觉到。我托付星辰、托付清风在你窗前聆听,希望听到你发自心底的回音。

我想你,想你从远方或近处向我走来;想你那陌生而又熟悉的声音浸润我久涸的耳膜;想你轻柔的手抚平我写满思念皱纹的脸;想你用深情的眸子牵住我漂泊的心。

也许我在等候，等候你给我一个奇迹。穿过漫漫天涯路，看到别人背后拖着一长串幸福而令我感动。而我们呢？长久的分离几乎让我不能再清晰地忆起你的容颜。江堤晚风、天边明月，都会勾起我的思念；夜幕星辰、淅沥雨声都会触动我的心弦；熟悉的音乐、相似的电视镜头都会让我心生喟叹——我一次又一次地走上街头，想在人群中寻觅你的身影；我一次又一次地拿起电话，想在电话中寻觅你的声音——一次次地期待让自己一次次地失望，一次次地让自己梦里呓语，从梦中惊醒——

很多时候，我这样静静地想你，也许这只是一个遥不可及的梦。我不知道，我是不是你命中的缘，会不会和你长相守；不知道我这样痴痴地想你到头来是不是无怨无悔？我已不敢叩问自己脆弱的心灵，也许这样静静地想一个人，是一种幸福、一种期待吧。

静静地想她

连自己都说不出有多长时间没有像现在这样坐下来静静地想她了。好像已经忘记了在离我很远的地方，还有一个她也与我一起生活在同一片苍穹之下。说实话，这样的日子会让人忘记很多事情，只能记得那个我叫了多年的名字，和因那名字而生的许许多多的故事。

有没有像我一样，整日奔走在茫茫的人海和说不清也道不明的希望里。现在只有我一个人，只有我一个静静地坐在夜的沉沉灰色和梦的若即若离中默念她的名字；然后将她的那颗曾属于我的灵魂偷偷地拉出来，小心翼翼地放进我一直留给同她的那个清澈世界里；随心所欲地想她，却不惊醒她那酣甜的好梦。

渐渐地，她的容貌、如柔风细雨般的笑声，便真地又重回到我的世界里了！使得我即便一个人，在没有一个配角的午夜剧里竟也能嘿嘿地傻笑。不觉间好像所有那些久违了的，因你离去而失落的心动感觉，又再一次在我如止水般沉静的心海里随波逐流了。

过去了的，总是过去了。将要来的，总是会来。凌晨四点，天色就会随心情的苍白而苍白。她还在那么甜的梦里没有醒来，我却是有些担心她错过了旭日初升的美妙时刻。

好吧！就不必再像从前那样地不知所措了。纵然是一切都将会随时间无言的流淌让人感到沧海桑田就在眼前，情感也要迎合着世态的变迁令人慨叹炎凉冷暖无力把握。于是，就只能是剩下一半无法掩饰也不需掩饰的心痛；还要夹杂着一半无可奈何的藉口——乡愁！

最终她是否也像我一样，选择了把一切都抛在脑后，真心诚意地告诉自己：作别故乡家门前我们的老槐树，对牵挂着我的那些灵魂直言——我在天边飘。

风花雪月也好，随波逐流也罢，只是不能放飞了那颗踌躇了那么多个日日夜夜的心，要真爱着我的灵魂与我一道浪迹天涯。

太阳已经从地平线上升起，透过窗棂倾洒在地上。我便感觉着不能总是这样如梦似地想她了，又怎知道她是否还会在朗日晴空之下，有事没事地想我？偶尔从天那边传来她的消息，飘乎着像是若有若无。无奈便总是用往日的记忆整理着琐碎的思绪。这样的日子走在因阳光而游走的人海里，仿佛所有的人都不曾经历我所经历的那段长夜。自己便更加感慨着居然那么多个夜里竟然是众人皆睡我独醒！

怎么没有一丝风?！已经有好大的一个太阳顶在头上了。躁热的空气是不是搞乱了她的情绪。然而，我却在这火热的情结中意犹未尽。偶尔的一辆火红跑车从身旁掠过，荡起一阵热

达奇寓所

浪;还有车上炽热的女郎不经意冻结了路人的眼睛。

怎么能让人不沉醉?!好多人都说这是一种迷失的情绪。不知不觉突然发现姑娘们的衣裙开始飘舞不止了。闭上眼睛,深深吸一口气,仔细地倾听——好柔的一阵风!心便凉爽下来,随着太阳醉下远山,开始了那首也曾让她倾心的"小夜曲"。

夜色渐入阑珊,万家燃起灯火。月亮是每个无云的夜里最美的姑娘。旷野里保持着传统的靛青和沉静,我的都市梦却依然彻夜通明。行囊里还有一个深红色的磨沙酒瓶,我便在这香醇的夜里举杯邀明月了,和着不远处街头公园里隐隐约约的一首流行歌曲《选择》。

深蓝色的天边怎么会飘来一片顽皮的云彩?就要遮住了我的月亮!我赶忙笑着真心向她挥手,目送她隐去了最后一抹微笑。

沉沉的夜风吹开了那本发黄的日记——某年某月某日,多云:我在天边飘,云在心里飘……

跋：

路上：流浪者的家园
—— 为达奇散文集而作

◎冯团彬

那一天
我不得已上路
为不安分的心
为自尊的生存
为自我的证明
路上的辛酸已融进我的眼睛
心灵的困境已化作我的坚定

看达奇的散文，我首先想到刘欢的这首《在路上》。在刘欢红遍中国的歌曲中，这首歌并不最流行，却深深打动了我。在路上，是一种生存状态，一种人生姿势，长期以来都是人们描述和叙说的对象。刘欢的歌里，把这种生存状态表达的沉重而崇高，这是现代中国文化映照下在路上的景观。

达奇兄演戏出身，演过话剧演过电影，还演过电视剧，自嘲是一戏子，国际流浪汉。他在海内海外的路上写就的这些散文随笔和刘欢的《在路上》写的是同一种姿势，同一个状态。但他表达出来的是不同的情怀，使用的是别样的视角。这些应该和达奇自己独特的世界有关。一方面，前半辈子演戏走遍了中国，后半辈子移居海外而走遍世界，达奇的世界是多彩的；另一方面，在舞台上和荧光灯下演绎别人生活同时，也在路上用脚印记录着自己的人生，达奇的世界是立体的。就是这个立体的多彩世界成就了国际流浪汉达奇，成就了达奇在人生路上的这些记录。

在路上，达奇没有注意那些沿途的自然景观和民俗风物，也许他心不在此。他是以在路上这个场景作为载体来完成自己对于生命，爱情，艺术，人生百态，社会万象的回想，叙说和思考。这一点，更容易让人想起另外一个《在路上》，那是杰克。克鲁亚克的小说。这些美国垮掉的一代追求的是在路上的惬意和快乐，在路上也只是他们的一个寻找梦想的运载工具。在小说中，主人公迪安曾问道："你的道路是什么，老兄？——乖孩子的路，疯子的路，五彩的路，浪荡子的路，任何的路。到底在什么地方、给什么人，怎么走呢？"不错，在路上人们还是有各种各样的角色，以各种各样的理由上路。但是，有一样是共同的，那就是对人们前途的这种拷问，诱惑着一代代人背起行囊。达奇就是这样一个真正的追寻者和流浪者，区别于一般的游子和过客，他不仅一直行走在路上，还把在路上当作家园，精神上的家园。多少年来，他一直在用两句格言作为自己行走的动力："只有不断的去走，才能大有可为，才能创造奇迹！"，"没有开始，没有结束，有的是——永无止境的激情！"我想，达奇书中的这两句格言，不正是对于迪安疑问的最好回答；他书中的回想，叙说和思考，不正是这个回答的最佳佐证！

写到这里，我突然意识到，在路上已经不仅仅是一种姿态或状态，而是一种标志和符号，它代表着生命和精神的自由飞扬，代表是激情和青春的永远青葱。达奇兄的散文随笔把这些诠释的很清楚。

2012 年 1 月 24 日于墨尔本

冯团彬，澳洲太平绅士，《大洋时报》的社长，时事评论家，资深报人，社会活动家。